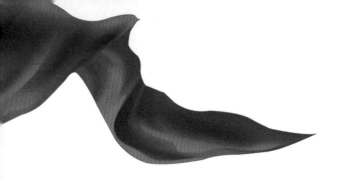

乌兰牧骑礼赞

宋 然 尚文达 著

远方出版社

图书在版编目（CIP）数据

乌兰牧骑礼赞 / 宋然，尚文达著. -- 呼和浩特：
远方出版社，2024.2
ISBN 978-7-5555-2017-7

Ⅰ．①乌… Ⅱ．①宋… ②尚… Ⅲ．①报告文学—中
国—当代 Ⅳ．① I25

中国国家版本馆 CIP 数据核字（2024）第 039944 号

乌兰牧骑礼赞
WULANMUQI LIZAN

著　　者	宋　然　尚文达
总 策 划	苏那嘎
责任编辑	王　叶　李　婧
责任校对	杨晓红
封面设计	张耀玄
版式设计	韩　芳
出版发行	远方出版社
社　　址	呼和浩特市乌兰察布东路 666 号　邮编 010010
电　　话	（0471）2236473 总编室　2236460 发行部
经　　销	新华书店
印　　刷	内蒙古爱信达教育印务有限责任公司
开　　本	787 毫米 × 1092 毫米　1/16
字　　数	312 千
印　　张	19.25
版　　次	2024 年 2 月第 1 版
印　　次	2024 年 3 月第 1 次印刷
标准书号	ISBN 978-7-5555-2017-7
定　　价	78.00 元

如发现印装质量问题，请与出版社联系调换

序

梁鸿鹰

    2017 年 11 月 21 日,习近平总书记给内蒙古自治区苏尼特右旗乌兰牧骑队员们回信,对乌兰牧骑事业发展作出重要指示。习近平总书记在回信中充分肯定了乌兰牧骑付出的艰苦努力和作出的重要贡献,深刻揭示了"人民需要艺术,艺术也需要人民"这一乌兰牧骑长盛不衰的重要原因;称赞乌兰牧骑是全国文艺战线的一面旗帜,勉励队员们大力弘扬乌兰牧骑的优良传统,永远做草原上的"红色文艺轻骑兵";寄语乌兰牧骑要"扎根生活沃土,服务牧民群众,推动文艺创新,努力创作更多接地气、传得开、留得下的优秀作品",对乌兰牧骑事业发展提出新期望,赋予乌兰牧骑新时代的新使命。广大乌兰牧骑队员牢记嘱托,砥砺前行,为时代放歌,为人民抒怀,践行着"红色文艺轻骑兵"的初心使命。

    乌兰牧骑是蒙古语,蒙古语中"乌兰"是红色,"牧骑"是嫩芽儿,汉语直译过来就是"红色的嫩芽",后来被引申为"红色文艺轻骑兵"。对于红色，我们有着深切的理解，而嫩芽儿的破土而出，一定要有适合它诞生、成长的土壤和环境。

中华人民共和国成立之初，内蒙古农牧民生产生活明显改善，但受限于居住分散、交通不便、通信落后，文化建设相对滞后，农牧民的文化生活单调，精神生活匮乏，与物质生活的提高不能同步。1957年初，内蒙古文化局组织调查组深入牧区和半农半牧区进行调查，根据牧区、半农半牧区地广人稀、交通不便和居民点极其分散的情况，认为要使农牧民群众的文化生活丰富起来，就必须建立一种装备轻便、组织精悍、人员一专多能、便于流动的小型综合文化工作队。关于建立乌兰牧骑的最初构想就这样开始形成了。经过充分研究之后，1957年5月27日乌兰牧骑试点计划得以正式制订。1957年6月17日，第一支乌兰牧骑在群众文化工作比较活跃的锡林郭勒盟苏尼特右旗宣告成立。

红色的嫩芽绽叶了，一辆马车满载歌声，携带着演出道具和帐篷，迎着朝阳，追赶落日，他们边走边演，把农牧民喜爱且难得听到看到的歌舞，送到村屯浩特和一个个牧场点，把政策宣传和服务活动送到农牧民家门口，送进蒙古包。乌兰牧骑的队员多来自农牧民，队伍短小精悍，队员一专多能，报幕员也能唱歌，唱歌的也能拉马头琴，放下马头琴又能顶碗起舞。更值得一提的是，他们不仅能在台上演出精彩的节目，走下舞台还能做饭洗衣，为农牧民修理家用电器，传播科学文化知识。为了认真体现党和政府对基层牧民群众的温暖关怀，队员们不辞辛苦，常常为一两个正在放牧或卧病床榻的牧民进行专场演出，牧民们感动得热泪盈眶。有时，天阴下雨或风沙弥漫，队员们照常化装登场，一丝不苟地演好每一个节目。乌兰牧骑始终坚持不懈地全心全意为农牧民服务，被农牧民亲切地称为"玛奈（我们的）乌兰牧骑"，乌兰牧骑队员则被唤作"玛奈呼和德（我们的孩子）"。

乌兰牧骑，送去的是欢声笑语，送去的是温暖。他们用歌声、舞蹈等各种形式诠释着党和政府对农牧民群众的关爱与牵挂。草原上绽开的乌兰牧骑之花，为内蒙古农村牧区文化事业带来了百花盛开的春天。乌兰牧骑以农牧民为中心，反映新时代，讴歌新人物，传播新观念，倡导新风尚，创造了内蒙古文化发展史上的奇迹，成为农村牧区公共文化服务的主力军和文化惠民的排头兵，成为促进农村牧区经济社会发展、增强民族团结、维护边疆稳定的文化劲旅和文艺先锋。

宋然、尚文达所撰写的长篇报告文学《乌兰牧骑礼赞》，全方位展示了一代代乌兰牧骑队员的风采以及忠诚于党、热爱人民、吃苦耐劳、甘于奉献、团结拼搏、勇于创新的乌兰牧骑优良传统，诠释了乌兰牧骑的创立与发展，是贯彻党的民族政策和文艺方针的实践典范，是社会主义文化建设中的一大创举。乌兰牧骑从诞生之日起，就秉持服务群众、服务基层的理念，始终在党的领导下开展基层公共文化服务工作，忠实而坚定地履行着"红色文艺轻骑兵"的职责，为各民族群众送去了欢乐和文明，把党的声音和关怀传遍广袤草原。他们通过文学的形式，向我们展现了乌兰牧骑队员坚定不移地坚持党的文艺方针，全心全意为人民服务，走遍草原，走遍神州，走向世界，为弘扬民族优秀艺术、发展中国先进文化作出的贡献。

党的二十大报告指出："以社会主义核心价值观为引领，发展社会主义先进文化，弘扬革命文化，传承中华优秀传统文化，满足人民日益增长的精神文化需求，巩固全党全国各族人民团结奋斗的共同思想基础，不断提升国家文化软实力和中华文化影响力。"党中央的决策部署就是乌兰牧骑的奋斗目标和前进方向。在新征程上，广大乌兰牧骑队员心系民族复兴伟业，紧跟时代发展步伐，牢牢把握党的中心任务，当好党的理论路线方针政策的宣传队；把学习宣传习近平新时代中国特色社会主义思想和党的二十大精神作为首要政治任务，用广大群众喜闻乐见的文艺形式，高高举起思想之旗、精神之旗，更好地以文立心、以文铸魂；聚焦新时代十年的伟大变革，从人民群众身边的变化中提炼主题、萃取题材，热忱抒写时代之变、发展之果，引导人们切身感受新时代党和国家事业取得的历史性成就、发生的历史性变革，激发全区各族人民永远跟党走、奋进新征程的昂扬激情。

踔厉奋发、砥砺奋进，新时代的乌兰牧骑不断加强制度建设、队伍建设、理论建设，肩负"创作、演出、宣传、辅导、服务、传承、创新和对外文化交流"8项职能，扎根生活沃土，服务农牧民群众，高举乌兰牧骑这面全国社会主义文艺战线的鲜红旗帜，永远做草原上的红色文艺轻骑兵。

（梁鸿鹰，中国作家协会主席团委员，《文艺报》原总编辑）

前 言

小草最大的臂力，不过是挑起一粒露珠；小花最大的功能，不过是散发一缕幽香；可是无数的草和花连在一起，就会成为广阔无垠的草原。

——题记

草原上有一种花叫萨日朗，花瓣鲜红，开得普遍。中华人民共和国成立的第八年，内蒙古自治区锡林郭勒盟苏尼特右旗率先成立了乌兰牧骑，这支民族艺术之花就像雨季的萨日朗，迅速红遍草原。即便到了现代化、信息化的今天，乌兰牧骑生命力依然旺盛，红得艳丽，红得热烈。

花儿为什么这样红？

深秋，泛黄的树叶纷纷飘落，草原变成了金黄色，秋风裹挟着成熟的味道。我们与内蒙古自治区乌兰牧骑协会原副主席朱嘉庚先生面对面坐着，顺着他的讲述，去追随流逝的岁月。过往云烟，如白驹过隙，故事的开头衔着春天的讯息，结尾耐人寻味。作为乌兰牧骑诞生及成长的见证者，朱先生娓娓道来，涓涓细流发出叮咚悦响，每个音符都是时代的注解。人生有如一台戏，每个人都扮演着不同的角色，站在舞台的中央，眼前浮现出生动的一幕：乌兰牧骑向我们走来了，我们迎着阳光拥抱乌兰牧骑……

　　锡林郭勒盟苏尼特右旗乌兰牧骑队员无疑是最幸运的，他们收到了习近平总书记的回信，回信中鼓励他们大力弘扬乌兰牧骑的优良传统。队员们读着总书记的信，激动得热泪盈盈。

　　朱嘉庚先生的老伴宋正玉时常翻看一幅幅黑白照片，其中就有她与伟人的合照。进京演出，见到了毛主席，见到了周总理，那绝对是她人生中最难忘的时刻。

　　赤峰市宁城县乌兰牧骑赶排的话剧《热土》，获得全国"五个一工程"奖，在全国巡回演出时受到观众的热烈欢迎。沈阳知青徐刚当时在乌兰牧骑吹小号和拉手风琴，对那段经历十分留恋，回城时痛哭一场，他爱这个集体，更难以割舍乌兰牧骑。

　　乌兰牧骑，历史将永远记住她的名字，她就像草原上年年盛开的萨日朗，漫山怒放时，释放的是色彩，收获的是欢快，原野尽是摇曳的红色。

　　朱嘉庚先生如今78岁，精神依然矍铄，说话有条不紊，记忆力惊人。时间，地点，人物，发生的故事以及故事细节，从记忆的湖底翻卷出来，宛如山涧小溪流淌，清清亮亮。他就是乌兰牧骑的"活字典"。

　　岁月是一条河，潮涨潮落，过往如云烟。此时他摇身一变成为向导，当阳光普照时，酣睡的历史醒来了……

目 录

第一章　阳光普照草原

　　乌兰牧骑，是一首伴随岁月流淌的歌，歌声荡漾之处，是悦动的凝聚，是文化与文明的深情注视。这支诞生于草原的文艺战线轻骑兵，以身轻如燕、小巧玲珑之姿一直活跃在草原上，从最初的一枝独秀到春色满园，近百支乌兰牧骑队伍在草原上翩翩起舞，纵情歌唱，汇成同一首歌。一直以来，他们得到党和政府的关注与关怀，深受广大牧民的欢迎与爱戴。祖国是一支永远唱不完的赞歌，在共和国70多年的光辉岁月中，同一片土地，同一片蓝天，同一首歌，乌兰牧骑伴随共和国的脚步，走过了65个春夏秋冬。六十五年风雨兼程，六十五年倾情奉献。六十五，人生已入暮年，可乌兰牧骑永远正值芳华，青春永远奔放。乌兰牧骑在内蒙古草原乃至中华大地上描绘出一道亮丽的风景线，掠起一阵独具魅力的文化文明之风，他们的足迹像珍珠一样散落在草原上。

　　2019年8月，第四届乌兰牧骑会演成为草原上最欢快的盛大节日，自乌兰牧骑成立以来已经举办了3届，上次会演还是10年前，本届会演与往届有所不同，一些从乌兰牧骑走出去的知名演员前来助阵，适逢中华人民共和国成立70周年庆祝活动，自治区党委宣传部已经提前一年发出通知，要求各地乌兰牧骑精心准备，排练出最精彩的节目，展示新时代乌兰牧骑新的风采。客观地说，本届乌兰牧骑会演节目精彩，演员阵容整齐，演出规模超过历届。

　　大幕徐徐拉开，走进乌兰牧骑的世界，阅览他们成长的经历，让人不免唏嘘垂泪。他们执着、无私、辛劳，用精湛的艺术感动了草原，感动了中国。无疑，他们是最可爱的人。

2019年春末，在内蒙古博物院民族团结宝鼎广场上，云集着参观完内蒙古博物院的游客，有兴致盎然的放风筝的老人和孩子，还有打太极拳的、跳广场舞的大爷大妈。与往常不同的是，广场中央停放着几辆乌兰牧骑的大巴车，车前30支乌兰牧骑队伍即将盛装表演，周围还有一些来自各行各业的乌兰牧骑宣传队和专业文艺团体。此时，一行马头琴队伍从人群中穿过，著名马头琴演奏家齐·宝力高带领他的马头琴团队，用一曲《万马奔腾》打破了广场上原本的节奏，群众纷纷向乐队方向聚拢过来。《万马奔腾》是齐·宝力高的代表作，以浓郁的草原生活底蕴和原汁原味的民族艺术，再现了草原的生动与雄浑。草原牧民最喜爱的群马舞上演了，马蹄声由远及近，跃马扬鬃，引颈嘶鸣，远处还有朦朦胧胧的勒勒车的轮音。乌兰牧骑队伍向宝鼎广场的台阶上会集，一曲《我和我的祖国》燃起了现场围观群众的爱国热情，他们不仅要把对祖国的热爱唱出来，还要把乌兰牧骑的风采唱出来，向中华人民共和国成立70周年献礼，向一代又一代乌兰牧骑队员致敬。乌兰牧骑队员们一边热情高歌，一边用舞蹈打造真人拼图，渐渐地，中国的版图跃然成形，雄鸡唱晓，一位年轻的舞蹈演员头戴红布带，手舞红绸，拼成鲜红的鸡冠。阳光普照，舞曲高扬，场面十分震撼。

乌兰牧骑的创立与发展，是贯彻党的民族政策和文艺方针的实践典范，是社会主义文化建设中的一大创举。乌兰牧骑根植基层、情系群众、艰苦奋斗、无私奉献的团队精神，无愧于光荣的旗帜。队伍短小精悍，队员一专多能，节目小型多样，装备轻便灵活，以演出为主，兼有宣传、辅导、服务综合职能，实现了农村牧区民间艺术与现实生活主旋律的无缝对接。乌兰牧骑由内蒙古走向全国，成为社会主义文艺战线学习的楷模，进而从草原走向世界，成为内蒙古自治区对外文化交流的知名品牌，在当代中国文化发展史上占有极其重要的地位。从巴丹吉林到额尔古纳，从大青山到西拉木伦河畔，歌声连绵，涓水细流，乌兰牧骑的身影定格在马背民族追赶新时代的扉页上，一路洒满阳光。

第一节　一封情寄草原的信

2017年11月21日，一个极其普通的日子，却又是值得铭记的一天。初冬的苏尼特草原，期待着一场飞雪的到来，比飞雪提前到来的是令人亢奋的喜讯，乌兰牧骑的队员们，个个热血沸腾，此时他们正在拜读一封信，一封来自中南海的信。年轻的队员笑逐颜开，年长的老队员抑制不住热泪盈盈。

苏尼特右旗乌兰牧骑的队员们：

你们好！从来信中，我很高兴地看到了乌兰牧骑的成长与进步，感受到了你们对事业的那份热爱，对党和人民的那份深情。

乌兰牧骑是全国文艺战线的一面旗帜，第一支乌兰牧骑就诞生在你们的家乡。60年来，一代代乌兰牧骑队员迎风雪、冒寒暑，长期在戈壁、草原上辗转跋涉，以天为幕布，以地为舞台，为广大农牧民送去了欢乐和文明，传递了党的声音和关怀。

乌兰牧骑的长盛不衰表明，人民需要艺术，艺术也需要人民。在新时代，希望你们以党的十九大精神为指引，大力弘扬乌兰牧骑的优良传统，扎根生活沃土，服务牧民群众，推动文艺创新，努力创作更多接地气、传得开、留得下的优秀作品，永远做草原上的"红色文艺轻骑兵"。

习近平

2017年11月21日

3

这的确是非同寻常的喜讯！总书记的信凝结着党的亲切关怀，这支诞生在草原上的艺术红芽，历经60年的风雨磨砺，已经绽放出瑰丽的色彩，在广袤的内蒙古草原上，乌兰牧骑有如四季常开的花朵，把艺术的芬芳送到敖特尔，送进蒙古包。乌兰牧骑用歌声传递文化与文明，一个能歌善舞的民族，在歌声中与时俱进。

时光回溯到1957年，一支由十几人组成的草原文艺轻骑兵，赶着一辆马车，迎着春天的气息走向草原深处，偏远闭塞的牧民看到他们表演的节目，如同久旱逢甘霖，所有的节目深得广大牧民的欢迎。于是，乌兰牧骑就这样诞生了，这是他们建队后第一次走进草原演出。

乌兰牧骑汉译为"红色的嫩芽"，在锡林郭勒大草原苏尼特右旗最早面世。令人倍感欣喜的是，这株红芽从破土那一天开始，便以其超强的生命力令人惊羡，并很快在内蒙古千里草原激情绽放，成长和蔓延的速度惊人，成为全国文艺战线上的一面旗帜，关键是深受牧民的喜爱。事情的起因是这样的：恰逢乌兰牧骑60岁华诞，老一辈乌兰牧骑人抑制不住激动的心情，把60年的成长经历跃然纸上，寄给中南海向总书记汇报，没想到这么快就收到了回信，欢欣鼓舞的不仅仅是乌兰牧骑的队员们，还有全区2400万各族儿女。

2017年11月21日下午，内蒙古自治区党委常委会召开会议，专题传达学习习近平总书记给苏尼特右旗乌兰牧骑的回信，研究部署贯彻落实工作。乌兰牧骑全心全意为人民服务，这与党的宗旨一脉相承，要学习乌兰牧骑，与牧民走得更近，心贴得更紧。

草原深情寄北京，来自中南海的信洋溢着亲切的关怀与勉励，并转化为发展的动力。

"习近平总书记给苏尼特右旗乌兰牧骑队员的回信，是让全区2400万各族草原儿女欢欣鼓舞的一件大事，是在全区文化建设进程中具有里程碑意义的一件大事。习近平总书记的重要指示，思想深刻、内涵丰富、情深意切、语重心长，充分体现了党中央和习近平总书记对乌兰牧骑成长进步的高度重视，对内蒙古文艺事业繁荣发展的殷切希望，对全区各族人民的亲切关怀，为我们更好地发展乌

草原上的红色文艺轻骑兵——乌兰牧骑

兰牧骑事业、加强文艺工作、建设民族文化强区提供了重要遵循、注入了强大动力。"

"全区各级党委、政府要进一步增强'四个意识'，坚定'四个自信'，充分认识习近平总书记重要指示的重大意义，深刻领会习近平总书记重要指示精神的内涵，把学习贯彻工作作为一项重要政治任务，同学习贯彻党的十九大精神结合起来，同学习贯彻习近平总书记考察内蒙古重要讲话精神和庆祝自治区成立70周年题词精神紧密结合起来，认真总结乌兰牧骑60年来的宝贵经验，深入研究促进乌兰牧骑事业发展的政策措施，更好地推动乌兰牧骑在新时代呈现新气象、展现新作为、实现新发展，帮助广大农牧民从物质上到精神上都把日子过得更加红火起来。全区广大文艺工作者特别是乌兰牧骑的队员们，要始终牢记习近平总书记的殷殷嘱托和重要指示，弘扬优良传统，扎根基层一线，推动文艺创新，全心全意为农牧民服务，努力创作更多接地气、传得开、留得下的优秀作品，用实际行动和优异成绩回报习近平总书记的关心关怀。"

　　一封信在草原上荡起波澜，接受采访的内蒙古自治区乌兰牧骑协会原副主席朱嘉庚，把习近平总书记的回信看了一遍又一遍。这位四川万县人考入上海戏剧学院，毕业后来到内蒙古，书写了50多年的乌兰牧骑人生。他说，乌兰牧骑根植草原，把牧民当母亲一样尊重，是党全心全意为人民服务的根本宗旨在边疆少数民族地区的生动体现。读着总书记的信，他的眼前浮现出当年与乌兰牧骑队员一起深入农村牧区风餐露宿的场景，正如总书记所说，蓝天是幕布，草原是舞台。时光并没走远，难以忘却的记忆常常让他激动不已。有人把乌兰牧骑比作草原上的萨日朗，可红红的萨日朗从没凋谢过。朱嘉庚先生吃了一片降压药，带我们一同走进了精彩纷呈的乌兰牧骑岁月。

2017年11月22日，在内蒙古自治区党委常委会召开的第二天，锡林郭勒盟召开会议，传达和学习习近平总书记的回信，并在第一时间把总书记的回信精神传达到各个旗县的乌兰牧骑。太仆寺旗乌兰牧骑队长张志泽说："最近一段时间我们排练一些关于学习贯彻十九大精神的节目，会把总书记的关心关爱融入我们接地气的节目中，以生动的方式把十九大精神带给农牧民群众。"呼伦贝尔市新巴尔虎左旗乌兰牧骑队长朝鲁说："习近平总书记给乌兰牧骑队员的回信，是让全区2400万各族儿女欢欣鼓舞的一件大事，感谢党中央和习近平总书记对乌兰牧骑的高度重视和肯定。作为队长，我将以党的十九大精神为指引，在新时代大力弘扬乌兰牧骑优良传统，带领全队扎根生活沃土，推动文艺创新，努力创作更多

传承乌兰牧骑

接地气、传得开、留得下的优秀作品，永远保持乌兰牧骑本色，做草原上的红色文艺轻骑兵。"阿龙山林业局森林病虫害防治站站长张金华是乌兰牧骑的铁杆粉丝，他说，他也学习了习近平总书记的那封信，"总书记的回信不仅是写给乌兰牧骑的队员们，也是写给每一位边疆普通群众的，没有中国共产党，哪有我们的幸福生活！林区人一定不会辜负总书记对边疆工作者的记挂和深情，我们要学习乌兰牧骑，以林海为战场，以保护生态为己任，把党的十九大精神转化为做好工作的强大动力和生动实践，做最美的'森林医生'，与全国人民一起努力，守护好国土，建设好家乡。"

到过阿拉善的，想必对茫茫戈壁中的胡杨林印象颇深，这种大西北的固有树种屹立在岁月的疾风中，以生命力顽强著称于世，在干旱的环境下，它们三千年不死，死后三千年不倒，这种顽强的品格与活跃在沙地里的乌兰牧骑很相似。阿拉善右旗乌兰牧骑队长红旗的一席话让我们自然地将乌兰牧骑与胡杨林联系在一起，"习近平总书记在回信中说'乌兰牧骑是全国文艺战线的一面旗帜，为广大农牧民送去了欢乐和文明，传递了党的声音和关怀'，我看后备受鼓舞，这是党中央对我们多年来所做成绩的肯定，也是对今后工作的鞭策。近年来，我们乌兰牧骑以'扎根基层、服务基层、服务农牧民群众'为宗旨，每年下乡演出100多场，深受农牧民欢迎。今后，我们要立足新时代，以党的十九大精神为指引，大力弘扬乌兰牧骑优良传统，以歌舞的形式把群众喜欢的精品文艺和党的十九大好政策送到基层，送到老百姓心中，为共圆中国梦的伟大复兴作出贡献。"

"真的很高兴。"奈曼旗乌兰牧骑队长徐桂萍脸上洋溢着激动，"得知习近平总书记给我们乌兰牧骑回信的消息，我激动得夜不能寐，这是我们乌兰牧骑人最大的荣誉，是对我们工作的莫大鼓舞。我们将牢记嘱托，继续努力，以更加饱满的工作热情创作出更多接地气、短小精悍、群众喜闻乐见的节目，把党的政策、党的声音带给千家万户。"

出呼和浩特往南50公里便是和林格尔县，老一辈的乌兰牧骑队员记忆犹新，20世纪60年代组建乌兰牧骑时，这里一片荒凉，如今这里已是"中国云谷"，新崛起的现代化新区以大数据、云计算闻名于世，可乌兰牧骑的队员不忘本色，依然关注和服务偏远的农村。在和林格尔县巧什营村，外面冷意萧萧，可文化大院里却很热闹。乌兰牧骑演员最新排练的二人台《十九大精神暖人心》等新曲目正在演出，吸引了十里八村的乡亲们前来观看。巧什营文化大院负责人贾新荣说："时下电视节目十分丰富，可老百姓还是愿意看乌兰牧骑的演出，这是他们身边的艺术。"和林格尔县文化体育广电局局长郭银良介绍，看了习近平总书记给苏尼特右旗乌兰牧骑队员的回信，大家备受鼓舞，干劲十足，赶排了一台新节目，已深入全县8个乡镇、1个园区，惠民演出340余场（次），下一步和林格尔县将继续加大扶持力度，壮大乌兰牧骑队伍，创作文艺精品，丰富基层百姓文化生活。

伊金霍洛旗52岁的乌兰牧骑队员图力古尔演艺生涯近四十载，不为名利，甘当一名普通演员，提到习近平总书记的回信，他激动的心情难以掩饰："习近平总书记对乌兰牧骑60年的发展给予那么高的评价和肯定，对我们寄予如此厚望，是对我们基层文艺工作者最大的鼓舞。我们的宗旨是'一专多能、服务到家'，在这个多民族大团结的文艺大家庭里，每个队员都在尽己所能苦练内功，给农牧民带去生动、鲜活的文艺作品。我们每年进行大大小小的文艺演出200多场，足迹遍布农村牧区各个角落，不光带给群众丰富多彩的文艺节目，还把党的政策、政府的温暖送到千万家。总书记的勉励将继续激励我们扎根基层，创作出好作品，展现新时代'红色文艺轻骑兵'的风采，作为一名乌兰牧骑人，我感到骄傲。"

第二节　党和国家领导人的亲切关怀

萨日朗是草原上最常见的一种花，开得鲜艳，姹紫嫣红，因而又叫红花。红花的花瓣和花根都可食用，甜甜的，脆脆的。每到七月，正是花团锦簇的季节，萨日朗的花根在土里呈蒜头状，味甜可口，有些人常常禁不住诱惑，在萨日朗孕

蕾前就把花根刨出来吃掉了,将萨日朗的美丽扼杀在萌芽中。草原上有句谚语:"知道护草的才拥有草原。"花的芬芳需要沃土,更离不开阳光雨露。乌兰牧骑这株红色的嫩芽,自诞生那一天开始,就一直得到党和政府的关怀与爱护。

20世纪50年代,在中华人民共和国成立初期的社会主义建设热潮中,为了改变基层农牧区贫穷落后的面貌,促进政治上当家做主的农牧民实现文化上的翻身解放,改善和丰富农牧民的精神文化生活,乌兰牧骑这支独特的民族文化艺术综合服务轻骑队在内蒙古这片土地上得以创建并发展起来。

内蒙古组建乌兰牧骑的消息不胫而走,很快传到北京。国务院总理周恩来时刻关注着乌兰牧骑,他心中牵挂的是全中国偏远牧区的文化建设。每次在中南海见到内蒙古的同志,总理都询问乌兰牧骑的进展,叮嘱他们一定要把乌兰牧骑的事情办好,给全国人民作出示范。1964年,乌兰牧骑在北京参加全国少数民族群众业余文艺会演,别的省区市都是专业化大队伍,唯独内蒙古只有15人,且多是牧民后生,但节目个个精彩,在演出排序时,内蒙古乌兰牧骑最后一个压轴出场,赢得了满堂喝彩。毛泽东、周恩来等国家领导人观看了演出,对乌兰牧骑十分赞赏。1964年11月20日,《人民日报》刊发了题为《一辆马车上的文化工作队》的文章,把乌兰牧骑介绍给全国,又相继发表了《打成一片》等多篇短评,号召全国文艺工作者向乌兰牧骑学习。

采访中,谈到与周总理亲切交谈的情景,朱嘉庚先生一度哽咽。乌兰牧骑队员在北京期间,日理万机的周恩来总理抽出宝贵时间专门接见他们,听取了他们的详细汇报,那是让人难以忘却的幸福记忆。周总理向内蒙古的同志表示,他们的路子走对了,应该发扬光大;同时希望他们保持不朽的乌兰牧骑称号,把革命的音乐舞蹈传遍全国,并建议他们去各地巡回演出,把乌兰牧骑的经验推向全国。根据周总理的意见,自治区从全区乌兰牧骑中抽调演员,在呼和浩特集中排练了一个月,1965年6月,乌兰牧骑巡回演出队分4路出发,到全国各地巡回演出。近200个日日夜夜,乌兰牧骑队员走遍了全国27个省(自治区、市),深入厂矿、学校、部队、村寨,演出300多场,推广乌兰牧骑经验,提倡文艺为人民群众服务。在这期间,内蒙古的"乌兰牧骑"火遍全国,大江南北记住了乌兰牧骑的名字。

乌兰牧骑的创建和发展，一方面凝聚了几代乌兰牧骑队员的奉献和努力，另一方面，各级党委、政府对乌兰牧骑的创办和发展也给予高度重视关怀，各族群众热情支持帮助，可以说，乌兰牧骑的发展凝聚着党和人民的深情厚爱。党和国家领导人对乌兰牧骑的工作十分重视。邓小平同志为乌兰牧骑题词："发扬乌兰牧骑作风，全心全意为人民服务。"江泽民同志为乌兰牧骑题词："乌兰牧骑是社会主义文艺战线上的一面旗帜。"胡锦涛同志视察内蒙古自治区时曾在基层观看过乌兰牧骑的演出。习近平总书记亲自给苏尼特右旗乌兰牧骑回信。这些，集中体现了党和国家对正确贯彻党的民族政策和文艺方针的高度重视，同时也体现

乌兰牧骑，永不落幕的是传承

了各族干部群众在社会主义建设中的文化自觉、自信和自强。

习近平总书记的回信，还在草原上广为传阅，其产生的激励效应如沸水一样沸腾。除专业乌兰牧骑演出队，有的地区还自发组建了业余乌兰牧骑。2018年7月15日，习近平总书记在赤峰市视察时，就观看了临潢社区业余乌兰牧骑的表演，并给予很高的评价。物质生活得到满足，人们更需要精神层面的富有，乌兰牧骑就像传播文化和文明的使者，他们在草原上划出一道流动的彩虹。

成立60多年来，乌兰牧骑不负众望，长期坚持植根基层，保持轻骑特点，全心全意服务农牧民。他们把党和政府的关怀温暖送到农牧民的心中，把健康丰富的精神食粮送到农牧民的身边。他们坚持和创新"演出、宣传、辅导、服务"四项职能，全部工作以农牧民为中心，反映新时代，讴歌新人物，传播新观念，倡

内蒙古的名片和骄傲

导新风尚，创造了内蒙古文化发展史上的奇迹，成为农牧区公共文化服务的主力军和文化惠民的排头兵，成为促进农牧区经济社会发展、增强民族团结、维护边疆稳定的文化劲旅和文艺先锋。

如今，在以习近平同志为核心的党中央领导下，内蒙古自治区同全国各地一样，迈入了改革发展的新时期。活跃在内蒙古大草原上的乌兰牧骑，正在沿着先进文化的前进方向不断开拓进取，深化改革创新，更好地为农牧民和各族群众服务，以实际行动为实现中华民族伟大复兴的中国梦而奋发努力。

回顾总结乌兰牧骑的发展历程和现实发展经验，可以看到，作为文化创新的事物发展起来，乌兰牧骑鲜明体现的正是文化艺术发展的一个根本性的规律，即人民群众是文化艺术的创造者，也是文化艺术创造成果的享有者。乌兰牧骑的艺术创造不仅以鲜明的地域和民族特色，呈现着铸牢中华民族共同体意识的绚丽色彩，也以接地气的生活气息和时代精神，不断从人民群众中汲取不竭的养分。因此，乌兰牧骑在服务于基层人民群众的过程中，始终保持着鲜活的生命力。

第二章　红色嫩芽破土

乌兰牧骑在全国文艺战线刮起一股红色的风，艺术来源于生活，生活也呼唤艺术，当艺术与人民群众的需求形成默契与共振，便凝聚成旺盛的生命力。连日来在内蒙古大地上穿梭走访，站在端点上回眸乌兰牧骑的源头，"萨日朗"红得艳丽，红得热烈，是时代的进步和生活的演进催生了乌兰牧骑的诞生，由党员干部民生意识增强所焕发出的创造力，恰与党的为人民服务的根本宗旨一脉相承。

乌兰牧骑，送去的是欢声笑语，送去的是温暖。它用歌声与舞蹈诠释党和政府对群众的关爱与牵挂，乌兰牧骑成了一个带着时代标记的温暖符号。

第一节　草原文化与文明的呼唤

内蒙古是一片古老而神奇的土地，大自然赐予这里"天苍苍，野茫茫"的禀赋，内蒙古各族儿女就在这广袤的大地上繁衍生息。在采访乌兰牧骑期间，倏然想起一年前在科尔沁草原深处体验生活的情景。那片草原除了有科尔沁这个名字，还有一个乳名叫"浑都楞"。浑都楞非常古老，且十分神秘，很多人未曾到过这个地方。尽管方圆百万余亩，可与锡林郭勒、呼伦贝尔大草原相比，它几乎小到可以忽略不计。站在浑都楞草原上遥望，让人仿佛回到了遥远的年代。

游牧迁徙是草原固有的形态，是游牧民族生存的主要方式。只是随着社会的进步，这种原始的生产生活方式逐渐被现代的元素融入。然而，在阿鲁科尔沁草原的深处，至今仍有一片草原坚守着这种生活方式，每年入夏至初秋，几十万头只牲畜便会涌进来，游牧采食，复盘原始。浑都楞是科尔沁草原的一部分，处于阿鲁科尔沁北部边陲，这里依然延续着迁徙放牧方式，牧歌悠扬回荡在浩瀚的苍穹，天苍苍，野茫茫，奶茶，奶酪，马奶酒，手把肉，雕花的马鞍……

古朴而神奇，草原本来就该是这个样子。可是，在这里生活，需要有强大的意志力来对抗寂寞与孤独。几位作家相约北上，开始游牧探源之旅。初秋不约而至，以致来不及与夏天道别，萧索的凉意便悄悄侵入生活，面对季节的轮换，竟让人莫名其妙地留恋起夏日的酷热，或许是秋天与冬天距离太近了，匆匆行进间，转眼便是岁末。早晨顶着晨露出发，摆脱了都市的嘈杂，沿高速路向北狂奔，转到一级公路仍马不停蹄，抵达天山脚下已是艳阳似火，三十几摄氏度的高温让我们见识了"秋老虎"的厉害。再次启程便是乡道，时有大摇大摆的牛群在公路上漫步穿行，听到鸣笛声，它们友好地让出路面。草原上的牧草已泛微黄，野花团团簇簇，而这缤纷的色彩实际上是谢幕前的最后展示，哪怕是一场秋霜，它们便会迅速凋零。远方云卷云舒，望山跑死马，驱车在广袤的草原上行进，是一段十分考验耐力的过程。在空旷的草原上，我们就像总也走不出五指山的"孙猴子"，觉得一直在时间的后面紧紧跟随。

行进二百余公里，便从柏油路转到草原路，颠簸的感觉愈加强烈了，丝丝缕缕的古朴与苍凉直往肺管子窜。草原路伸展得随心所欲，只要有车辙的痕迹，便可放心前行，无须担忧交规的约束。翻过几道山梁，就与燥热挥别了，冷飕飕的气息穿透薄薄的短衫，每个人都下意识地哆哆嗦嗦，真是美丽"冻"人哦。要命的是时有沟壑，因为穿越沟壑有如探险，行进间已经几次抛锚，下车推车给这次草原之旅平添了几分野趣。穿过一片乳云状的桦树林，夜幕低垂，黑魆魆的夜让视野变得迷蒙，悲催的是我们没能盯住前面的向导车，怎么走？每个人都不敢

浑都楞草原

给出方向性的预判，倘若指引错误，势必走向茫然陌生、孤立无援的境地，后果不堪设想。心脏怦怦直跳，对目标的渴望更加强烈，我们究竟在哪里宿营？是否已经穿越了国界？此时我们已经深陷连绵起伏的丘陵草原的沟谷里，似乎在走向无际的天边，而人渺小得竟像一只爬不出叶片的甲虫。终于眼前出现依稀光亮，宛如在苍茫的大海里发现孤岛，在几顶蒙古包前停下来的那一刻，每个人都像找到驿站般放松下来——倘若再往前走，无休止的跋涉就要把人们的耐力底线穿透了。

多数人都是平生初次住进蒙古包，拍掉一路疲惫，按捺不住好奇心，对这如银冠一样的民俗建筑兴趣颇浓。蒙古包是游牧民族的创举，主要由木架、苫毡、绳带组成。包内宽敞舒适，用特制的木架做"哈那"（蒙古包的围栏支撑），用两至三层羊毛毡围裹，之后用马鬃或驼毛拧成的绳子捆绑而成。圆形尖顶处开有天窗，便于通风采光。蒙古包可随时拆卸移动，牛群羊群游牧到哪里，它就跟到哪里。

走进浑都楞草原，仿佛走进一个神话般陌生的世界。在这里重复的是"勒勒车追赶太阳"的古朴，似乎与信息时代逆行，不愿从"原始社会"走出来。越来越多的时尚元素融进草原，而隐居深处的"浑都楞"便显得物以稀为贵，成为"中国重要农业文化遗产保护项目"。站在银蛇一样的浑都楞河边，思绪挂上倒挡，开始感悟浑都楞的前世今生，似乎正渐渐接近它的源头，远古的影子依稀可见。"天似穹庐，笼盖四野"该是它的前世，而它的今生尽管没有"风吹草低见牛羊"的壮观，但绿色依然沸腾，固守着草原的本色。

蒙古族能歌善舞，四弦琴和马头琴随身携带，常常在放牧时席地而坐，琴声在空旷的草原上流淌。草原上向来不缺"布魁"手，在牧户吉日嘎拉家的蒙古包前，布仁把一辆摩托车抱至胸间，堪称大力士，他和吉日嘎拉是巴彦宝力格最好的"布魁"，参加过那达慕摔跤比赛，曾入选内蒙古柔道队受训两年，现回到浑都楞继续享受他的游牧人生。他家养着200多只羊、40多头牛，上小学的儿子一放暑假也来到了游牧点。

仅两天的生活体验就感觉到对环境的不适，偏远、寂寞、孤独，顿有空荡荡的无聊，偶尔看到电视节目或者其他文艺节目，竟是最大的奢侈。在浑都楞游牧的牧民，仅仅需要在这里生活三个月，游牧结束就能回到浑都楞之外的信息化的家。可这三个月却是难以忍受的，牧民巴雅尔说，20世纪五六十年代，草原上的人都是这样生活，且一年四季都在这里。20世纪60年代初旗里有了乌兰牧骑，每一次来草原演出，牧民就像过年一样开心，大家看得很仔细，生怕落下每一个细节。乌兰牧骑，是游牧民族精神上的祈盼。

内蒙古自治区成立于1947年，是在中国共产党直接领导下建立的全国第一个少数民族自治区。内蒙古自治区东西长2400多公里，南北宽1700多公里，面积118.3万平方公里，是祖国北疆重要的生态安全屏障。1957年前后，内蒙古牧区和半农半牧区经过民主改革和合作化推进，农牧民生产生活明显改善，但受限于

乌兰牧骑队员进行演出

居住分散、交通不便、靠天游牧的生产方式，文化建设相对滞后，农牧民的文化生活单调，与物质生活的提高不能同步。当时，牧区已出现方便牧民孩子就地上学的"马背学校"，半农半牧区兴起商业代销代购流供点，可交通运输仍然靠马车驼队，文化站、卫生院只能建在旗县城镇，对偏远地区鞭长莫及。因此，将文化建设深入农村牧区，把党和政府的关怀送到农牧民心中，把健康丰富的精神食粮送到农牧民家门口，是草原人民急切的呼唤。

自古以来，牧民们往往搭几顶蒙古包在草原上聚居游牧，需要转场放牧时，便随季节迁徙到别处。在民间，牧区也有说书艺人到各个聚居点流动说书，可这些老生常谈难以满足牧民日益增长的精神文化新需求。内蒙古自治区党委、政府的领导在基层调研时发现，牧区特别是偏远地区的广大牧民，长期听不到时事广播，看不到图书、电影和文艺演出，这让他们挂怀于心，认识到加强牧区文化建设已经刻不容缓。他们开始思考并指示内蒙古自治区有关部门研究对策，多数的意见是建立文化室和图书室，可这些都被自治区党委、政府否决了。文化固定设施只能建在旗县所在地，条件稍好的可建到乡镇一级，根本延伸不到敖特尔或牧场点。内蒙古党委、政府领导要求各级宣传部门集思广益，从实际出发，进一步探索适应广大农村牧区分散生活的文化活动方式，加快探索内蒙古农村牧区基层文化建设的新途径。

第二节　红芽破土

1956年12月，全国少数民族文化工作会议在北京举行，这是中华人民共和国成立以来第一次少数民族文化工作会议，确定了之后一个时期少数民族文化工作的关键和方针，适应各民族特点，多层次多渠道加快少数民族文化建设，形成全党共识。

1957年初春，内蒙古大地刚刚复苏出些许的暖意，一个攸关农牧民文化生活的信息随着春风传来。内蒙古自治区文化局遵照全国少数民族文化工作会议精神和内蒙古党委、政府的要求，作出了在牧区进行基层普及文化工作试点的决定。文化局派出几个工作组，深入锡林郭勒盟的苏尼特右旗、正蓝旗、正镶白旗和乌兰察布盟的达茂旗等牧区、半农半牧区进行比较全面的调查研究。各路人马返回自治区首府呼和浩特市后，一致认为鉴于牧区、半农半牧区地广人稀、交通不便和农牧民居住分散的特点，必须组建一支组织精悍、装备轻便、人员一专多能、便于流动服务的小型综合性的文化工作队，有人给这支轻便的多能工作队起了个名字——乌兰牧骑。听汇报的自治区文化局负责人很欣赏这个名字。"乌兰"汉译过来是红色，"牧骑"是嫩芽，"乌兰牧骑"便是红色的嫩芽，简称"红芽"，假以时日，"红芽"长成大树，便会蓬勃出文化的绿荫。

"红色的嫩芽，这个名字好啊，可这是直译，也可理解为红色文化轻骑兵。"

自治区党委领导一锤定音，乌兰牧骑这一名称正式被确定下来。内蒙古自治区党委、政府给乌兰牧骑定了基调：乌兰牧骑是为开展农村牧区和群众文化工作，活跃群众文化生活，以机动灵活、富有民族风格的文化宣传形式，向农村牧区广大人民群众进行巡回服务与辅导活动，并继承和发扬民族文化遗产，从而满足农牧民群众的文化需要的一支文化工作队。组建乌兰牧骑仅是形式，最重要的是通过乌兰牧骑把党中央的关怀关切及时传送到没有电、没有公路的闭塞农村牧区，使乌兰牧骑成为党和政府与农牧民沟通的桥梁、传播文化文明的载体，密切配合农村牧区政治、经济和社会发展，结合农村牧区特点，宣传社会主义思想，不断进行党和政府各项方针政策及国内外时事的传播，提高农牧民的政治觉悟，发展农村牧区群众文化事业，组织和辅导农牧民业余文化艺术活动，建设与发展自治区的社会主义新文化。由此可见，创建乌兰牧骑的初衷与目的概括起来有两项：一是通过文艺演出给农牧民送去欢乐；二是寓教于乐，宣传党的方针政策；既是宣传队又是工作队，身兼二职。乌兰牧骑一路走来，走向草原，走向山乡，走向田野。

《乌兰牧骑试点规划》和《乌兰牧骑工作条例》相继出台，工作效率之高令人叹服。条例规定乌兰牧骑身上肩负四项任务（演出、宣传、辅导、服务），具备"轻骑特点"（队伍短小精干、队员一专多能、节目小型多样、装备轻便灵活），关键是要有团队精神，植根基层，情系群众，艰苦奋斗，无私奉献，实际上这也是乌兰牧骑多年一直坚守的准则。

五月的草原泛出浅浅的绿，这是生命的色彩。初夏的柔风裹挟着悦动的呢喃，由自治区文化局抽调精干力量组成的试点工作队，沿着农牧民的足迹，循着悠扬的马头琴声，把乌兰牧骑的种子种在锡林郭勒苏尼特右旗，而南部西拉木伦河南岸的翁牛特旗也一并下种。一场清雨过后，种子绽开红色的嫩芽，乌兰牧骑正式走进民间。

苏尼特右旗地处锡林郭勒大草原西北部，与二连浩特口岸不远，相邻的还有朱日和练兵场，全旗26000多平方公里的草原。南部的翁牛特旗，在西拉木伦河与老哈河之间，境内各民族交融。选择这两个地区作为乌兰牧骑试点，具有一定代表性。

翁牛特旗组队迅速，不到一个月就组建了一支精干的乌兰牧骑队伍，并立即开始进行节目创作和编排。苏尼特右旗乌兰牧骑试点由自治区文化局试点工作队直接部署，经过精心挑选，旗文化馆原馆长乌力吉陶格套出任队长，此外还有旗团委干部伊兰，文教科干部乌云毕力格和乌尼格日乐，文化馆干部阿拉塔图，小学教师额日和木巴图，牧民斯琴道尔吉、额尔登达来、娜仁托雅，商业局干部荷花，这9个人成为乌兰牧骑首批队员，另配备两名车夫。队员尽管是从各部门抽调的，但都具备一定的表演天赋。

第一支乌兰牧骑建队，东拼西凑配齐了装备。胶轮马车两辆，其中一辆是试点工作队的"专车"。马六匹，其中三匹是专门为试点工作队准备的坐骑。幕布两块，煤气灯三盏，乐器五件，三弦、四胡、马头琴、笛子、手风琴各一把，服装四套，播音设备一套，留声机一台，帐篷两顶。装备是简陋了些，可在当时，也只能这样。乌兰牧骑队员集结的第二天，就开始了紧张排练。试点工作队中有音乐专业老师，图布新老师给队员上声乐课，达瓦老师上舞蹈课。三个月后，一台极富特色的歌舞节目排练成熟，小剧《两朵红花》《为了孩子》，器乐合奏《阿苏如》《八音》，好来宝《党的关怀》《宏伟的计划》《幸福路》，舞蹈《挤奶姑娘》以及民歌等，这是乌兰牧骑历史上第一张节目单。

"就四种乐器，怎么演奏出八音效果？"我们对器乐合奏《八音》觉得好奇。

我们天真地以为，但凡器乐合奏就该像乐池里几十人上百人的轰鸣，仅用四

一代乌兰牧骑人的芳华

胡、三弦、笛子岂不是有些潦草单调？朱嘉庚老师莞尔一笑，似乎我们不该提这样的问题，乌兰牧骑的器乐合奏突出民族艺术特点，贴近牧民，不追求恢宏的气场。我们继续乌兰牧骑的话题。

1957年6月17日，是乌兰牧骑的生日。在苏尼特右旗文化馆内，自治区试点工作领导小组为乌兰牧骑的诞生举办了一个简朴而庄重的建队典礼。乌兰牧骑队旗迎风飘扬，蓝天如洗，墙上贴着标语，在排练室紫色的幕布上，悬挂着用汉蒙两种文字书写的乌兰牧骑会标，写着"苏尼特右旗乌兰牧骑汇报演出"的条幅格外醒目，幕布正上方凌空飞腾的金色骏马图案，使会场气氛庄严美观而富有激情。附近的居民站在院子里，他们不能进演出厅观看，但可以听到乌兰牧骑的声音，对旗所在地温都尔庙镇的居民来说，乌兰牧骑是第一个文艺团体，他们对这一新生事物的关注度不亚于对中央民族歌舞团的关注。试点工作队的全体成员和旗里领导坐在长条凳上，神情激动而惬意，似乎在等待一场盛大演出，每看完一个节目都回敬喝彩与掌声。演出结束，旗委宣传部部长发表了热情洋溢的讲话，并赞扬乌兰牧骑给苏尼特文化平添新色，祝贺试点工作成功。在文化馆门口，展放着新中国建设成就的图片、画报、图书，这些也一并跟着乌兰牧骑走进草原，演出与宣传同时进行。

红色的嫩芽绽叶了，一辆满载歌声的马车，携带着演出道具和帐篷，迎着朝阳，追赶落日，与游牧民族相依相随，开始了乌兰牧骑的巡演生涯。他们边走边演，把牧民喜爱而难得听到看到的歌舞，送到村屯浩特和一个个牧场点，把政策宣传和服务活动送到家门口，送进蒙古包。

为了认真体现党和政府对基层牧民群众的温暖关怀，队员们不辞辛苦，常常为一两个正在放牧或卧病在床的牧民进行专场演出，牧民们感动得热泪盈眶。有时，即便天阴下雨或风沙弥漫，队员们仍照常化装登场，一丝不苟，认真演好每一个节目。责任担当和服务意识已经渗入乌兰牧骑的血液，全心全意为牧民群众送歌献舞、热情服务的事迹，很快传遍草原。每当乌兰牧骑的马车和鲜红的队旗出现，牧民们便纷纷从蒙古包里跑出来，"玛奈乌兰牧骑依日勒（我的乌兰牧骑来啦）。"孩子们高兴地蹦蹦跳跳，阿妈已经烧好了热腾腾的奶茶。一位乌兰牧骑队员病了，蒙医包特格日勒日夜守护在侧，乌兰牧骑启程到新的演出点，他徒步两天穿越沙漠，直至将患病队员安全送到目的地才放心离去。每次乌兰牧骑到达浩特或牧场点，牧民们都争抢乌兰牧骑队员住进自家的蒙古包，而离开时，队员的衣袋里总鼓鼓囊囊塞满奶食品和肉干，牧民们目送"玛奈乌兰牧骑"消失在视野中。他们受到了亲人般的接待。

第一支乌兰牧骑试点演出结束，受欢迎的程度和收到的效果超乎想象。从1957年6月17日至8月11日，他们马不停蹄地在牧区巡演了54天，行程3000余里，演出、讲座、展览30多场，他们用脚掌把苏尼特草原丈量了一遍。队员们多数都是有家室的人，男队员的家属成了家里的顶梁柱，女队员的丈夫一个个都摇身变成"大厨"，见到孩子们女队员一边笑一边抹眼泪。有个女队员孩子没断奶就下去演出了，两个多月没见到额吉，孩子竟有些陌生，把乳头塞进孩子的嘴里，可她的奶水已经没了。

从团委转行到乌兰牧骑的首批队员伊兰，当年还是萨日朗一样美丽的姑娘，如今已是白发苍苍的耄耋老人。谈起第一次下乡巡回演出的经历，80多岁的老人记忆依然清晰。那年夏天苏尼特草原干旱少雨，日炙风热，途中喝不上水、吃不上饭已司空见惯，尤其到了定居点，看见牧民从十几里外背来水，队员更知水的珍贵，常常几天不舍得洗脸。在阿其图乌拉一带演出期间，队员额日和木巴图身染重疾不能行走，为治疗方便住进一户牧民家里。这户牧民家有两位老人，60多岁的老额吉腿脚不便，但热情慈祥，给病人煮饭熬药，端屎端尿，不分昼夜伺候，给予无微不至的关怀。当地有名的大夫苏格尔和布达格日乐轮流给额日和木巴图医治，使他的病情很快好转。演出期间，布达格日乐大夫一直跟随乌兰牧骑，为队员们提供健康服务。转到另一地演出结束后，一位70多岁第一次看现场表演的老额吉，高兴地双手捧起马奶酒，敬给伊兰和另一位队员荷花，两位女队员端起碗一饮而尽。随即，老额吉拉着伊兰的手走进蒙古包，翻箱倒柜找出一块月饼和一把红枣，伊兰感动得留下幸福的泪水，老额吉轻轻抚摸伊兰的脸，亲吻她的额头。

1958年去乌日根塔拉公社演出，途中马受惊翻车，把队员摔出老远。大家站

与农牧民心连心的文艺轻骑兵

起来互相对视，队长头上起了包，乌尼格日乐腿瘸了，个个灰头土脸的，竟然开心地笑了起来。队员们一起动手把马车扶正，坐上车继续赶路。

1961年春节前夕，全体乌兰牧骑队员到桑宝力嘎公社慰问军属演出，他们从苏尼特右旗牧场骑骆驼出发，其中三个人没骑过骆驼，非常紧张。伊兰让他们随着骆驼的摆动放松自己，走了50多公里的路，下午到达目的地时有的队员臀部磨破了皮，因为坐的时间长，破皮处肉和裤子粘在一起，扯开时龇牙咧嘴地疼。但队员们还是穿上蒙古袍，把裤子一遮，坚持慰问演出。军属们感动地说，还是党和政府关心他们，不离开蒙古包就能看上精彩的节目。

草原上绽开乌兰牧骑之花，这是千里草原上怒放的报春花，带来乌兰牧骑事业百花盛开的春天，成为民族地区文化建设中一支不容小觑的力量。

从此，草原上空出现一道不落的彩虹，他们用歌声传递党的民族政策，成为播种文化的使者。

第三节　大漠荷花

苏尼特右旗和翁牛特旗乌兰牧骑的成功，催生各地文化建设和宣传的脚步，他们活跃在农村牧区，成为内蒙古大地上一道夺目的风景线。在乌兰牧骑队伍中，有一大批文艺青年奉献芳华，且无怨无悔，钟爱一生。

去翁牛特旗采访，忙里偷闲来到玉龙沙湖，本意是领略大漠风光，可当地文友却把我们引领到沙湖的旁侧，那里有一片镜湖，湖面上的荷花开得十分艳丽。大漠荷花自是独魅，而此时已是初秋，南方的荷花早已谢了，而这里的还处在盛花期。在乌兰牧骑的花丛中，也有一朵盛开的荷花，已经绽放了60年。

"额吉，可不能流眼泪啊！"孩子们一再叮嘱她。

"嗯，快把信念给我听听。"荷花有些急不可耐了。

2017年11月21日，习近平总书记给苏尼特右旗乌兰牧骑回信了，当时荷花正在内蒙古附属医院住院，双眼做了白内障手术。孩子们把这个喜讯告诉她，并把信读给她听。她强忍着不让激动的泪水流出来，因为这样对眼疾愈合不好，可心情却久久不能平复。60年前，她和老伴在乌兰牧骑工作的那段岁月，是她人生中最美好、最难忘的记忆。可如今岁草离离，光阴如梭，最初的9名乌兰牧骑演员，现在健在的只有她和伊兰，抑制不住黯然神伤，泪水还是流了出来。

1957年初，内蒙古自治区文化局决定在苏尼特右旗抓试点，成立一支文艺宣传队，到居住分散、交通不便的农村牧区演出，丰富农牧民的精神文化生活，开展文艺宣传和服务工作，把党的政策和温暖及时送到广大农牧民群众之中。那年3月，自治区文化局、内蒙古群艺馆的领导和老师来到温都尔庙，开始了筹备工作。旗委对此十分重视，从机关干部、牧民和民间艺人中选拔了9名能歌善舞、会吹拉弹唱、一专多能的文艺骨干和文艺爱好者，成立了一支短小精干的文艺宣传队，队长由文化馆馆长乌力吉陶格套担任，达布嘎扎木苏担任指导员。1957年6月17日，文艺队正式命名为乌兰牧骑。乌兰牧骑队员实际上从4月份就接受了系统训练。从旗内选拔上来的队员年龄偏大，不具备相应的专业知识，一切从头开始。训练和排练交叉进行，时间只有3个月。队员们训练十分刻苦，压力特别大。

受困于财力，训练条件十分艰苦，当时只有一个小排练室，老师从压腿、亮嗓子等基本功开始，手把手辅导。没有练功设备，便用几根木头搭建了练功压腿的架子，因陋就简。每天5点起床，压腿，练基本功。刚开始练功时，腿疼得走不了路，甚至不能上厕所。除了吃饭和中午休息，每天练到晚上11点多。但是大家没有一个叫苦叫累，都咬紧牙关，努力坚持。为了尽快深入牧区，为广大农牧民服务，队员们一边练功，一边排练节目。在非常短的时间里，他们不仅学习排练了舞蹈《鄂尔多斯舞》《挤奶舞》《安代舞》《筷子舞》《盅碗舞》和《小马驹舞》，还将东北民歌改编成男女生二重唱《东格尔大喇嘛》《好来宝》等节目。经过3个月的强化训练，1957年6月17日，乌兰牧骑在温都尔庙礼堂进行了汇报演出。自治区领导、群艺馆的老师、来自察右后旗的舞蹈老师以及旗里领导、机关干部职工、学生和周边的农牧民都来观看演出，礼堂里坐满了观众，那样的热闹场面至今令人难忘。演出获得成功，得到领导和老师的好评。当时，队员们特别激动，想到几个月来吃的苦、流的汗水和泪水，觉得值了。汇报演出后，乌兰牧骑就开始了为基层农牧民服务的漫漫征程，一走就是60年。

第一次下乡演出，是去离旗里100多公里的赛汉乌力吉公社。赶着马车走了整整一天的路，夜幕降临，终于到达目的地。稍微休息一下，便开始化装，当时的演出地点是有着270年历史的陶高图庙。没有电，就用汽灯照明，等待看节目的牧民携家带口，席地而坐。队员们精神抖擞，表演时态度认真，一丝不苟，群众看得津津有味，掌声和欢笑声把那个夏夜搅得火热。初战告捷，队员们受到鼓舞，心里平添自信。第二天去一个生产大队演出，离公社最远，中间隔着一片沙漠。

七月的草原骄阳似火，草原被熏烤得似蒸笼。走了一天，竟没有走出沙漠。带的水喝完了，队员们一个个筋疲力尽，抬腿运步的力气都没有，连马都走不动了。举目四望，一个蒙古包、一户牧民也看不到。在饥渴状态下最能加速人的疲惫，于是队员们分头找水，乌尼格日勒发现了一个浅水泡子，里面有一具动物尸体，水面上漂浮着一层脏兮兮的腐化物。队长让大家用自带的水缸子烧开喝，防

第一支乌兰牧骑——苏尼特右旗乌兰牧骑

29

止喝坏肚子。可荷花实在太渴了，她用手把水面上的腐化物拨开，不顾一切地用双手掬上水心急火燎地喝起来。队员们把道具、服装、乐器从马车上卸下来，背在肩上，在黑魆魆的草原上徒步几十里，两个蒙古包的浩特出现在视野中，队员们如同发现了新大陆。牧民老乡非常吃惊，没想到乌兰牧骑队员背着乐器来为他们演出，立即帮忙搭舞台，队员们忘记了一天的疲劳辛苦，演出照常进行。有位老额吉眼含热泪，激动得声音颤抖了："这是我第一次看演出，过去只有王公贵族那样的有钱人才能看到，没想到我在家里也能看到演出，这是我这辈子做梦也不敢想的事。感谢共产党，新社会真好。"

1959年夏天，荷花与达布嘎扎木苏相爱结婚，他们组成了一个乌兰牧骑之家。新婚一个星期，她就和其他三名队员一起去乌日根塔拉公社，劳动锻炼体验生活了一年。公社让她当羊倌，她每天跟在500只羊后头，开始觉着有趣，可时间一长就吃不消了，跟着羊群放牧还能行，关键是给羊饮水——荷花用木桶从井里把水提上来，要连续提十几桶。除了放羊，她还要兼顾其他工作。有一次，一位老乡生命垂危，那天深夜荷花骑马连夜往返40多公里找来大夫。路上她还把两棵树当成人，吓得心里直发怵，可想到人命关天，猛抽马鞭闭上眼就闯了过去。牧民老乡得救了，这家人对荷花感激涕零。

乌兰牧骑队员下乡在牧民家里吃住，经常一天只吃一顿饭，每顿饭交两角五分钱和半斤粮票。朴实的牧民说啥也不要，可这是纪律，丝毫不能违反，于是他们就在离开前把菜钱和粮票悄悄地塞在被子下面。多数牧民不识字，这在牧区比较普遍。荷花经常同旗里的领导干部一起去牧区搞社会调查，有一次来到一户牧民家，牧民从柜子里拿出一个小布包，打开一看，里面包的全是羊粪蛋儿，黑油油的。荷花好奇地问对方这是什么。原来牧民是用羊粪蛋儿对母畜、仔畜进行分类，并且记录牲畜数量的。荷花和其他乌兰牧骑队员听了，心里很不是滋味：这和伏羲时代的麻绳记事有何区别？文化对一个民族太重要了，而后他们又有了新的职能：教牧民学文化，从阿拉伯数字和音标开始。

乌兰牧骑队员除了学习和排练，其余时间都在下乡，没有节假日——越是节假日，他们越忙。1959年春节，队员们来到阿尔善图牧场，在杨森庙里给牧民演出。蒙古族大年初一拜年是铁打不动的习俗。荷花住的那户人家，大清早就去拜年了。牧户居住分散，户与户之间相距较远，走访几户，太阳升起一竿子高，羊圈里的羊叫起来，已然到了该放牧采食的时候。荷花不由分说打开羊圈，带上干粮替牧民出去放羊。

那年春天，乌兰牧骑下乡到都呼木公社，住在牧民贺西格家里。贺西格的丈夫去世，留下两个年幼的孩子，不幸的是贺西格也因为一场大雪失去了双脚，只能靠爬行支撑这个家。"这日子……咋过啊！"荷花和伊兰替这个多舛的家庭犯了愁，倏然想起他们乌兰牧骑有位做勤杂工的还没有成家。经两个人撮合，贺西格又重组了家庭。这事儿过了几年后荷花渐渐淡忘了，结果她在82岁高龄时，受中央电视台之邀在中央电视台1号大厅录制《马背上的牧歌》，其间出现一个意想不到的插曲，两位60岁上下的一男一女走上舞台中央，双膝跪地叫了一声"额

翁牛特旗乌兰牧骑根植沃土放歌行

吉"，荷花颇感意外。原来这一对男女就是贺西格的儿子和女儿，终于和心目中的额吉拥抱在一起，他们热泪汩汩。他们说，没有荷花额吉，那个家根本撑不下去，也不会有他们的今天。贺西格的女儿已是双鬓斑白，她说额吉一天也没有忘记会唱歌跳舞的荷花，每天都给他们讲乌兰牧骑的故事。

第三章　踏上征途

乌兰牧骑由最初试点的两支队伍，到20世纪60年代初已发展到几十支。他们活跃在千里草原，乌兰牧骑的旗帜飘到哪里，就把歌声送到哪里。在舞台上他们是演员，卸了装他们又是劳动者，放牧、挤奶、打草，播种、间苗、收割，他们样样精通。当乌兰牧骑的红旗出现在人们的视野中，总能引起一片欢呼：玛奈乌兰牧骑来啦！

第一节　一辆马车的家当

在翁牛特旗海日苏乌兰牧骑博物馆，展放着一辆马车，样子有些老旧。而全自治区当年组建的乌兰牧骑，每个队都有一辆这样的马车。

乌兰牧骑是在国家困难时期成立的，他们的排练条件十分简陋，演出的乐器和道具也就三五件，全部家当装在一辆马车上都不满，而就是在这样简陋的条件下，这支文艺轻骑兵长年累月深入草原，不忘初心，牢记使命。无论是烈日炎炎的盛夏，还是风雪呼啸的隆冬，他们一如既往地赶着马车，在辽阔的草原上穿

行，传播社会主义新文化的种子。

翁牛特旗乌兰牧骑是最早成立的两支文艺宣传队之一，最初队员只有6人，年龄最大的也不满30岁。这批年轻的队员，常年赶着马车奔走在草原上，哪里偏僻，就把马车赶到哪里。他们没有固定的舞台，只要有人群的地方，他们就围个场子演出。演出完就住在百姓家里，有时也住在车上。1963年夏天，他们背着行李、乐器，穿过滚烫的沙漠，徒步跋涉到全旗最偏远的那什罕公社六家子生产队。当他们赶到时，牧民们看到大家汗流浃背精疲力尽的样子，都心疼地劝他们休息一天再演出，可他们已排定日程，明天还要到另一个生产队去，于是队员们不顾疲劳，擦干汗水，喝一口奶茶，就开始在草地上化装，布置舞台，当最后一抹晚霞的余晖被收走，汽灯亮了，他们一口气表演了十几个精彩的节目。隐居在沙漠深处的牧民大多没到过公社，有的甚至没出过村子，他们自然也是第一次看到歌舞节目。一位60多岁的老汉捋着胡须说："真新鲜哩，唱戏唱到家门口了，还是毛主席教育出来的孩子好啊，心里想着咱们。"有一次，他们从旗所在地乌丹镇出发，前往海日苏公社演出。来到响水河畔，正遇河水暴涨，便在河边的沙滩上风餐露宿，口干舌燥，舀一杯混浊的河水仰头就喝；半夜冷了，就拾一堆干柴点起篝火。第二天中午，洪水退却，队员们挽起裤管，赤脚过河赶到对岸。由于队员们的行李和乐器把马车装满了，大家只能跟着马车徒步，终于走完了100多里的艰难路程，到达演出点时已是傍晚。一些牧民骑着马赶来看演出，得知乌兰牧骑竟这样辛苦，一位老额吉含着热泪对演员们说："可把孩子们累坏了，你们真懂得牧民的心啊。"

乌兰牧骑的节目总是坚持与时俱进。到1964年，翁牛特旗乌兰牧骑表演了280多个文艺节目，绝大多数都是反映现实生活和民俗风情的作品，贴近百姓生活，群众喜闻乐见。1961年，翁牛特旗要开挖一条幸福河，把西拉木伦河水引入荒漠草原。乌兰牧骑队员在施工现场劳动时，赶排了一个《西拉木伦河畔》的歌舞节目，鼓舞了人们的斗志，提振了当地群众征服自然、改造自然的决心和勇气。大家看了演出，纷纷组织突击队、铁姑娘班等，加快了修建水渠工程的进度。一位参加过抗美援朝的老志愿军说，战争年代，在行军中就有宣传文艺兵在路旁唱歌打快板，能激发战士的勇气；社会主义建设时期，乌兰牧骑继承了革命优良传统，在建设工地表演节目，同样令人感到兴奋，干劲倍增。从1961年冬到1962年春，为了配合社会主义教育运动的开展，年轻的乌兰牧骑队员奔波4000多里，到处表演反映新文化、新教育的文艺节目，并及时歌颂当地涌现出的新人物、新思想、新风尚。他们把闻名全旗的红色牧羊人的事迹改编成好来宝，把风靡全国的《红色娘子军》《李双双》《雷锋》的故事译成蒙古语，做成幻灯片，还结合部分牧民对参加集体劳动的消极表现，编创了《关其格老汉》；又从贫苦农牧民家中搜集了许多饱含血泪历史的破烂皮袄等实物，同旗文化馆联合举办今昔对比展览。幻灯片《雷锋》在全旗各公社巡回放映后，反响强烈，许多青年牧民纷纷表示要学习雷锋大公无私的高尚品格，更好地爱护集体牲畜，争取做草原上的"活雷锋"。

乌兰牧骑历史瞬间

　　乌兰牧骑队员长期在农村牧区演出，始终坚持全心全意为人民服务，坚持与群众同吃同住同劳动，和农牧民群众结下了鱼水深情。一年夏天，他们在西拉木伦河西岸的大兴公社大兴生产队演出时，当地发生了水灾，村庄已被洪水包围，队员们立即停止演出，蹚水过河，与群众一起抗洪抢险。他们和农牧民一起，把陷在河滩上的30多头牛一一抢救出来，之后又和农牧民一起加固堤坝。救灾结束后，队员们马上编排演出《人定胜天》等文艺节目，鼓舞群众斗志。

　　1963年10月的一天，乌兰牧骑队员清晨出发，在步行了60多里后正准备就地休息，生火煮饭，突然发现远处草场起火，12名队员不顾饥饿劳顿，奋不顾身向起火的草原奔去，他们有的脱下棉袄，有的挥舞柳条，与荒火搏斗。经过两个多小时的奋力扑救，一场野火被扑灭了。牧民们赶到时面露惊讶之色："难道这么

天为幕来地当台，随时随地演起来

大的草原火，就是你们几个扑灭的？"队员们脸上黑一道白一道的，这时才感觉到饥饿，牧民们非常感动，赶紧把身上带的干粮给队员们吃。乌兰牧骑队员帮助农牧民干活，这些年已经见怪不怪了。有人粗略统计过，一年中他们帮助牧民给4000多只羊剪了羊毛，收割牧草饲料14000多斤。其中有几位队员，开始对牧区牧业生产不熟悉，一年后也渐渐学会了打草、剪羊毛、招羊绒，有的还学会了骑马。过去从没招过羊绒的朝鲜族舞蹈演员，起初一天只能招六七只山羊，经过几年的锻炼，已经成为速度最快的招绒能手了。队员们住在牧民家里，就和家庭成员一样，扫地、煮饭、饮牲畜等一样不落，临走时还会把蒙古包里里外外收拾得干干净净。

在草原上，只要乌兰牧骑到来，家家户户就像迎接亲人一样热情，牧民们先去马车上争抢队员们的行李，他们知道谁抢到行李，队员就会到谁家去住。乌兰牧骑走的时候，牧民们依依不舍，送了一程又一程。有一次，乌兰牧骑来到乌兰敖都生产队，一位50多岁的老大娘硬拉着几位女演员住进她的蒙古包里。老大娘长得十分面善，一双微笑的眼睛，白皙的面颊，说话声音很轻，女演员看见她就想叫妈妈。大娘的慈母形象让队员们感到十分亲切，夜里睡觉时，大娘担心队员们劳累一天，住在蒙古包里容易着凉，就铺了两层褥子，整夜守在姑娘们身边。

乌兰牧骑队伍精悍，可每次都要表演两三个小时的节目，这也从客观上要求每个队员必须身兼多个角色，吹打弹拉样样都会，一次演出队员要准备几个不同的节目。乌兰牧骑既能表演又能创作，与专业的文艺团体有很大不同。不少演员刚演完曲艺，就得换装表演舞蹈，舞蹈结束马上操起扬琴或三弦为别人伴奏。此外，他们还能表演魔术，播放幻灯片，讲解宣传材料。这项本领是乌兰牧骑的职业特点使然，是他们刻苦钻研、千锤百炼的结果。一位蒙古族牧民出身的女演员，不仅擅长蒙古族民间舞蹈，还能用汉语唱出优美动听的歌曲，她扮演的牧羊姑娘十分逼真，牧民都爱看她的节目。朝鲜族演员宋正玉不懂蒙古语，汉语也说得不流利，因此合唱有困难。在其他演员的帮助下，她刻苦学习，不仅能熟练用蒙古语和汉语演唱歌曲，还学会了弹三弦和拉手风琴。演出前点汽灯、化装、布置场地，演出后拆洗服装、修理道具，也都是队员们自己做，男队员还要负责喂

马，每天半夜都要给马添马料，这样他们的马车才能行进到下一站。

草原是歌舞之乡，乌兰牧骑来自草原，不断吸收草原民间艺术营养，从而使他们的艺术表演更具生命力。多年来，翁牛特旗乌兰牧骑向老艺人学唱了30多首草原民歌，从全旗20多位老艺人那里搜集民歌、好来宝、民间故事有100多首，经过整理和再创作，变成了乌兰牧骑的精品节目，深受广大农牧民的欢迎，有的节目甚至参加全盟和全区文艺会演后还获了奖。

第二节　"上铺"与"下铺"

听到"上铺"和"下铺"这两个词，以为是在乘火车。其实不然，这两个词是乌兰牧骑的专利。朱嘉庚先生诙谐地说，乌兰牧骑队员下乡住在野外见怪不怪，女队员睡在马车上，称之为"上铺"，男队员通常都是席地而睡，便是"下铺"。草原上是有狼的，因此睡在"下铺"的还要负责警戒。相对于乘坐马车，赶车的"车老板子"最威风，相当于驾驶员，坐在左首辕杆与车厢处的是驾辕，坐在右首位置的便是副驾驶，乘马车时能坐在副驾驶位置是令人梦寐以求的，那里相当于"软卧"，一般队内的"大牌"才有资格坐；最不好的是坐在车尾，不但马车颠簸反应剧烈，而且稍有不慎就有被甩出去的可能，弄得非常狼狈。乍听起来有些好笑，可作为采访者，我们却一点儿都笑不起来，心里涩涩的。

阿巴嘎旗乌兰牧骑有个叫玉珍的姑娘，二十岁出头，患有关节炎，经常发作，每次下乡演出时她都坐"上铺"或"软卧"，尽管这样她还是忍受着别人感受不到的痛苦。玉珍是个要强的姑娘，每次犯腿疼病从不声张。一次在乌日尼勒图公社演出时，她的右膝盖疼得厉害，凭感觉这次犯病不同于以往，她怕影响演出便偷偷去找大夫，偏巧大夫不在，只好悄悄赶了回来。有队员看出端倪，觉得她走路有些异常，卷起裤子一看，只见膝盖肿得溜圆，队里让她休息。可她知道，倘若她不登台，就会影响好几个节目。当晚，她居然跳起了《盅碗舞》，旋转得还是那么轻松自如，根本看不出她的膝盖有任何异样。走下舞台后队员们问她："不疼吗？"她说："我知道这病用酒精好好擦一擦就能止疼。"她说得轻松，可队员们看到她的额头上已浸出豆大的汗珠，女队员纷纷扭过头去抹眼泪。

阿巴嘎旗乌兰牧骑指导员乔利，队员们都叫他"飞毛腿"。有一次乌兰牧骑到二连浩特车站演出，由于二连浩特是一个口岸城市，乌兰牧骑当时是第一次为外宾演出，队员们心怦怦直跳，都很紧张。当演到第三个节目时，忽然发现下一个节目《兄弟开荒》的道具镐头竟然没有带来，没有镐头开荒岂不是笑话？扮演"兄弟"的两位演员当时就蒙了，不知如何是好。其他队员也急了，有的说"换个节目吧"，有的建议"干脆砍掉算了"，乔利沉思半晌，觉得不妥，"节目单都发出去了，临时改换影响不好，演出照常进行，镐头我去想办法。"话音没落，乔利就不见了，可大家的心依然悬着。车站离乌兰牧骑部队有一段距离，况且第三个节目已接近尾声，一旦拿不来镐头，演员就得亮相，那不是抓瞎吗？就在这时候，台下传来热烈的掌声，紧接着又传来报幕员清脆的报幕声："下一个节目，《兄弟开荒》。"演"兄弟"的炮筒子"哥哥"再也按捺不住了，气急败坏地要私自更改节目，别的队员也是束手无策，大眼瞪小眼。就在队员们急红眼之际，只见指导员乔利气喘吁吁地跑进来，手里攥着一把镐头。从那以后，队里就叫他"飞毛腿"。

初夏的早晨，金莲川草原上笼罩着黎明曙光的晶辉，草尖上的露珠晶莹剔透，显得格外静谧和阔朗。正蓝旗位于锡林郭勒大草原的南端，人口五六万人，而面积却一万多平方公里。东北部的扎嘎斯台公社是全旗最偏远的一个公社，一天早晨人们刚刚喝完奶茶，就见公社门口停着一辆马车，车上装满了行李、乐器和道具。

公社干部与站在马车旁的乌兰牧骑队员打着招呼，他们互相都熟悉，因此也不用讲客套，乌兰牧骑队长说他们要赶到巴彦乌兰大队去。"这么早，吃完早饭再走吧。"队长达希说他们在路上吃过了，约定好的事得赶紧过去，从公社到巴彦乌兰大队还有好几十里路呢。可就在他们谈话间，公社驻地扎嘎斯台的牧民听说乌兰牧骑来了，消息不胫而走，不一会儿就集聚了许多人，有渔场的工人、学校的师生、附近的老百姓、公社干部，他们像见到久别的亲人一样，一直把乌兰牧骑送出村外。从扎嘎斯台到巴彦乌兰的路不好走，时而坑坑洼洼，时而荒漠沙地，让人始料不及的是已经上套的四匹马突然受惊，拖着马车狂奔起来，马车被颠得老高，乌兰牧骑队员个个面露骇色，队长达希死死地勒住缰绳，马车完全失控了，最后人仰马翻，队员们均不同程度地受伤，其中贡其格伤得最重，摔得昏迷了过去。队员们托住他的头，一阵手忙脚乱地抢救，贡其格苏醒了，他被紧急送到公社卫生院疗伤，其他队员继续赶路。

到了目的地，他们必须马上开会，否则演出无法照常进行。大家一起合计如

乌兰牧骑队员的足迹

何应对贡其格不在所带来的连锁反应，能不能因为贡其格病了就将他的节目取消呢？当然不能，乌兰牧骑队员一人身兼多个角色，一个人上不了，其他节目也跟着晒台，可谓牵一发而动全身。有人建议取消这次演出，等贡其格伤愈后再来，队长达希摇摇头，巴彦乌兰大队偏僻，来一趟不容易，而且牧民已经提早就知道乌兰牧骑要来演出，盼乌兰牧骑就像盼过年一样，不能冷了牧民的心。可是，接下来就是比较现实的问题了。救场如救火，贡其格与另一位男演员表演的安代舞是牧民最喜爱的节目之一，大家开始研究由谁来代替贡其格完成这个舞蹈。贡其格扮演的是安代舞中的老汉，大家颇费脑筋，因为除了贡其格别人从没演过这个角色，而且这个角色不仅舞蹈动作多，唱词也多，学起来比较困难。可惜的是队里男演员人数不足，扒拉来扒拉去也没有一个合适的。无奈之下，大家觉得只能用女演员扮演老汉。角色的转换不仅是对演员表演技能的考验，还关乎整台节目

乌兰牧骑长期扎根在基层

的演出效果。由谁来承担这个艰巨的任务呢？所有女演员都沉默了，不是她们怯场，而是这个角色要求特殊，化装好办，无非是粘上胡子、穿上老汉衣服，但演出时声音和动作都要男性化，她们过去从没这样演过。巴彦乌兰的天气不是太好，窗外路两旁的树依旧不知疲倦地在风中摇晃着，从昨天晚上就这样，今天还是这样，队员们静默着，没有一个敢站出来。

"我来试试。"共青团员乌云自告奋勇，大家像得到救兵一样鼓起掌来，可还是有些担心。乌云长得眉清目秀，号称"队中的百灵"，让她扮演牧民老汉，与脱胎换骨差不多，但是她目光坚毅，信心很足，大家也给予她热情的鼓励和足够的信任。排练开始了，那么多的舞蹈动作，那么多的台词，要在第二天上午演出前全部学会练熟，难度可想而知，乌云心里也明白。刚吃过晚饭，她就找到另一位男演员，在草地上练习舞蹈和歌词。一遍不行，两遍三遍，五遍十遍，银盘似的月亮升上山顶，歌声让草原难以入眠，温柔的月亮冲着这些年轻人微笑。两个人的合舞可以了，紧接着进行集体节目合成，练了一遍又一遍，直至月亮收起笑容，星光暗淡。他们走进蒙古包，每个人的衣服都被汗水浸湿了。躺在蒙古包里，仍能听到乌云在反复地歌唱，声音很轻，可队员们听得很真切，之后乌云默念着台词进入梦乡。她睡得并不踏实，几次醒来，每醒一次就背诵一遍台词。晨曦微露，乌兰牧骑队员早早醒来，发现乌云的被子已经叠好，而蒙古包外，悠扬婉转的歌声报晓一样涌进来，一并涌进的还有缕缕清风。

早饭后，阳光普照草原。牧民们兴致勃勃地聚拢过来，乌兰牧骑的演出开始了。这次演出因精彩的安代舞获得了更多的掌声，结束后一位牧民走进蒙古包，想要认识一下那个"老汉"，已经卸装的乌云说是她演的，牧民睁大眼睛说啥也不信，他无论如何也不能把眼前这位面如桃花的俊俏姑娘与满脸胡须的老汉联系在一起，没办法，乌云只得化装重演一遍，牧民这才满意地走了。

回去的时候，牧民们把他们摔坏的马车修好了，行李、道具、乐器、大鼓，基本把马车厢装满了。乌云满脸疲惫，走路都摇晃起来。队长最后决定：这次演出乌云功劳最大，所有队员都步行，让乌云一路坐"软卧"。但乌云婉言谢绝了。太阳刚落山，月亮就急不可耐地追随着跃上东山，月光下马车顺着车辙"吱吱扭扭",乌云用头巾蒙住头,眼泪止不住地流。

第三节 为一个人演出

暮春时节,春姑娘迟迟不愿释放暖意,阿巴嘎旗乌兰牧骑一大早从罕乌拉出发,准备去为正在打马鬃的牧民演出。打马鬃类似于给马群理发,需要先用套马杆把马套住,有的"生个子"烈性马常常不配合。乌兰牧骑队员赶着马车走出十几里后,连绵的山梁上突然出现一个骑马的少年,急匆匆的样子。队长预感到这孩子可能有急事,就让马车停下来等候。不一会儿,少年来到马车跟前,说他奶奶腿脚不好,听说乌兰牧骑来了,很想看看他们表演的节目。队长马上决定,五名队员留下来,组成一个演出小分队,让这个少年引路,去他们的蒙古包里给老太太专场演出,其余人继续赶路,晚上在那仁家会合。

五名队员跟着少年翻过一道山梁,初夏的草场泛出淡淡的绿,蓝天下吃草的羊群宛若游动的白云。少年家的蒙古包坐落在一条小河边。走进蒙古包,队员们发现少年的奶奶果然腿脚不利索,老人说她的膝关节坏死已经十几年了,走路碰到砖头那么高的坎儿都迈不过去,只能爬行。尽管这样,她还是把奶茶烧好了。老人还从没看过文艺节目,听说乌兰牧骑来了,就让孙子去请,没想到真的请来了。队员们顾不上喝奶茶,进来后就迅速化装,整理道具。尽管才一名观众,他们化起装来仍一丝不苟,每演一个节目都会向老人报幕。他们为老人表演了《挤奶》《剪羊毛》等民族舞,表演了好来宝,演唱了草原歌曲。老额吉看得十分投入,激动得老泪纵横。演出结束后,老额吉一定要让他们休息一会儿,喝一碗她亲手烧的奶茶,尝一尝她煮的手把肉,队员们只喝了奶茶,并叮嘱少年照顾好奶奶,然后收拾好行装离开了蒙古包。走出不远回头看,老额吉已经爬到蒙古包门口在向他们招手，队员们的眼睛潮湿了。

诸如乌兰牧骑为一个人演出的情况屡见不鲜。苏尼特右旗乌兰牧骑在一次巡演中，途经一片草原，见一个羊倌赶着一群羊在放牧。这是一个常年与羊群为伍的老牧民，岁月在他的脸上镌刻出一道道皱纹。他说，他这辈子没看过文艺节目，也是头一次见到乌兰牧骑。

"我们给您演一场。"队员们当即停下脚步。

舞台就搭在平坦的草甸上，羊倌坐在乌兰牧骑队员的对面。第一个节目是马头琴独奏，老羊倌听得笑逐颜开，脸上的皱纹又堆起一层。演到舞蹈《牧羊姑娘》时，队员甩出一个清脆的响鞭，老羊倌站了起来，夸赞姑娘舞跳得好，鞭子甩得比他的还响。一曲蒙古长调，听得老人一直张着嘴巴，仿佛听到了天籁。

20世纪60年代初，翁牛特旗红山水库拉开建设大幕，这是整个昭乌达盟最大的水利枢纽工程，全盟的力量被动员起来投入兴修水利大会战。乌兰牧骑来工地演出，也参与了热火朝天的大会战。白天他们与民工一样挥汗如雨，晚上便给工人们演出，随时随地把建设过程中涌现出的好人好事创编成文艺节目，鼓舞工人们的干劲。听到有一位负伤的民工躺在卫生所的病床上，他们就去卫生所给他一个人演。

乌兰牧骑队员有的住在工棚，有的住在附近百姓家里，按规定每人每天必须给住户家伙食费。有一名队员住在一个老大娘家，那天他病倒了，浑身发烫。病情稍有好转就急着要去工地，大娘坚决不允许，不仅烧红糖水让他喝下，还煮了碗面条，打了两个荷包蛋，可队员说啥也不吃，说这样是违反纪律的。大娘不管纪律不纪律，权当是自己的孩子，看着心疼，一把锁将他反锁在房间里，说不把荷包蛋吃了就不开门。队员无奈之下只好吃完，然后把菜金和粮票偷偷塞在枕头底下，回到队里主动做了检讨。

有一年夏季，鄂托克旗乌兰牧骑在赶往阿尔巴斯苏木演出途中，遇到7位牧民在野外放羊，他们特别想看乌兰牧骑的节目，队员们二话没说，立即搬道具、拿乐器、化装，顶着30多摄氏度的高温，在草原上给牧民表演了一个多小时。牧民们攥着乌兰牧骑队员的手久久不愿松开，汗水和感激的泪水汇在一起。

鄂托克旗乌兰牧骑

还有一年国庆前夕，内蒙古文化厅派出摄制组，跟随阿拉善右旗乌兰牧骑进入巴丹吉林沙漠，实地拍摄一部乌兰牧骑深入沙漠惠民演出的纪录片。位于中国大西北的阿拉善巴丹吉林沙漠浩瀚无边，总面积4.92万平方公里，是我国第三大沙漠，位于阿拉善右旗的北部。境内除了巴丹吉林庙和库乃头庙两个固定居民点，其余都散居在沙漠深处。想到乌兰牧骑常年在这样的环境中巡回演出，摄制组对乌兰牧骑队员们的敬业精神肃然起敬。

从旗所在地乘汽车到巴丹吉林沙漠边缘，然后换乘拉矿石的链轨拖拉机——这是除了骆驼唯一能进入沙漠腹地的交通工具，一行人分乘4台拖拉机，越往里走地势越险峻，拖拉机在沙地上突突突地行驶，就像透底的木船在海面上逆风艰难前行，一会儿冲上沙峰，一会儿跌入沙谷，卷起的沙尘把人和车都淹没了，扬沙裹着柴油味直往肺管子里钻。这样一阵颠簸所有人都不可避免地晕车了，而走在最前面的拖斗车突然失控向左倾斜，连车带人滚出老远，后面传来一片惊呼。好在没有人受伤，乌兰牧骑队员们尽管一个个灰头土脸，仍嘻嘻哈哈地打趣。拖拉机再次起程，傍晚时分翻过一道沙梁，就听到有人喊："快看，到了。"那表情就像哥伦布发现美洲新大陆一样。远远看见牧民的房舍，同时竟然梦幻般地出现了"海子"，摄影师急忙打开镜头，生怕这海市蜃楼般的"海子"瞬间消失。乌兰牧骑队员们却很淡定，巴丹吉林的"海子"他们见得多了，大大小小有100多个，24户牧民就是这样"临海"而居。到达目的地后摄制组以为要休息了，没想到乌兰牧骑队员已经在外面开始化装，马头琴的琴声响了起来，为24户牧民准备的演出在夜幕中徐徐开始。演出结束后他们并没有急着吃饭，而是收拾道具走向沙丘——队员们说那里还有一户牧民，一位老阿爸下肢瘫痪，他们要去给他

乌兰牧骑月，一切为了人民

加演一场。老阿爸在巴丹吉林沙漠生活了一辈子，乌兰牧骑每次来演出都想着他。队员们踏进家门，老人头一句话指定是："米尼呼民呼日乐（我的孩子来了）！"老人还能记住每个队员的名字。给老阿爸演完节目，乌兰牧骑队员才返回刚才搭场子的地方，老额吉准备好的晚餐已经热了两遍。

第二天早晨，乌兰牧骑就要走了，老额吉用酸奶和面蒸了一笼屉花卷，看着队员们一口一口吃下去，她拉着队员的手一个劲地问："你们啥时候再来呀？"队员们的眼里顿时淌下热泪。走出老额吉的家，其他牧户的牧民已经等候在村口，问的也是老额吉问过的话，问了一遍又一遍，送了一程又一程，队员们爬上拖拉机，向牧民们大声说道："我们还会来的！"

采访乌兰牧骑并不轻松，它让人时时刻刻都在感动和敬佩中展开思考，萦绕在心头的是他们那种忘我的精神，那种执着，那种甘愿奉献的精神。他们无数次为一个人或一个单位演出，传播的不仅仅是艺术，更是对这个社会和人类精神世界的感化。他们确实感动了社会，感化了一代又一代人。

第四节　金色的道路

中华人民共和国成立已70多年，而乌兰牧骑也走过了60多年的历程。回眸竟有一种难以名状的伤感，最初举起乌兰牧骑旗帜的老队员均已八十岁以上高龄，且有的已经阴阳两隔了。苏尼特右旗乌兰牧骑建队时队员9人，如今仅剩下2人。回首往事，怎能不令人百感交集？

1957年6月，在开满鲜花的苏尼特草原上，两辆马车缓缓地行进，车头的辕杆上插着红旗。马车在奔跑，追赶着流淌的岁月，两道深深的车辙便是岁月留下的痕迹。乌兰牧骑的马车第一次驰骋在苏尼特草原，马车夫就是首任队长乌力吉陶格套。那是一个晴朗的早晨，乌力吉陶格套将鞭子在空中一挥，发出一声爆竹一样的脆响。乌兰牧骑踏上了征程。

夜深了，月光照进来，伊兰躺在蒙古包里辗转反侧，怎么也睡不着。是因为第一次下乡演出吗？抑或沉默的心灵在草原深处被激活？又或许是老乡们的掌声太热烈了？总之，头一次坐马车下乡演出对她的触动太强烈了，朴实的牧民是多么渴望文化，多么需要艺术。

伊兰又翻了个身，蒙古包外静得出奇，她的眼前一直浮现着豪日勒额吉的身影。豪日勒额吉就睡在她的身旁，此时她真想起来和老额吉说一会儿话。另一侧是荷花，她俩是同一天入队的，伊兰凭直觉认为荷花也没有睡着。

"荷花，睡着没？"

"今天跳得太兴奋了，一点儿也睡不着。"

"你是不是带着绣花线呢？"

"嗯，带着呢。"

"起来吧，咱俩做件事情。"

荷花坐了起来，弄不懂伊兰要做啥事。伊兰拨亮油灯，把乌兰牧骑队旗拿出来，荷花从背包里翻找丝线。

"荷花，咱们把'乌兰牧骑'四个字绣在红旗上吧。"

荷花出去找队长，乌力吉陶格套当文化馆馆长时就是小有名气的书法家。荷花拿回写好的"乌兰牧骑"四个大字，铺在乌兰牧骑队旗上。姐妹俩一针一线，在煤油灯下认真地缝缀起来。两个姑娘的举动把豪日勒额吉惊醒了，额吉坐起来看到她俩在红旗上绣字，也从自家针线包里抽出绣花针——没想到豪日勒额吉竟是民间刺绣高手，她家的丝线比荷花带的多很多。三个人一起绣，速度明显加快。天色微明，草原和乌兰牧骑队员一起醒了，牛羊的叫声混杂在空气中。当第一缕曙光洒向大地的时候，一面绣着金字的乌兰牧骑队旗赫然出现在草原上。

乌兰牧骑的名字和这面旗帜在草原上传开了，建队初期的三名女队员也一并走进牧民的生活。老阿爸、老额吉称她们是"赛罕其其格（美丽的花）"。

一天，乌兰牧骑在一个浩特演出完毕，队伍向着下一个地点出发。马车由于载重难以通过沙漠，牧民们就把自家的马牵来，让队员们骑马过沙漠。三个姑娘中就娜仁会骑马，荷花壮着胆子跨上马背，而自幼在城里长大的伊兰却心里忐忑，望着不停踢动前蹄的大白马，心怦怦直跳，甚至不敢接过牧民递来的缰绳。牧民鼓励她，把身子放稳，心情放松，双腿夹住马肚。队长乌力吉陶格套把伊兰抱上马背，反复叮嘱她记住动作要领。伊兰骑在马背上，跟着队伍走在后面。大白马似乎故意要欺负她这个生手，一会儿扬起脖子，一会儿甩动鬃毛。伊兰一手拉住缰绳，一手拽着马鬃，身子在马背

伊兰

上来回晃动。突然，一个下坡，大白马跳了两下，奔跑起来。伊兰手一松，身子歪斜，惊慌失措地从马背上摔落下来。娜仁急忙跳下马扶起伊兰，拍打她身上的沙子。伊兰站起来。两颗泪珠顺着面颊滚下。

"伊兰，别哭，咱俩骑一匹马，到了宿营地，我教你骑马。"热情的娜仁安慰伊兰。两个人骑在一匹马上，大白马像犯错的孩子，乖顺地跟在后头，不时惊起一群飞鸟，野兔狂奔消失在沙丘的远端。伊兰心里踏实多了，她暗暗发誓，一定要学会骑马。

燥热，干渴，沙漠里没有风，这是让乌兰牧骑队员最难以忍受的。在浩瀚的沙漠中跋涉，就像永远走不出叶片的甲虫，常常是走着走着带的水就喝光了，嘴唇裂开了口子，浑身乏力。荷花白净的脸被烈日晒得黑红，嘴角上的水泡结了痂，只要一张嘴，就针扎般地疼。她觉得有些头晕恶心，伸手拿起军用水壶摇了摇，水壶里已经没有一滴水了。队长乌力吉陶格套抖动缰绳跑过来，把他的水壶递给荷花，荷花只抿了一口，因为她发现队长的水壶也只剩下了半壶水。

"只有半壶水了，大家一人喝一口，坚持一下，再走20里就到朝鲁图了，那里有口井。"队长不住地鼓励队员。

傍晚到达目的地，这里有三户牧民，过着几乎与世隔绝的日子。看到乌兰牧骑来了，三户牧民家像过年一样，杀羊，煮手把肉，烧奶茶，备好马奶酒，把蒙古包的毡子清扫干净铺在草地上，做了一个方方正正的舞台，忙得不亦乐乎。队员们经过一天的长途跋涉，已经精疲力尽，尤其三名女队员更是腰酸腿疼，脱了相一样。可是，为了满足群众的要求，他们把疲惫忘到一边，立即化装，准备演出。

那是一个月朗风清的夜晚，微弱的风丝丝缕缕，凉爽宜人。三户牧民十几人在舞台前正襟危坐，演出正式开始。舒缓优美的《美丽的小青马》，欢快热情的《挤奶姑娘》，悠扬浑厚的马头琴曲，伴着牧民开心的欢笑，在草原最深处形成和弦，牧民们端出最好的马奶酒，演员们一饮而尽，疲劳顿消。三位姑娘也喝了酒，一股热流涌遍全身。

演出完，三个姐妹钻进一个被窝，走进了女人的世界。"娜仁，你这两天偷偷摸摸绣什么呢？"伊兰问睡在中间的娜仁。在三姐妹中，娜仁最小，刚满17岁，是两个大姐姐面前骄蛮的小妹。

"绣只小羊羔。"娜仁转过头来，憨笑着回答。

"小羊羔？拿出来让我看看。"快要睡着的荷花立马来了精神，抓住娜仁的一只手，然后又一本正经地说，"在大姐姐面前可不许说谎，快点儿坦白。"

娜仁仰面躺着，瞪着两只眼睛望着蒙古包的顶篷若有所思，半天没有吭声。荷花性子直，急于想知道小妹心中的秘密，开始动手挠娜仁的痒痒，娜仁忍受不住，只好如实交代。

娜仁斜坐起来，从枕头上面的背包里拿出一对绣好的牧区传统的定情物。在娜仁的家乡，女孩子16岁就能结婚了，在她加入乌兰牧骑前，父母已经给她订了婚，收了彩礼。

"是放马的？"荷花问。

"嗯。"

"什么时候结婚？"伊兰问。

"我们定在两年以后。"

"哼，我才不像你那么早就急着结婚呢，这次下来演出我感触很深，牧区需要文化，牧民需要乌兰牧骑，不把乌兰牧骑建设好，我就不打算结婚，就是结了婚，我也不离开乌兰牧骑。"伊兰把手从娜仁身上移开，说道。

"伊兰姐，你生我的气啦？"娜仁怯怯地问道。

"没有。"伊兰摇了摇头。

三姐妹不说话了，深夜陷入无声的静谧。每个人都各自想着心事，规划着自己的未来。突然，荷花惊叫着跳了起来，她伸手摸到一个冰凉的东西在蠕动。伊兰急忙打开手电筒，发现是一条草花蛇蜷缩在荷花的枕边。叫声惊动了队长和男

乌兰牧骑新老队员合影留念

队员，他们跑过来打死了草花蛇。

早晨，姑娘们起来帮助牧民挤奶、烧饭。太阳出来了，她们在羊圈的栏杆上压腿练功，在草地上联唱——乌兰牧骑的演艺功底就是这样练出来的。在巡回演出中，他们的足迹遍布草原，他们的歌声传进了每一个蒙古包，瘫痪老人的病床边响起他们的歌声，在荒漠和高原上他们舞动新生活，党的关怀和政府的关爱借他们的歌舞传到千家万户。一年中，乌兰牧骑绝大部分时光是在巡回演出中度过的，因此他们下乡必须带上换季的衣服，有时走时穿着单衣，回来时却穿着厚厚的棉袄。青春芳华渐渐流逝，他们是传送阳光的使者。

1960年，伊兰26岁，她恋爱了。掳走她芳心的是苏力德，当过兵，去过朝鲜，复员后在乌兰牧骑担任指导员，比伊兰大三岁。两个热血青年即将组建一个乌兰牧骑家庭。雪花轻轻地飘落，一对恋人并肩走着，雪地上留下两行珍珠般的脚印。伊兰抬起头来，望着心爱的人说："最近上级领导找我谈话，让我当队长，我也提交了入党申请书，我是这样写的：'要把乌兰牧骑工作当成自己的终身事业。'小苏，你考虑一下，你是否已经做好与一个乌兰牧骑演员结合的心理准备，乌兰牧骑的工作环境你是知道的。其他方面我都能依你，只有一点你得听我的，就是你得让我出来工作，我不能离开乌兰牧骑。"

"我支持你！"苏力德说得斩钉截铁。

1960年6月，他们结婚了。结婚第三天，伊兰就同乌兰牧骑全体队员一起下乡巡回演出去了。

第二年，伊兰怀孕了，可队里的人手有限，只要有一个人不能演出，就会影响全队的节目，伊兰只好带着身孕参加演出。轻快的节拍，轻盈的舞步，伊兰和队员们舞动着双臂，翩翩起舞。她仿佛看到了洁白的乳汁在指间流淌，调皮的小羊羔欢蹦乱跳，一种母性的温柔涌遍全身，她感到腹中的小生命也在与她一起和着音乐的节拍舞动生命。舞蹈旋律欢快，舞姿随之变换，伊兰倏然脚下一绊，身体失去平衡，摔倒在地。一阵钻心的疼痛，让伊兰直不起腰来。她紧咬嘴唇，豆大的汗珠顺着脸颊淌下。队员和牧民们把她抬进蒙古包，她早产了，可怜的小生命在这个世界只停留了三天。伊兰哭了，周围的人也哭了。满头白发的老额吉端来酥油红糖水，眼里噙着泪花，"孩子，喝点儿吧，你就在额吉家住一个月，把我当成你的亲额吉吧。"从小失去母亲的伊兰此刻再也抑制不住，伏在老额吉的怀里号啕大哭，泪水打湿了额吉的衣襟。她只在额吉家休养了十几天，就离开赶上了巡回演出队伍。

1966年4月，组织上将伊兰调到新的岗位，可她一天都没离开过乌兰牧骑。1982年8月，伊兰重返乌兰牧骑，再一次任苏尼特右旗乌兰牧骑队长，那一年她48岁。从此，她再也没离开乌兰牧骑，直至退休。

第五节　玛奈乌兰牧骑

"玛奈"是蒙古语，意为"我的"。草原上的人们称呼玛奈乌兰牧骑，足见其与牧民之间情深意长，这株诞生在草原上的艺术之花，已经深深植根于草原，与草原各族人民血脉相连，依依难舍。在草原，乌兰牧骑已是一种亲和的象征，是享誉内蒙古的品牌，被誉为社会主义文艺战线上的一面旗帜。

"哪里最需要，哪里最偏僻，就到哪里送歌献舞。"这是乌兰牧骑用真情和汗水凝聚成的诺言，并且用行动把诺言一一实现。乌兰牧骑的出现和成长不是偶然的，是我党全心全意为人民服务的根本宗旨派生出的产物。为了传播社会主义文化，半个世纪以来，他们跋山涉水，徒步丈量沙漠，不畏严寒酷暑，不畏风霜雨雪，春夏秋冬，一如既往，足迹遍布农村牧区的各个角落。他们不迷恋城市，把工作的立足点和服务方向牢牢定格在广大的农村牧区，就像火红的萨日朗，怒放在辽阔的内蒙古草原。

一天，苏尼特右旗乌兰牧骑从赛罕乌力吉苏木前往赛罕布仁牧场演出，半路上运送队员的拖拉机出了故障，队员们背着乐器行装，步行了60多里路，年龄最

小的女队员把脚都扭伤了，大家轮流背着她赶路，赶到目的地已是凌晨3点，多数队员脚上起了水泡，但没有一个叫苦叫累，过了几个小时照常演出。徒步60多里是什么概念呢？我在县城读高中时，周末放假准备回乡下的家，偏巧那天没有赶上班车，可回家心切，于是与另一位同村的同学商议，徒步回家。县城离家恰好60里，我们午饭后出发，沿着公路往回走，到家时正好一场露天电影散场，估计是10点多，也就是说我们走了十多个小时。须知我们是在没有任何负担的情况下行走，而乌兰牧骑队员还要背负行李、乐器和演出道具，走的路又不平坦，其艰难程度可想而知。

玛奈乌兰牧骑

　　人在精疲力竭时对目标的渴望是极其强烈的，有时还会生出一种难以言状的绝望感。类似的情形翁牛特旗乌兰牧骑也曾经历过。在一次下乡演出途中，他们的马车陷进沙坑里，队员们下车推，可马车在流沙里，越推轮子越往下陷，唯一可以解救的办法就是借助别的动力拉出去。可在黑魆魆的旷野上，根本找不到"援军"，队员们只好在野地里休息，夜深人静时野狼的叫声尤其恐怖，队员们无法入睡，捡起一堆干柴点起篝火，野狼是最怕火的。天色微明，一名队员骑上拉车的马，准备去附近搬救兵。牧区地广人稀，百里内见不到人家是常有的事儿。临到中午队员回来了，还有几位牧民老乡开着一台手扶拖拉机。一位40多岁的牧民叫班布拉，他到乌兰牧骑的马车前瞅了瞅，"四个轮子都没影儿了，靠你们几个推不出来。"他指挥同来的几位牧民用绳子把马车和拖拉机绑在一起，手扶大口喷着黑烟的拖拉机，众人在马车后面推，抛锚的马车终于被移出沙窝。

　　还有一次，翁牛特旗乌兰牧骑到阿日山牧区演出，在车马无法行进的大沙漠里，18名队员背着背包，每人手里拿一件乐器或道具，徒步走进沙漠。沙漠素有瀚海之称，人走在上面显得非常渺小，走着走着就饿了，接下来便是渴。到了晚间，随身带的干粮都吃光了，只有一位队员还有4斤饼干，可这是他给牧区的女儿准备的生日礼物，他拿出来分给大家，而他自己的那一份没有吃，说给女儿留着，结果第二天早晨他却饿晕了。靠着这4斤饼干他们徒步两天两夜，被牧民救出沙海后当天晚上照常演出。

　　内蒙古西部的巴丹吉林沙漠号称"死亡之海"，阿拉善盟额济纳旗乌兰牧骑深入沙漠腹地温图高勒苏木，要为沙漠深处的十几户牧民演出。途中天气骤变，沙尘暴张牙舞爪席卷而来，队员们立即跳下马车，用篷布把乐器和道具盖住，队员们则坐在篷布四周压住，防止被呼啸的北风刮走。沙尘暴刮得很猛，沙粒打在脸上，火辣辣生疼，直至沙尘暴渐弱，队员们才拍掉满身的沙尘，背起行李继续赶路，直到天黑才赶到目的地。

　　这就是勇敢坚强的乌兰牧骑，他们在极其艰苦的条件下，靠的是坚定的信念和顽强的意志，蓝天当幕，大地当台，随时随地演出，他们心中装着群众，不计回报，不讲排场。他们在居民点演，在牧场点演，在蒙古包演，在羊圈演，在田间地头演。他们轻车简从，始终保持朴实热情的本色，只要有人愿意看，他们说演就演，从不讲任何条件和回报。有时农牧民半夜来请，他们立即着手化装，他们说，乌兰牧骑就是为群众送去欢乐的。

当时牧区还没有电，一台老式破旧的柴油发电机是照明的宝贝。记得在鄂尔多斯毛乌素沙漠深处的嘎鲁图苏木演出时，刚演一半发电机突然没油了，队员们硬是靠十几只手电筒照明，坚持把余下的节目演完。苏尼特右旗乌兰牧骑有一年盛夏外出演出，演员和观众换位，队员们把帐篷舞台让给牧民，自己却走到台下在烈日下坚持演出，有位女演员中暑晕倒了，醒过来继续为其他演员伴奏。牧民们被深深感动，脱下蒙古袍为这位女演员遮挡炙热的阳光，直到演出结束。

莫力达瓦达斡尔族自治旗乌兰牧骑表演《赞贝阔》

　　莫力达瓦达斡尔族、鄂伦春族和鄂温克族是全国至今仍保持传统狩猎生产方式的三个民族。他们的聚居区地处深山老林，民族风情浓郁。这三个旗的乌兰牧骑常年穿梭于林海雪原，为山民送歌送舞。莫力达瓦达斡尔旗乌兰牧骑曾徒步行军十多个小时，赶往巴彦农场演出。节目演到一半，突然下起瓢泼大雨，一万多名观众顶风冒雨观看节目，秩序井然。队员们冒雨演唱，台上台下的歌声在雨夜里回荡，那场面绝对别开生面，盛况空前。

　　全心全意为人民服务，说起来简单，真正做起来难，需要从一点一滴做起，需要用大量的细节去充填，最关键的是真心真意。乌兰牧骑人少节目多，他们边演出边创作，所表演的节目一直坚持与时俱进，反映新时代新生活。同时，他们还有宣传和辅导的职能，就像一盏灯，点亮一点儿，照亮一片。乌兰牧骑脱下演出服就劳动，他们坚持劳动是为了保持本色，这些能歌善舞的城里娃与农牧民同吃同住同劳动，感情上自然就亲近了。他们与百姓一起干活，不是装装样子、做个姿态，而是真正和他们打成了一片。他们从最初的十几人，到后来的二十几人，乐器只有十来件，服装只有一两身。全队人员各有专长，又各有绝活。这些人多数来自民间，具有颇高的艺术表演天赋，可谓精中选精。

　　乌兰牧骑从建队那一天开始就实行半军事化管理，白天练功，晚上排练，演出节目的质量并没有因人员少、设备简陋而下降，在农牧民眼中，他们的节目俨然就是顶级的专业化水准。为了让更多的人看到节目，他们常常把队伍划分成几个分队，一次能同时演出几台晚会。他们唱英雄、唱模范，随时随地把当地的新人新事新风尚搬上舞台，用老百姓身边的人和事感化教育他们，乌兰牧骑成了流动的光荣榜，成了农牧业生产和农牧民生活的流动宣传栏。演出之余，他们还会辅导群众学习文化艺术知识，培训业余农牧民文艺骨干。

　　乌兰牧骑还在演出间隙放幻灯片、办展览、讲时事、说科学、借阅书刊、代买书刊，此时乌兰牧骑成了流动的文化"新货郎"。此外，他们帮助牧民打草、放羊、接羔、剪羊毛，帮助农民点种、间苗、蹚地、锄草，农村牧区的活计样样精通。有的队员在跟牧民学用钐镰打草时受到启发，将其编入新创作的歌舞《草原新牧民》的表演中。乌兰牧骑除了能表演、能劳动，还有些民间能手为群众理

发、修理收音机、照相、寄信，给群众献血治病。翁牛特旗乌兰牧骑下乡途中，曾多次参加抗洪救灾，扑灭草原火灾。

乌兰牧骑俨如农牧民的亲人，一句"玛奈乌兰牧骑赛"便从心底发出。一位双目失明的老额吉，在"看"了乌兰牧骑为她专门演出的节目后，感动得泪流满面。她抚摸着队员的头爱惜地说："你们是党教育出的好孩子，玛奈乌兰牧骑赛赛的（我的乌兰牧骑真棒）。"

第六节　怎一个情字了得？

1963年深秋，苏尼特右旗乌兰牧骑来到查干呼舒。到达以后，队员们立即搭台，准备演出。牧民们从浩特、敖特尔赶来，有的骑马，有的赶着勒勒车，有的徒步，查干呼舒草地上聚满了人群，仿佛迎来了重大节日一样。巴图朝鲁挂起银白色的幕布，胡木吉图点亮汽灯。在草原上演出挂幕布还是很少的，牧民们舞台搭得也规整，乌兰牧骑队员们准备的节目也丰富，演出现场的气氛相当浓烈。

"袁萍，今天你的独舞就别跳了，让胡木吉图跳《打狼舞》吧。"刚刚当上队长不久的伊兰对一名水葱一样的女演员说。来自山东济南的汉族姑娘袁萍，刚从内蒙古艺术学校毕业，与胡木吉图一样是乌兰牧骑接收的科班出身的专业演员，深得伊兰的器重和爱护。伊兰知道，从没骑过马的袁萍这几天赶路，臀部受伤，裤子被血痂粘在肉上，是伊兰用剪刀一点儿一点儿替袁萍拨开粘在肉上的裤子，然后敷上药，把伤口包扎好。这个山东姑娘真坚强，用剪刀剪裤子剥离血痂时疼得龇牙咧嘴，可包扎好后就跟没事似的。伊兰想可不能大意，不怕一万就怕万一，因为这种情况下让她继续跳的话，一旦伤口感染，影响乌兰牧骑演出还在其次，倘若断送了袁萍的艺术生命才是大事。尽管她的独舞很有新意，艺术表现力强，可为了保护这棵苗子，今天的演出无论如何也不能让她上了。

　　"队长，我能行。"袁萍冲着伊兰笑了笑。为了让伊兰放心，她还故意卖弄了一个舞蹈动作，然后又蹦跳两下，没等伊兰表态，就钻进蒙古包化装去了。袁萍在艺校是拔尖的舞蹈学员，本来毕业后有很多选择，可以回到故乡济南，凭她的专业素质很容易就能找到一家不错的单位，其次是去自治区文工团，还有一种选择是留校，可她偏偏选择了乌兰牧骑，这让老师和同学都大跌眼镜。袁萍不止一次听说过乌兰牧骑的事迹，也见过偏远地区的百姓缺少文化和艺术生活的状况。对于艺术，她有自己的见解，中华优秀传统文化正是艺术创作的源泉，伟大的艺术来自民间，就凭这一点，她义无反顾地走进乌兰牧骑，融入这个以为人民服务为根本宗旨的团队。这次下乡演出，袁萍表演的《驼羔舞》是她来乌兰牧骑的处女作，她可不想错过这难得的机会。之前听说伊兰队长为了不耽误演出，竟然累得早产，而她这点儿小伤又算什么？

　　伊兰怔怔地望着袁萍的背影，无奈地摇摇头，看来也不好阻止她了。身后巴图朝鲁在说话，她急忙转过身来。

　　"队长，这次来看节目的牧民特别多，我把在路上新排练的几个舞蹈也排上了，你看行不行？"说完，巴图朝鲁把节目单递过来。

　　伊兰浏览了一遍就交给巴图朝鲁，没提意见就等于默认。

　　"巴图，今天的演出你要多照顾一下袁萍，她身上有伤，可还是坚持要上，她的舞蹈动作又比较大，一会儿你再征求一下她的意见，如果不能坚持也不要勉强，非要演的话我看让她跳完独舞就行，集体舞就不要上了。"巴图朝鲁听完伊兰的话转身要走，伊兰又叫住他，"还有，最近咱们的汽灯老出毛病，你和胡木吉图再认真检查一下。"

　　"好吧。"

　　夜幕徐徐降临，汽灯亮了起来。由于汽灯要不停地充气，发出吱吱的响声，伴着这响声，一场草原上的欢快的晚会也拉开了帷幕。

　　开场舞是集体舞《打草场上》，马头琴、手风琴、四弦琴、笛子、锣鼓，乌兰牧骑所有的乐器都派上了用场，烘托出一种恢宏的氛围，伴着巴图朝鲁的独

苏尼特右旗乌兰牧骑曾代表自治区参加新中国成立35周年庆典

唱，欢快地起伏，台下牧民的热情被充分调动起来，演出一开始就掀起高潮。袁萍没上集体舞，别人顶替她上了。此时，她正在蒙古包里练习她的独舞动作，她暗自发誓要把这个舞蹈表演好。

舞台上的节目按顺序进行。好来宝是牧区人人喜爱的传统节目，自是引来笑声不断。巴图朝鲁又演唱了他的拿手歌曲《马倌》和《春风》，他天生一副好嗓子，歌声划破夜空，婉转悠扬，传得很远。接下来的节目就是袁萍的独舞了。山东姑娘穿上蒙古袍，显得美韵盈盈，魅力纷纷。舞蹈是肢体语言艺术：一只小驼羔在寻找妈妈，马头琴奏出呼唤的音效，它奔跑着、跳跃着，像个小精灵，可是它不知道妈妈在哪里。台下的老额吉看得揪心，不停地抹眼泪，她恨不得帮助这个可怜的小东西找到妈妈。袁萍不愧是舞蹈专业的高才生，她的舞姿优美舒展，简直堪称完美。此时她的额头已渗出汗珠，在汽灯的照耀下折射出的晶莹的光泽。就在这时，汽灯却突然灭了，全场一片漆黑。一旁担任舞台监督的伊兰倏然一惊，马上组织维修。

一个小时过去了，汽灯还没有修好。草原地区昼夜温差大，又是深秋时节，丝丝寒意席卷了草原，牧民们穿上羊皮袍子，在原地静坐，没有一个愿意离开，那个老额吉还惦记着那个找不到妈妈的驼羔，不停地嘟嘟囔囔。

"队长，灯上的零件坏了，需要买新配件。"胡木吉图失望地说。

看来演出无法继续进行了，伊兰走到舞台中央向牧民们鞠了一躬，表达了深深的歉意，承诺把汽灯修好后明晚加演一场，然后对胡木吉图和鄂布说："你俩马上去朱日和买配件，明天傍晚之前一定赶回来，不能耽误演出。"

胡木吉图和鄂布不敢怠慢，连夜启程。从查干呼舒到朱日和有60多里路，中间隔着一片沼泽地，骑马是不行的，尤其是夜间，他俩只能徒步。走了十几里就到了沼泽地边缘，有经验的牧民都要在高处走，低洼处都是稀泥，稍有不慎就会陷进去。胡木吉图是从牧区考入艺校的，深谙草原湿地的走法。

"鄂布，走沼泽地我有经验，我打头，你跟在后面，记住要踏着我的脚印走。"

鄂布学着胡木吉图的样子挽起裤管，打开手电筒小心翼翼地前行。为了缓解紧张的情绪，他俩边走边谈。

"胡木，你是艺校毕业的，不像我们是从牧民中招来的，为啥到乌兰牧骑来？你对苏尼特右旗感受最深的是什么？"鄂布走得很小心，几乎量着胡木吉图的脚印走，像是要把散落的珍珠捡回来。

"说实话，刚来时只是凭着一股热情，可融入这个集体后，觉得当一名乌兰牧骑队员真不容易，渐渐地我就爱上乌兰牧骑，觉得当一名乌兰牧骑队员无上光荣。我在跳舞时，听到牧民的掌声和笑声，心里就涌起一股甜蜜的感觉，也可以说是自豪感吧，我很愿意在这个团队里书写自己的艺术人生。哎，小心，别踩空了。"胡木吉图不忘自己的向导角色。

两个人一路谈笑风生，走出沼泽地后又走了一段山路，黎明时分到了朱日和镇。修好汽灯后，他们傍晚时赶回了查干呼舒。

演出如期开始，看节目的牧民比头一天又多了一些。演出很顺利，袁萍完整地跳了《驼羔舞》。演出结束后，牧民主动帮助拆卸舞台，忽然一阵"嘚嘚嘚"

的马蹄声惊动了大家，一位年轻的牧民勒住马说："笃日玛的小女儿不见了。"于是队员们穿着单薄的演出服与牧民们一起去寻找小姑娘，伊兰特意叮嘱："灯不能灭，只要有灯光，孩子就能找回来。"

充饱气的汽灯在草原的夜空中一直闪烁，照亮了小姑娘回家的路，迷路的小姑娘果真顺着灯光走了回来。

一年夏天，乌兰牧骑队员穿过浑善达克沙漠，来到阿其图乌拉公社乌日根大队。这里位于沙漠的边缘，气候干燥，牧民生活面临最大的问题是缺水，不仅是牲畜饮水，即便是人每天也要算计着喝水。从苏尼特右旗到正蓝旗，要跨越正镶白旗和阿巴嘎旗，乌兰牧骑经过几天的长途跋涉，抵达这里时已是人困马乏，队员们浑身都被汗水浸透了，散发着一股难闻的汗腥味。男队员倒无所谓，爱干净的女队员实在难以忍受。下了马，她们首要的事情就是找水，大家围住一口水

乌兰牧骑在草原上演出

井，不顾一切地洗漱起来。这是全大队唯一的一口井。

"过泼水节了，过泼水节了！"青春靓丽的女队员们嬉笑打闹着，把水桶里的水泼在队友的身上，气氛一下子活跃起来。之后她们又提上一桶水，可这桶水却没有先前的清亮，喝一口感觉牙碜，才发现水里有泥沙。大家面面相觑，泼水的手也停下来，再往井底张望一眼，已经是混浊的泥水了。这时一位老阿爸赶着羊群走过来，看了一眼井底无奈地摇摇头，羊群围住水井"咩咩"地叫着，饥渴让它们变得骚动不安。女队员们心中涌出一种预感，她们动了羊的"奶酪"，心里充斥的歉疚感毫无掩饰地从面色上显露出来。

此处年降水量偏少，持续干旱，地下水位下降，导致井水蓄水不足，一般情况下，早晨牧户按顺序把水担回家，再经过十几个小时的沉淀，晚上供牛羊饮水。这种多年形成的习惯被这些女队员打破了，因为她们把好不容易攒下的水挥霍殆尽，可怜的羊儿只能忍忍了。当晚，队长召开紧急会议，伊兰严厉地批评了这几名女队员："如果是在城里，我可以请你们去洗澡，可这是什么地方？这里的水比金子还贵。"伊兰责令女队员们做深刻检讨。与伊兰相处多年的乌兰牧骑队员从没见她这么凶过，那几位泼水的女队员觉得无地自容，捂住脸抽泣起来。接着，伊兰的脸色多云转晴，语气也缓和了："我理解姐妹们，累成这样清理一下卫生在情理之中，可这里情况特殊，我也没料到这里的水资源这么紧张，我们要在这里活动几天，千万注意节约用水。"

晚上，伊兰又把队员召集到一起，商量节约用水的办法。身体强壮的巴图朝鲁站了起来。

"我考虑了一下，即便是我们节约用水，这里人畜饮水的紧张局面还是不能改变。我们乌兰牧骑有12个人，能不能帮助老百姓再挖一眼井？如果大家同意，我们明天就干，啥时候见了水，我们啥时候走。"

巴图朝鲁的倡议得到一致响应。第二天，挖井行动便开始了。他们从附近的供销社买来镐头、铁锹、箩筐、绳子，队长进行分工，男队员抢镐头，女队员铲土，挖至一人多深后架上辘轳，用箩筐往上提沙石。男队员脱掉上衣，光着膀子抡起镐头，轮番上阵，镐头不停。女队员把刨松的沙石扬出井坑，男队员接着

刨。井位一尺一尺地掘进，掘到6米深就得小心了，要防止井壁脱落砸伤人。再掘下去，更得小心，因为有可能发生塌方，可要是还不见水，就得继续掘下去。女队员们望一眼黑咕隆咚的井筒子，忍不住伸了伸舌头，感到不寒而栗，这时候到井下的危险是显而易见的。

"我来，我身子轻，让我下去。"巴图朝鲁自告奋勇。队员们把绳子缠在他的腰间，绑定在辘轳上，像吊笭筐一样把他吊到井底，这样挖了一天，井下终于湿润了，又掘进一天，竟渗出清水，队员们在上面雀跃起来，像是淘到了金子。见了水还得掘进，直到掘到旺水为止。第六天，一口水井挖好了，队员们用石块把井壁砌实，防止脱落，再把混浊的水淘尽，剩下的就是清水了。第一桶水提上来，每个队员都喝了一碗，心里是难以言状的甘甜。接着他们把井旁的水槽装满，把附近吃草的牛羊赶过来让它们尽情地喝个够，算是对它们的补偿。牧民们非常感动，"乌兰牧骑不但给我们演节目，还给我们挖井。这口井就叫'乌兰牧骑井'吧，让孩子们永远记住你们。"

那一天，蓝天如洗，万里无云，牧民们举行了庄重的交井仪式，公社的领导也来了，一群唱歌跳舞的演员竟然挖出一口井，令人难以置信。牧民们端出最好的马奶酒，捧着洁白的哈达，唱起蒙古族长调，村里最年长的老额吉亲吻每一位乌兰牧骑队员的额头，为他们送上祝福。朴实的乌日根牧民用他们最高的礼节感谢这些孩子们。一口水井，浸透一片深情，老阿爸在井旁立了一块石碑，"乌兰牧骑井"五个大字鲜艳夺目。乌兰牧骑井的故事一直被传颂至今。

第七节　润物细无声

秋天，又是一个丰收的季节。湛蓝的天幕点缀着朵朵白云，白云飘落在草原上，变成游动的羊群。翁牛特旗乌兰牧骑队员坐上马车，他们要到白音套海苏木演出。马车"驶"出四合院，队长坐在辕干上，此时他的职责是车夫。

一路车轮滚滚，马铃叮当，俨如乐曲中的伴音。队长挥动马鞭的姿势很潇洒，就像在乐池里舞动指挥棒一样。马鞭的鞭杆呈麻花状，鞭绳上系着红缨，皮鞭按逆时针方向一甩，发出清脆的响声，犹如打了一个优雅漂亮的响指，悦耳动听。尽管他不停地挥动马鞭，可鞭梢没有一次抽在马背上，似乎只是一种炫耀而已。"驾！"白马听到指令犹如踩下油门，马车提速了。到达目的地要穿过一道沙漠，走过沙漠是一片湿地，接下来基本没有路了。太阳跃过头顶，阳光里充满香醇的味道。在湿地上行走要格外小心，这条道乌兰牧骑队员们常走，马车在队长的指挥下巧妙地躲过坑坑洼洼的沼泽。"咦咦咦——"是左转向的指令，"喔喔喔——"是示意马车右转弯。白马的膘情很好，马鬃像一垛墙，走起来威风凛凛，随后马车来到一座木桥边，这可能是全世界最简陋的桥了。木桥下溪水汤汤，没有桥墩，十几根枕木并排挤在一起，形同江面上的竹排，枕木上铺垫树枝，上面铺着的黄土已经被来往车辆碾压得"衣不遮体"，两端裸露的毛刺活脱脱如老人龇出的牙齿。初次下乡的队员还没上桥就开始战战兢兢，担心桥随时坍塌下陷，笃定这种所谓的桥根本无力承载重负，可队长竟然不下车，坐在辕干上娴熟地把马车趔趔趄趄赶上陷阱似的桥面，老队员们依然谈笑风生。

"吁——"队长踩了刹车，大白马心领神会，马车稳稳地停在村部门口。日落西山的时候，他们来到白音套海，晚霞把草原涂成了玫瑰色。老人、孩子、姑娘、小伙，聚集在村头的草滩上，中央是临时搭起的舞台。说是舞台，也就是平地埋两根木头杆子，中间拉根绳子挂上天蓝色的幕布，有时也不挂幕布，四面敞开，从哪个方向看都成。

"玛奈乌兰牧骑来了！"消息不胫而走，邻近村的也聚拢过来。最后一抹余晖被收走了，夜幕徐徐降临，舞台前集聚了上千名观众。队员们忘记了疲劳，化装非常迅捷高效，演出开始了。台上的演员表演，台下的演员伴奏，旋即换位，台下的上台载歌载舞，走下舞台的马上操起乐器。一台节目演完常常要到晚上10点左右。这时候牧民们要做的就是抢人，他们认为把乌兰牧骑队员抢到自己家里吃饭休息是莫大的荣幸，进屋后先让队员们喝碗热腾腾的奶茶，好吃的摆满一桌，老阿爸和老额吉看着队员们吃。

乌兰牧骑在白音套海各个嘎查巡回演出了十几天，快要结束准备去另一个苏木时，无意之中听到牧民们说："乌兰牧骑就要走了，可惜沙窝子里放牧的几个老人还没看上，他们中有的70多岁，十几年没走出过沙窝子。"说者无心，听者有意，乌兰牧骑队长决定把队伍分成两个小分队，每队七八个人，一个队回海拉苏参加劳动，另一个队去偏僻的沙漠深处牧场点为那几位老牧民专场演出。

苏木领导感动了，沙窝子不能走马车，牧民们就把自家骆驼牵来。骆驼素有沙漠之舟之称，最适合在沙漠中行走。黑夜静下来，沙漠像披着蓑衣睡着了，而乌兰牧骑演出小分队在指导员朱少贤的带领下，一行9人骑着骆驼走进茫茫沙漠。骆驼行进速度不快，但运步扎实，铿锵有力。演员张成富与指导员合骑一峰骆驼，骆驼峰形同马鞍，张成富在驼峰前面盘腿坐着，指导员骑在驼峰里双手抱着张成富，脂肪堆起的驼峰颤颤巍巍，张成富开始觉得很惬意，可毕竟是第一次骑骆驼，左右摇晃的驼峰让他感觉好像坐在皮球上，随时都有掉下来的可能。茫茫的黑夜有一种让人发怵的安静，好在有驼铃声壮胆。驼铃声与骆驼的脚步同频，让人感觉走得很慢，走着走着竟然迷迷糊糊睡着了。

"到了，下来吧。"

领路的牧民招呼队员们。骆驼身躯高大，骑乘者自己跳不下来。"索索。"牧民给骆驼发出指令，骆驼乖顺地卧在地上，待骑在上面的人下来后，它又站起来。此时启明星还挂在天上，队员们向四周张望，茫茫沙海像一张发旧的毡子铺在大地上，他们发现只有两间低矮的房子，从屋里透出微弱的灯光，老阿爸和老额吉迎了出来，热情地和队员们打招呼。几位汉族队员不懂蒙古语，但从阿爸、额吉热情洋溢的态度已基本判断出他们话语的意思，因此也像蒙古族队员一样跟着点头微笑。刚从骆驼背上下来，腿有点儿酸麻。全部观众加上领路的向导一共8人，队员们也习惯了，他们经常深入偏远的牧场点和部队哨所演出，这是乌兰牧骑的传统。

乌兰牧骑队员讲解图片展览

乌力吉启动带来的发电机，把电灯泡拉进屋里，黑暗的小屋立即像白天一样，队员们抓紧时间化装。演出开始了，老两口和向导坐在前面，舞蹈、独唱、乐器独奏等，一个节目接着一个节目演，虽然没有喝彩声，可队员们一如既往地投入。演出时队员们看见老两口眼里噙着泪花，灯光下一闪一闪的。看到这情景，有的队员鼻子发酸，极力控制不让眼泪流下来。农牧民真的需要艺术，艺术也离不开农牧民。

演出结束时已经凌晨两点多了。因屋子小、人多，没地方住，指导员决定连夜赶回苏木。回到苏木后他们也没有休息，而是沿着老哈河北岸一路西行，直奔最后一个演出点黑泡子嘎查。队员们是坐着马车去的，天气很冷，道旁的水洼已经结冰，队员们穿着统一配发的藏蓝色皮大衣，有说有笑，甚至唱起蒙古族长调，歌声、笑声和马脖子上的铃铛声，汇成一曲纯天然的交响乐，回荡在空旷的原野上。没有公路，只能瞄着车辙走，颠簸是难免的。队员们渐渐有些疲倦，即便是在颠簸的情况下，有的队员还是睡着了。突然，昏睡的队员都醒了，而醒来时他们已翻滚在沟里。原来，马车一只车轱辘悬空，另一只车轱辘陷进泥沙里，车身向河里倾斜着，车上的人和东西全都掉进了河沟里，霎时间冰冷的河水浸透了队员们的衣服，大家身上立即起了一层鸡皮疙瘩。队员们爬起来，袖子也没挽，就心急如焚地打捞乐器和道具。大鼓已经顺着河漂到十几米远了，队员张成富紧追过去捞上来。回头看看赶车的车夫，他正屏住力气扛着辕马。由于车身倾斜，车辕已经拐过来，缰绳正好勒住了辕马的脖子，辕马喘不过气来，两眼瞪得大大的，情况十分危急。可辕马好像通人气似的，一动不动地与车夫站在一起，这时只要辕马一动，车就会翻进河里，后果不堪设想。指导员朱少贤指挥一部分人扛住马车，不让车身倒下来。车夫声嘶力竭地大喊："快！快！谁有刀子，快把辕马的缰绳割断，不然马就憋死了。把前边的马套解开，拴在架杆上往回拉，把车正过来。"车夫的话音刚落，队员陈振华急忙从钥匙链上摘下一把小刀，上前把辕马的缰绳割断，辕马终于得以顺畅喘气。

"徐淑霞，你去把前边的马套解下来。"指导员环顾一下队员们，有的在河里捞东西，有的扛着马车，只有徐淑霞一个人在搬行李上岸。徐淑霞放下行李后急忙跑过去解马套，她太紧张了，越紧张手越哆嗦，怎么也解不开，急得她直哭。

"徐淑霞，你怎么搞的，这点儿活都干不了！"指导员显然是急眼了，队员们第一次见他发这么大的火，两眼放出的凶光咄咄逼人。吉日嘎拉赶忙跑过去把马套解开了，并把马套拴在马车侧面的架杆上，用力拽住马使劲往侧面拉，大家一起用力推，只听"哐当"一声，马车平稳地正过来，危机彻底解除了。大家都深深舒了一口气，紧张的心情顿时松弛下来。

"对不起，徐淑霞，我刚才说话太粗暴了。可也没有办法，不马上把马套解开，可能连人带车都要翻到沟里去，那样损失可就大了。"指导员向徐淑霞道歉。

"指导员，我不怪你，是我没用。"徐淑霞对自己的无能感到自责。

太阳升上头顶，已是中午了。队员们又累又饿，加上衣服已被河水浸湿，上岸后经冷风一吹，立即成了盔甲一样，磨得肉皮生疼。虽然不是数九寒天，可也是冰冷刺骨。每个人的嘴唇都是紫的，说话集体性口吃。大家稳定了一下情绪，把东西装上马车，继续向黑泡子嘎查进发。队员们没有一个选择坐车，而是跟在马车后面跑，因为这样能靠增加运动量产生热能，身体会暖和一些。

这次演出途中遇险，让大家心有余悸。事后，乌兰牧骑开了一次讲评会，指导员朱少贤表扬了队员们的表现，再次为向徐淑霞发火一事道歉，做了自我批评。这次事件发生后，车夫与辕马的感情更近了，有一次吃素饺子，车夫还特意端了一盘给辕马吃。大家也对这次辕马通人气的表现交口称赞，对人与马的情感联系有了新的认识。

秋天来得悄然，消失得也快，好像来不及说再见，冬天就急不可耐地登场了。苏尼特右旗迎来入冬后第一场雪，飘飘洒洒的雪覆盖了苏尼特草原，把高山、凹地、河谷、村庄全都抹成了一个平面。静谧的雪景让人沉醉，可对牲畜来说却是一场灾难。乌兰牧骑队员分赴各地，紧急投入抗灾救灾的工作中。

巴图朝鲁和胡木吉图一组，他俩踏着没膝深的积雪，走得十分费力，可是他俩今天谈的，是关于孩子的问题。

"胡木，你自小生长在苏尼特，最了解草原上的孩子们。你看，草原上地广人稀，孩子们接触外界的机会少，精神文化生活匮乏，这对他们的成长是不利

翁牛特旗乌兰牧骑下乡途中歇息

的。要想使我们的国家和民族富强起来，孩子们没有文化怎么能行？作为一名党的文艺工作者，20多年来，我觉得我欠着一笔债，就是为孩子们做得太少了。每当我看到七八岁的孩子张着小嘴唱《十五的月亮》时，我的心就像被针扎一样难受。孩子们需要歌，需要精神食粮啊！"

已过不惑之年的胡木吉图望着兄长一样的巴图朝鲁，感到十分疑惑，不知为什么他不谈抗灾保畜，而是谈起孩子的话题。

"巴图哥，你怎么……"还没等胡木把话说完，就被巴图朝鲁打断了，他又续上刚才的话题。

"胡木，我的意思是说，我们乌兰牧骑的演出节目，对孩子考虑得太少了，现在牧区的孩子唱的都是成年人的歌。"

哦，原来如此，胡木吉图钦佩巴图朝鲁想得周到。其实胡木吉图想得更现实，他对巴图朝鲁说："可我们乌兰牧骑不像专业文工团和歌舞剧院，人员仅十几人，队里人手有限，又没有专门的儿童演员，要为孩子们演好节目，是很困难的。巴图，最近你创作的几首儿童歌曲，像《我们是祖国的花朵》《春天的孩子》反响不错，很受孩子们欢迎，一些小学还专门教唱呢。"

巴图朝鲁沉思半晌，目光投向远方，洁白的雪地似乎跃动起来。

"胡木，我觉得仅有几首儿童歌曲还不够，我现在考虑的是要寻找一种形式，一种简便的，孩子们既喜欢又容易接受的表演形式。那达慕期间，北京木偶剧团来苏尼特右旗演出木偶剧《草原红花》，孩子们看得如痴如醉，那场面至今令人难忘。我们乌兰牧骑是不是也可以搞一个木偶剧组，既节省人员，设备又简单，也适合乌兰牧骑巡回演出的特点，我看是可行的。"

巴图朝鲁的一番话，让胡木吉图有了豁然开朗的感觉，孩子是祖国的花朵，是祖国的未来，乌兰牧骑不遗余力地传播文化与文明，不能忽略这一块儿。两个人心有灵犀，击掌为誓，会心地笑了。

抗灾保畜归来，巴图朝鲁向队里提出成立木偶剧组的建议，乌兰牧骑上报旗委、旗政府，很快得到上级领导的支持。乌兰牧骑抽调了其达拉图、其木格、萨如拉、巴图朝鲁四人赴上海木偶剧团学习。两个月后，他们带回来一套木偶节目，乌兰牧骑木偶剧组正式成立。

在之后的巡回演出中，蒙古包里经常传出孩子们开心的笑声，他们观看了蒙古语木偶剧《不讲卫生的猪八戒》《金鸡冠的小公鸡》《一只小黑猫》《三毛小淘气》《两个小朋友》和由木偶剧组改编的民间故事《考验》以及一些童话故事。苏尼特右旗乌兰牧骑木偶剧是每次巡回演出的必备节目，因为孩子们喜欢。他们每走进一个蒙古包，都会给孩子们带来欢声笑语，每当听到孩子们的笑声，巴图朝鲁就觉得幸福，之后他更是侧重于儿童节目创作，成为颇有名气的民族儿童剧创作专家。

第八节　从草原到北京

采访乌兰牧骑，是一段充满感动和震撼的心路历程，它让我们领悟了无怨无悔的真正内涵。心里想着农牧民，就踏踏实实为他们做事，而品格的高尚绝不是说出来或唱出来的，需要用行动去践行，细节才是最能打动人的。在艰苦的年代，乌兰牧骑演员的化妆品，都是用掉色的大红纸和火柴棍儿。他们把大红纸撕成小块儿，抹红脸蛋儿，抹红嘴唇；把火柴棍儿点着烧黑再灭掉，用炭黑画眉毛。无论条件多么艰苦，他们都咬牙坚持，有时还带病演出，轻伤不下火线，始终用最好、最乐观的精神面貌，为农牧民送去欢乐。他们赶着马车，骑着骆驼，哪里偏僻艰苦他们就出现在哪里，牧民的羊圈、蒙古包、草地就是舞台。沙窝子没有路，他们就背上道具和乐器徒步前行，碰上放牧的牧民，总要演个节目才走。有时夜深行至途中，他们就睡在马车上或草地上。演出之余，队员们与农牧民同吃同住同劳动，帮助农牧民打井、打草、接羔、剪羊毛，他们与农牧民打成一片，农牧民称呼他们为"玛奈乌兰牧骑（我的乌兰牧骑）"，是发自肺腑的心声。这便是全心全意为人民服务的真谛。

在翁牛特旗海拉苏苏木，我们在乌兰牧骑博物馆内驻思良久，这是全区唯一一家乌兰牧骑博物馆，展存的史料齐全，在这里我们结识了乌兰牧骑一位功勋人物，他叫乌国政，是一位毕生为乌兰牧骑事业奋斗的老兵，退休前担任赤峰市文化局局长。

1957年5月，一纸调令把乌国政从文化馆调入乌兰牧骑，此前他大学毕业后一直从事教学工作。对于组织上的安排，他曾一度困惑，乌兰牧骑是干啥的？实际上那时的乌兰牧骑仅是个名称而已，还没有一名队员，那上哪儿报到呢？乌兰牧骑竟然没有办公地点。

　　"暂时在文化馆吧。"馆长鲍文儒说，旋即又告诉乌国政，"我被任命为乌兰牧骑临时队长了。"两个人对视后会心地一笑。不一会儿，另外4名队员走了进来，他们是宝音、英格、新吉乐图、德力格尔。人员全部到齐，队长召开简短的"动员大会"，内容很简单，由他们6个人组成乌兰牧骑文艺宣传队，要担负起文化宣传、巡回演出的任务。每个人顿感肩上的担子不轻，又自估能力有限，恐难胜任。再看看给他们准备的设备，更没底气了。一把二胡，一把四胡，一支笛子，一面鼓，一个铜锣，还有一台幻灯机，一盏汽灯，一台旧式收音机，全部家当装进麻袋里，一个人就能扛走。设备如此寒酸，还没地方堆放。旗政府拨款

草原文艺队

15000元，在翁牛特旗东部海拉苏盖了5间房，乌兰牧骑搬出乌丹镇，在海拉苏扎根了，背依西拉木伦河，抬头就能望见木叶山，旗领导说这样更贴近群众。乌国政提出，应到专业学校或训练班强化学习训练，其他队员也有这样的想法。队长鲍文儒微笑着否决了，那样自然好，可时间不等人，只给他们半年时间，要拿出一台像样的节目来。可即使排练时间如此紧迫，他们还要到群众中去宣传政策，了解民情。

"我还记得第一次到牧区做群众工作的情景。"80岁高龄的乌国政精神矍铄，对乌兰牧骑艰难起步的历程记忆犹新。

乌国政和宝音初次下乡时，只有一匹马，而且是不能骑的，马驮着两个人的行李、幻灯机和马料，乌国政背着收音机。穿过白茫茫的沙漠，渴了伏在河边大口喝水，饿了吃点儿干粮，每天差不多走四五十里路，脚上经常打泡。途中累了，便躺在沙地上休息一会儿，仰望蓝天，空阔高远，百灵鸟成群结队飞来飞去，之后站起来继续行程。他们俩边走边宣传，一直走了14天，到达最后一个辅导点沙静吐庙时，他们累计行走了600多里。

这次下乡对乌国政的触动很大，农村牧区太需要文化了，农牧民的精神生活是那么匮乏，他们对文化艺术的渴望十分迫切。回来后，他打消了去学校学习的想法，苦练基本功，与队友一起挥汗如雨，加班加点排练节目。针对人员少、力量薄弱的实际情况，乌兰牧骑试点工作决定以辅导为主，走与群众业余文化工作队相结合的路子，也就是说，乌兰牧骑要面对群众，从群众中培养和选拔乌兰牧骑队员，使乌兰牧骑真正成为群众的艺术。试点工作选在海拉苏苏木白音花嘎查，群众业余文艺骨干很快被集中起来，他们举办了短期文艺辅导班，学唱革命歌曲，跳民族舞蹈，并以当地的好人好事、模范人物为素材，编写小型曲艺节目，如好来宝、笑呵、说书、代日查、小戏等，一个月后，一台贴近百姓生活的文艺节目与群众见面了，并且社会反响很好。

之后，乌兰牧骑试点工作队和业余骨干组成演出队，由苏木领导带队，到海拉苏苏木的嘎查、牧场、敖特尔巡回演出。每到一处，他们就与群众同吃、同住、同劳动，彼此融为一体。除了演出，还搞图片展览，宣传党的各项方针、政策和国内外大事。有时候，他们还和群众同台互动演出，一起联欢。此外，他们还利用空闲时间为群众挑水、打扫房屋、捡牛粪、剪羊毛等，受环境和条件限制，有的农牧民长时间理不上发，工作队便带上理发工具，为大家理发。巡演结束后，农村牧区的业余文化活动变得空前活跃起来。翁牛特旗顺势加强了乌兰牧骑队伍建设，在试点初期6名队员的基础上，从旗内农村牧区业余文艺骨干和中小学中选择招收了15名演员，翁牛特旗乌兰牧骑在海拉苏苏木正式成立，文化传播工作也一并拉开帷幕。

两年后，乌国政被任命为翁牛特旗乌兰牧骑副队长。

1964年，中宣部、国家民委、文化部决定在北京举办全国少数民族群众业余文艺观摩演出，此时的乌国政已成为队长。翁牛特旗乌兰牧骑在全区已经名声大噪，成为40多支乌兰牧骑队伍中的佼佼者，从内蒙古师范学院艺术系毕业的王正义，慕名到翁牛特旗参加工作，是全区第一个走进乌兰牧骑的大学生。为圆满完

传承红色基因，播种文化种子

成大会的演出，自治区文化局从30多个旗县乌兰牧骑中选拔抽调18名优秀队员，组成内蒙古乌兰牧骑代表队，其中从翁牛特旗乌兰牧骑抽调6名，占代表队的三分之一，自治区文化局任命乌国政担任代表队队长，带领大家在首府呼和浩特进行封闭式排练。

经过6个月的集中培训和创作，内蒙古乌兰牧骑代表队共排练出15个具有民族特色、小型多样的歌舞曲艺节目，经自治区党委、政府审核通过后，从草原来到北京，同藏族、彝族、维吾尔族等各民族同胞欢聚在一起。各代表队在北京进行了10天左右的彩排。1964年12月10日晚，首都元旦前的喜庆气氛已经日渐浓厚，内蒙古乌兰牧骑代表队将在北京民族文化宫进行首场演出。尽管已经在草原上进行过无数次的巡演，可来到北京初登大舞台，有的队员难免紧张，不由自主地忐忑起来。乌国政鼓励当晚上台演出的12名队员说："不要紧张，就当在草原上为农牧民演出，不要怕舞台大、观众多，照常演出。" 队员们紧张的情绪放松了下来。演出开始了，大幕徐徐拉开，首都观众看到天幕上出现蓝天白云和碧波荡漾的大草原，乐曲轰鸣，12名乌兰牧骑队员高举红旗唱着《文化轻骑队之歌》，穿着朴素的蒙古袍，身背背包，手提民族乐器，精神抖擞、斗志昂扬地迈着前进的步伐走上舞台，整套歌舞欢快自然，把草原文化和马背民族的生活表现得淋漓尽致，将"草原是流动的大海，大海是流动的草原"的震撼场景呈现给首都观众。整场演出过程，每个节目中间不拉幕布，没有专职报幕员，演员就是报幕员，大家根据情节的发展，把每个节目很自然地串联起来，形成一个主题，一个半小时的节目一气呵成。观众眼前一亮，掌声热烈，经久不息。节目演完后，许多观众仍不肯离开剧场，都想近距离看看乌兰牧骑，他们的艺术表现力实在惊人，令人耳目一新，观众纷纷要求签名拍照。

乌兰牧骑代表队进京首场演出产生轰动，在首都文艺界和各界群众中引起强烈反响，受到中央领导和有关部门的高度关注。《人民日报》在间隔不到一个月的时间内，连续发表《轻装上阵》《打成一片》《路是走出来的》《谁是知音？》《发扬传统，有所创造》《抓住关键》等6篇报道和评论员文章，全面报道宣传了乌兰牧骑在内蒙古大草原上常年坚持深入基层、艰苦奋斗、全心全意为人民服务的精神和模范事迹。在如此短的时间内高密度地报道评论一件事情，代表这是党和人民的声音，足见党和国家的关怀和重视。

1964年12月27日，毛泽东主席、周恩来总理等党和国家领导人在人民大会堂亲切接见了参加全国少数民族群众业余文艺观摩演出的全体演职人员，并合影留念。乌国政永远不会忘记那幸福的一刻，队员们望着毛主席慈祥的笑容，个个激动得热泪盈眶。

乌国政先后担任翁牛特旗乌兰牧骑队长、翁牛特旗文化局局长、赤峰市文化局局长、党组书记。退休后，连续三届当选内蒙古自治区乌兰牧骑协会副主席。无论工作怎样变动，他始终与乌兰牧骑形影不离，他说，他与乌兰牧骑的感情难舍难离，把青春芳华献给乌兰牧骑更是无怨无悔。

第四章　轰动全国的巡回演出

老一辈乌兰牧骑队员都记得20世纪60年代那次全国巡演，那是一次充满感动与感化的艺术之旅，也是一次让队员们接受革命传统教育的旅程。在党的文艺思想的引领下，乌兰牧骑在草原上展露芳华，他们接受国家相关部门的委派，走出草原，在祖国辽阔的大地上，完成了一项文艺战士前所未有的万里长征。他们走一路宣传一路，乌兰牧骑的优良传统感动了很多人。

第一节　火车上演出

四月的南方百花争艳，绿色沸腾，而塞北大地则迎来一场春雪，这也许是2019年春天的最后一场雪了。阳光普照，积雪纷纷融化，但路面还是结了一层薄冰，以至于朱嘉庚先生从家里赶到采访地点，走了差不多一个小时。按事先约好的采访议题，今天朱先生要与我们分享乌兰牧骑全国巡回演出的经历。

朱嘉庚先生那谦逊和文雅的气质令人肃然起敬，他说这都是乌兰牧骑熏陶的结果。乌兰牧骑队员常年深入基层，与农牧民群众水乳交融，从不端腔拿派。我们对此都有共同感受，朱老师不但作风朴实，而且态度谦和。

　　1942年，朱嘉庚出生于四川万县一个普通农民之家。那时家里困难，妈妈做的鞋他舍不得穿，夹在腋窝里赤脚赶路，到学校才把鞋穿上。朱嘉庚学习刻苦，天资聪颖，尤其表现出的文艺天赋，让老师都刮目相看。元旦学校排戏，剧目是俄罗斯的童话剧《小白兔》，他扮演小白兔很成功，恰逢上海戏剧学院来西南区招生，学校推荐了他。于是，他从"天府之国"来到上海，成为上海戏剧学院首届文学系学生。那时候赶上《红色娘子军》剧组来上海戏剧学院挑选演员，表演系二年级的祝希娟被选中，成为吴琼花的扮演者，朱嘉庚羡慕得不行。学校聘请专家授课，并指导学生排演话剧《大雷雨》，他主动搬道具，渴望有一天也能走

巡演途中在列车上给旅客们演出

上舞台。1961年，他成为一名学生党员，担任系团总支书记。1963年学满毕业，国家鼓励动员有志青年到边疆去，到基层去，到祖国最需要的地方去。朱嘉庚积极响应号召，填报志愿到内蒙古，被分配到文联下属的《草原》编辑部。编辑部有6个人，原先仅主编、副主编两名党员，朱嘉庚报到后，才组建成党支部。文联党总支隶属文化局党组，1965年乌兰牧骑全国巡回演出，从各地抽调精兵强将，朱嘉庚被抽调到演出一队担任秘书。从此，他与乌兰牧骑结下不解之缘。

1965年6月11日，北京火车站的大钟指向零点五十分，汽笛长鸣，划破深邃的夜空，乌兰牧骑带着内蒙古各族人民的心意，乘上45次南下的列车，开始了人们翘盼已久的全国巡回演出活动。

夜深人静，列车撞击铁轨的节奏声声悦耳，朱嘉庚感觉仿佛走在了时间的前面。此行他除了做好宣传报道，还承担临时创作任务，在上海戏剧学院他学的是编剧，组织上这样安排，也算是让他回归本行了。列车在黑夜里平稳前进，车厢内只有乘务员和乌兰牧骑队员还没入睡。朱嘉庚也和队友一样，睡意被亢奋的情绪扫得无影无踪。领导临行前的叮嘱言犹在耳："这是去展示内蒙古风采，是去向各兄弟省区学习，祝你们一路顺风，满载而归。"队员们一遍又一遍默念着领导的嘱咐，心中的信念愈加坚定。他们有的在灯下开始写南下的第一篇日记，有的悄声背诵台词，有的在车厢狭窄的过道上校正舞蹈动作……

清晨的曙光流进车厢，宋正玉等几个队员起来了。在草原上，早上起来第一件事就是帮助牧民放羊、捡牛粪、扫羊圈，多年来一贯如此，可今天在火车上，啥都不干还真有些不习惯呢。可干些什么呢？宋正玉拿起抹布和拖把，开始擦车窗、拖地，其他人也醒来了，与宋正玉一样，开始一起动手搞车厢卫生。乘务员发现后，微笑着过来劝阻："谢谢你们，可你们是乘客，打扫卫生是我们应该做的，为乘客服务是我们的职责，你们还是休息吧。"然而队员们没有停下，宋正玉说："不客气，咱们都一样，都是为人民服务的，我们走到哪里，就服务到哪里。"乘务员见劝阻无效，也跟着干起来。

哦，多好的年轻人啊！他们的行为引来旅客们的赞许，人们纷纷投来敬佩的目光，猜测这些年轻人是干什么的，听他们都讲蒙古语，有的旅客倏然想起中央人民广播电台播出的消息——来自大草原的文艺轻骑兵乌兰牧骑到全国各地演出，忍不住询问："同志，你们是乌兰牧骑吧？"乌兰牧骑队员给予肯定的答复："是的，我们是乌兰牧骑队员。"话音刚落，整个车厢欢腾起来："来一个，来一个！"乘客觉得巧遇乌兰牧骑简直是千载难逢，不看他们的表演会成为最大的遗憾。乌兰牧骑队员没有推辞，在草原上这种情形大家见得多了，只要群众有需要，无论在哪里都能演出。车厢过道成了舞台，场地狭窄，舞蹈施展不开，只能唱歌，如合唱《内蒙古好地方》和好来宝《牧马英雄》。人们见到了心目中的乌兰牧骑，他们的嗓音真好，个个长得水灵俊秀，歌声唱出草原的辽阔，唤起乘客对大草原的向往，有的甚至暗暗发誓，有机会一定要到草原去。歌声传到其他车厢，乘客纷纷涌过来观看，列车长只好维持秩序，按车厢和时间排序，乌兰牧骑逐一演唱。一批中国科学院的科研人员与乌兰牧骑队员同一车次，他们在《人民日报》《光明日报》读到过乌兰牧骑的事迹，此次耳闻目睹果然名不虚传。这些科学家被队员们全心全意为人民服务的真诚感动了，激动地说："看到你们仿佛看到当年的老红军老八路又回来了，你们的行动鼓舞和激励了我们，我们要把你们的革命干劲和革命热情带到工作中去，向你们学习！"

南下的列车游龙一样在祖国大地上穿行，乌兰牧骑全国巡演的第一次演出，是在从北京开往福州的45次列车上，两天两夜的车程，歌声洒满一路，与阳光同行。

1965年6月25日，他们到达福州，出乎意料的是从火车站到驻地全是欢迎的人群，每个人手里都捧着一束鲜花，等到了驻地，每个乌兰牧骑队员都抱着满满一怀的鲜花。时任福建省委第一书记叶飞接见了他们，并观看了演出。在福州活动的三天里，他们白天去工厂学校，晚上在剧场。第四天，他们来到厦门的鼓浪屿。从祖国北疆来到南海之滨，乌兰牧骑队员们渴望已久，他们要为守卫海疆的战士们进行慰问演出。来到滩头阵地，队员们遥望碧波荡漾的大海，海鸥在海面上自由飞翔，海浪一波接一波涌向海滩，拍在礁石上发出轰隆隆的声响，大海真的是流动的草原。当时海峡两岸处于对峙状态，这样的环境只能唱歌，不能跳舞。战士们听得如痴如醉，手掌都拍红了。演出结束后，乌兰牧骑队员给隐蔽所

乌兰牧骑巡回演出队在解放军南海舰队某部舰艇上为海军战士演唱

里的战士送了纪念品——一个宣传袋，里面装着关于内蒙古风光和建设成就的宣传册。从鼓浪屿下来，走进军营，战士们为乌兰牧骑队员表演训练科目，投弹、刺杀、格斗、匍匐前进、队列表演，战士们还教他们打靶，每人5发子弹，男队员还可以，女队员多数都脱靶了。

离开营房，大家有些依依不舍，战士们把用炮弹壳做成的工艺品送给乌兰牧骑队员留作纪念。在福建的4天里，他们演出30多场。

第二节　井冈山的翠竹

从福州来到江西南昌，最先让人感受到的就是中国革命打响第一枪的庄严。在南昌演出时，偶遇新诗泰斗、知名剧作家郭沫若先生，他看了乌兰牧骑的节目非常高兴，欣然命笔挥毫写就一幅条幅："发扬乌兰牧骑优良传统，全心全意为人民服务，为全世界被压迫人民服务。"郭沫若先生写完并没马上交给乌兰牧骑，而是许诺回北京荣宝斋装裱后再亲自奉送。这幅墨宝很珍贵，现珍存在乌兰牧骑博物馆。

来到红色井冈山，正赶上新茶上市。七月的湘赣边界，无风，太阳火辣辣的，连绵起伏的山峦和一道道的梯田，铺展出绿意盎然的世界，朱嘉庚与队员们顺着蜿蜒的山路登顶，气喘吁吁，心里却波涛激荡，望着漫山遍野的红杜鹃和井冈翠竹，他们一遍遍地感慨，内心激动而又凝重。乌兰牧骑队员都接受过传统革命教育，井冈山是党建立的第一块革命根据地，他们向往已久。"山下旌旗在望，山头鼓角相闻。敌军围困万千重，我自岿然不动。早已森严壁垒，更加众志成城。黄洋界上炮声隆，报道敌军宵遁。"这首毛泽东的《西江月·井冈山》队员们不知读过多少遍了，此时他们就站在黄洋界哨卡，英勇的红军战士以一个营的兵力击退国民党军一个团的反扑，堪称以少胜多的经典战例，红色苏维埃由此巩固，毛主席的诗词再现了当年战火硝烟的情景。这一段光辉的历史，从岁月的深井中被打捞出来，在新中国的土壤里生根发芽、开花结果。

乌兰牧骑来到毛主席当年住过的大井村。一进村，队员们便分头来到烈军属家里，宋正玉和乌达巴拉端起洗衣盆到溪边为大娘洗衣服，乌国政、玛希吉日嘎拉拾柴打猪草，江布拉、道尔吉、郑永顺、王正义为各家挑水，敖日吉玛、乌云找来扫帚，大家挑水洗衣，扫院烧茶，干得热火朝天，老乡们怎么也拦不住。看着这些年轻人干活的劲头，他们想到当年的红军，一个个都像他们的儿女。老大娘端出热茶："喝吧，孩子，这是当年红军喝过的茶，是毛委员喝过的茶呀！"接过大娘手中的茶碗，队员们一饮而尽。不知哪个队员即景生情，唱起了《请茶歌》："同志哥，请喝一杯茶呀！喝了红色故乡的茶，同志哥，革命意志你坚如钢啊……"歌声汇成清流，流淌在清风里。

干完活，队员们开始化装了，他们要为红色老区的乡亲们演出。队员刘桂琴帮一位失明的老大娘收拾好柴火，烧好猪食，倒上茶水，给老大娘讲解节目，如同电视配音。老大娘激动得热泪盈眶，拉住队员的手紧紧不放，一遍遍抚摸女队员的头，她要把这些比亲生骨肉还亲的草原儿女记在心间。大井村当年的红军宣传队员赖发秀老大娘把这一切看在眼里，她端详着乌兰牧骑队员，疼爱地说："看见你们，我就想起红军宣传队。"在战火纷飞的年月，她在弹痕满壁的村头刷过标语，给得胜归来的红军唱过山歌，在枪林弹雨中抢救过伤员，也曾拿起大刀冲锋陷阵。今天，乌兰牧骑这支红色文艺接班人来到身边，她是多么高兴啊！当队员们唱起红军时期的兴国山歌时，她再也按捺不住内心的激动，拉上另一位当年的红军宣传队员郭大娘，走出人群，唱起了流传于井冈山的《当兵就要当红军》《送郎当红军》。乌兰牧骑队员随声合唱，群众也参与进来，演出变成了大联欢，人群沸腾了，像煮开的水一样。两代红色宣传员的心一起跳动，两代红色宣传员的歌声在红色老区的上空飞扬。随行记者迅疾写就一篇报道《两代红色宣传员的会面》，发表在《江西日报》上。

井冈山红色之旅行将结束，队员们不禁感叹时间过得太快了。这里的每一道哨卡，每一处峻崖，每一条小路，甚至每一撮土、每一棵树，都印满了红色记忆，都洒下了革命先辈的鲜血。三天来，他们目睹了红色政权的崛起，见识了三军会师让红旗插遍山冈……朱德的扁担、王家坪的灯光以及井冈山上挺立的翠竹，都是对早期革命者高尚品格的诠释。每一位乌兰牧骑队员都发自内心地认为，他们在井冈山上了人生中最重要的一堂课。

队员们在毛主席当年挑着担子走过的崎岖山路上，抚摸着块块青石展开联

乌兰牧骑全国巡回演出队在井冈山慰问演出

想，重温革命先辈们走过的路；在毛主席旧居的油灯旁，听老红军讲述"星星之火可以燎原"的故事。那张桌子看似老旧，可不是普通的桌子，具有政治远见的毛泽东就是在这张桌子上伏案疾书，写出震惊中外的马克思列宁主义名篇《中国的红色政权为什么能够存在？》，中国的民族解放事业由此走上正确的道路，一

乌兰牧骑演出

路上闪耀着明灯。乌兰牧骑队员们如饥似渴，认真地做了大量笔记。大家都觉得在短短几天里，感同身受，受益匪浅，每个人的内心都无比充实，进一步坚定了做好乌兰牧骑事业、全心全意为人民服务的决心和信心。以亲身经历为基础而创作和演出顶碗舞《奶酒献给毛主席》的宋正玉，打开她最珍爱的红封皮日记本，这样写道："毛主席呀，我要永远听您的话，做无产阶级的红色接班人。"玛希吉日嘎拉的名字汉译过来是"幸福"，这位蒙古族青年也有感而发："我这个贫苦牧民的儿子能当上乌兰牧骑队员，去年又在北京见到了毛主席，这是我一生最大的幸福。来到井冈山，我才明白幸福是怎么来的！"遥望罗霄山脉，依依惜别情牵，当大家再唱起《毛主席的战士最听党的话》这首歌时，都有了切身的感受，有的队员激动得热泪盈盈。

真的感谢中国共产党，给了他们受教育的机会。队员们激动，乡亲们更无法平静。乡亲们听得出来，这些年轻人不只是用喉咙在唱这支歌，更是用对党的无限热爱在唱这支歌；他们不只是用真情实感在唱这支歌，更是用他们的实际行动在唱这支歌。他们自己就是"最听党的话"的好战士，红色革命的精神在他们这一代得到传承。老区人没到过内蒙古，可大家的心是连在一起的。在内蒙古草原上，他们"哪里需要哪里去，哪里艰苦哪安家"不正是当年长征精神的延续吗？笃定"雪山顶上也要发芽"，这种执着的信念和顽强的意志，只有爱党爱人民的社会主义青年才具备。

在乌兰牧骑队员即将离开井冈山的时候，大井村一位双鬓染霜的老人让乌兰牧骑队员留步，他就是当年苏维埃少先队队长邹少恒。老人从山上砍下两根翠竹——当年他们就是用翠竹做梭镖，与反动军展开搏斗的。

"送给你们做旗杆吧，把红色文艺宣传队的旗帜挂在红色的旗杆上。"

队长乌国政和指导员达·阿拉坦巴根代表队员们接过井冈山人民赠送的旗杆。队员们深谙其中的含义，井冈山的翠竹已不仅是翠竹本身，它做过赤卫队的梭镖，做过红军宣传队的竹板。在井冈山革命博物馆里，至今还陈列着毛泽东主席、朱德元帅曾经挑粮用的竹扁担。

第三节　吃水不忘挖井人

"瑞金城外有个村子叫沙洲坝。毛主席在江西领导革命的时候，在那儿住过。村子里没有水井，乡亲们吃水要到很远的地方去挑。毛主席就带领战士和乡亲们挖了一口井。

"解放以后，沙洲坝人民在井旁边立了一块石碑，上面刻着：'吃水不忘挖井人，时刻想念毛主席。'"

这是个家喻户晓的故事，但凡上过小学的人都知道这篇课文。乌兰牧骑在江西巡回演出，瑞金是最后一站，他们见到了那口"红军井"。

瑞金是享誉中外的"红色故都""共和国的摇篮"，也是中央红军长征出发地。瑞金在中国革命历史上曾经写下光辉灿烂的一页，有着重要的历史地位。

她是中国第一个红色政权——中华苏维埃共和国临时中央政府的诞生地，第二次国内革命战争时期中央革命根据地的中心就在这里，驰名中外的红军二万五千里长征从瑞金出发，过雪山草地，最后到达陕北。"红都"这个光荣的称谓起源于20世纪30年代初，那时毛泽东、朱德等老一辈无产阶级革命家曾在瑞金进行伟大的革命实践和红色政权建设，探索获得光明的途径。1931年11月7日至20日，酝酿了近两年时间，并经过时任瑞金县委书记的邓小平同志精心筹备的第一次全国苏维埃代表大会，在瑞金的叶坪隆重召开。大会向世界庄严宣告：中华苏维埃共和国临时中央政府正式成立，定都瑞金。1934年1月，第二次全国苏维埃代表大会在瑞金沙洲坝召开，由于当时中共中央政治局已经从上海迁到瑞金，"二苏大会"后，中华苏维埃共和国临时中央政府的"临时"两个字被去掉，正式成为中华苏维埃共和国中央政府。因此，瑞金作为"赤色首都"，成为毛泽东思想的主要发源地和初步形成地，同时也是人民代表大会制度诞生的地方。

瑞金人杰地灵，中华人民共和国的第一、第二代领导人，共和国十位开国元帅中的9位，十位大将中的7位，以及1966年以前授衔的中国人民解放军将帅中的35位上将、114位中将和440位少将，当年都在瑞金战斗、工作、生活过。当年仅24万人的瑞金，一共有11万人参军参战，5万多人为革命捐躯，其中1.08万人牺牲在红军长征途中，瑞金有名有姓的烈士有17166名。为支持苏区建设和支援红军北上抗日战略转移，从1932年至1934年，瑞金人民认购了68万元的公债，借出25万担谷子，其中41.5万元公债和捐集的所有粮食无私奉献给了苏维埃政府，长征时存在苏维埃国家银行的2600万银圆的存款被一并用于支持革命。光荣的苏区历史为瑞金留下了众多独特的革命旧居旧址和精神遗产，是一段辉耀中国人民革命的进程。瑞金境内革命旧居旧址180多处，拥有红军广场、"一苏大"会址、中华苏维埃临时中央政府大礼堂、红井等国家级重点文物保护单位33处。乌兰牧骑沿着红军走过的路来到长征的起点，他们所做的正是新时期的长征。

乌兰牧骑演出队于6月中旬送歌送舞到瑞金。他们瞻仰了许许多多革命遗址，每一处都是活生生的教材。在巍峨的革命烈士塔前，队员们缅怀"红色儿女前仆后继，任凭血雨腥风"的先烈们；在叶坪的中华全国苏维埃会堂、毛主席旧

瑞金沙洲坝红井

居，革命先辈们俭朴的生活作风和艰苦奋斗精神深深感动了队员们。在瑞金访问，沙洲坝的"红井"是不能忽略的，"吃水不忘挖井人，时刻想念毛主席"铭刻的不仅是那段历史，更是党和人民的血肉深情，这是中国革命取得成功的重要保证。中国共产党自成立之日起就关注民生，一心想着劳苦大众，取得了群众的信任和支持。沙洲坝人不会忘记，红军来瑞金前，人民生活十分痛苦，反动派的残酷压榨，使得乡亲们食不果腹，衣不遮体，连喝的水都是又脏又臭。毛主席给老百姓打一口井不算什么惊天动地的大事，但这体现的是一个政党的高度与胸怀，细节决定成败。听了这个故事，来自大草原的队员们的感受是不同的。生长

在巴彦淖尔盟的乌达巴拉和伊克昭盟的宝锁，想起了曾经极度缺水的家乡，之前人们为吃水要赶着骆驼到几十里外去拉水，那时的水比盐都金贵。中华人民共和国成立后，党和政府派来打井队，从此干旱的草原有了甘甜的水，滋润了牧民的心田。当地人把水井称为"北京来的幸福泉"，这无疑与沙洲坝的"红井"一脉相承。

残阳如火，"红井"旁的绿树被染成红色，井口砌着红砖。"红井"存在的

在江西瑞金沙洲坝慰问演出时队员们搀扶老大娘前来观看演出

意义已经超越了井的本身，这口井是毛主席带领红军战士亲自挖的，是共产党人形象的象征。队员们围在井旁，每人喝了一杯润透肺腑的甘甜的水，一首新歌诞生了："井水甜呀甜在心，时刻不忘毛主席，毛主席为我们来挖井，子孙万代记党恩……"

瑞金还是稻米之乡，乌兰牧骑队员至今不忘帮老乡割稻子的情景。来自大草原的后生只知道割草，望着稻菽千重浪不知如何下手，只有朱嘉庚动作娴熟，人们这才幡然醒悟他来自于巴山蜀国。朱嘉庚给队员们做示范，传授割水稻的动作要领。另一件令人记忆深刻的事是帮老百姓挑水，草原上取水不用扁担，全用手提；而在瑞金扁担的用途很广泛，挑水用扁担，收粮用扁担，外出赶集也用扁担，扁担几乎挑起了生活的全部。瑞金人挑起扁担行走随意，竹扁担一颤一颤发出有节奏的声响，整个动作显得潇洒自如。可轮到乌兰牧骑队员时就窘态百出，由于找不到平衡，两只水桶跷跷板一样忽上忽下，尤其是女队员，挑起水桶扭扭捏捏，根本走不了直线。瑞金老乡教队员们挑扁担，只示范几下大家就学会了，有的女队员竟能把扁担放在肩胛处来回换肩，动作自然流畅，就像在跳一支舞蹈。此时一台体现老区人民新生活的歌舞节目正在创作之中。

第四节　梅家坞茶歌

中华传统文化博大精深，就地名而言，北方叫得直接坦率一些，诸如"庄""窝铺"，更多则以最早落脚的村民姓氏命名，如"张家营子""李家营子"等等；而在江浙一带，村庄的称谓很有地域特色，这种地名文化由来已久——有的村庄叫"圩"，有的村庄叫"坞"，大大小小的"圩"或"坞"连成一片，呈现出乡村一景。乌兰牧骑演出队来到杭州时正值八月，"上有天堂，下有苏杭",但他们无暇欣赏西湖的美景,直接去了梅家坞。

梅家坞是闻名遐迩的龙井茶产地,有山有树,有坞有水,有茶有文,是杭州近郊最富茶乡特色的自然村落。梅家坞茶文化特色村历史悠久,已有600多年的建村史。梅家坞的"坞"指小障蔽物,防卫用的小堡、地势周围高中间凹陷的地方、水边建筑的停船或修造船只的地方都叫坞。梅家坞有着江南水乡的独特韵味。站在坞头环视,四周青山环绕、茶山叠嶂、水汽含烟,漫山遍野的茶树氤氲着生命的底色,这里生产的龙井茶叶色绿、香郁、味醇、形美,赢得国内外人士的一致好评。作为杭州著名的龙井茶生产基地,梅家坞村拥有"不雨山长润,无云水自阴"的自然风光和丰富的人文资源,这里曾接待过美国、越南、罗马尼亚、柬埔寨等国家元首和政府首脑以及世界各地友好人士的参观访问。1962年以

前，周恩来总理曾多次亲临梅家坞，关怀和指导茶叶生产的发展。放眼望去，层层叠叠的茶树郁郁葱葱，满眼的绿色扑面而来，茶叶的清香沁人心脾。茶文化在中国源远流长，梅家坞保留着传统的茶道。对于乌兰牧骑队员来说，他们的日常生活也离不开茶，只不过他们喝的是奶茶，所用的茶叶是由茶叶和茶梗压制而成的茶砖。

时值盛夏，南方展示出潮湿的酷热，在茶山站的时间稍微长一些，便汗流浃背，而在茶山上忙碌的女人，几乎都戴着斗笠，即便不戴斗笠头上也蒙着头巾，身后背着竹篓，山歌不时从茶山上飘过来。习惯于在草原上策马驰骋的儿女，来到青山叠翠、绿水萦绕的江南茶乡，顿有眼前一亮的新鲜感。采茶女劳作的场面井然有序，动作娴熟连贯，两只手快速地翻动，敏捷而灵巧，令人觉得她们不是

乌兰牧骑队员置身于梅家坞

在采摘茶叶，而是在精心缝缀一幅大自然的真丝彩线绣作品，一曲纯天然的采茶舞妙趣天成，情景完全被艺术化了。乌兰牧骑队员受采茶场景的感染，灵感被触发，决定创作一台展现坞乡风情和采茶劳动的歌舞。

饮茶在我国具有悠久的历史，至于茶的起源，最具权威的是唐代陆羽《茶经》中的记载："茶之为饮，发乎神农氏。"神农即炎帝，中国农业的祖师，在中国农耕文明的发展史上，往往把一切与农业、与植物相关的事物起源都归结于

手捧鲜花的乌兰牧骑队员

神农氏。而中国饮茶起源于神农的说法也因民间传说而衍生出不同的观点。有人认为茶是神农在野外以釜锅煮水时发现的，当时刚好有几片叶子飘进锅中，煮好的水，其色微黄，喝入口中生津止渴、提神醒脑，以神农过去尝百草的经验，判断它是一种药材。这是有关中国饮茶起源最普遍的说法。另一种说法则是从发音上解释茶的起源，传说神农有个水晶肚子，由外观可见食物在胃肠中蠕动的情形，当他品尝茶时，发现茶在肚内到处流动，查来查去，把肠胃洗涤得干干净净，因此神农称这种植物为"查"，后来又变成"茶"。历史越久远，考证可信度越低，尽管中国茶叶起源众说纷纭，但有一点共识，那就是茶最早在人们生活中的出现，与神农有关。

乌兰牧骑队员置身于梅家坞，被龙井之乡茶文化的博大精深所吸引，他们都渴望参加一次采茶活动。在家乡内蒙古，人们一向都有喝茶的习惯，但很少有人知道茶是怎样生产，又是怎样采摘的。能够亲手采茶，这也是人生中一种有纪念意义的体验。采茶女中，采茶"十姊妹"在梅家坞久负盛名，其中有位叫沈朝顺的，是当地的"三八红旗手"。她动作敏捷，采摘迅速，两只手灵巧如弹琴一样，不一会儿身后的背篓就被装满了。

"沈姐，教我们采茶吧。"

沈朝顺欣然答应了乌兰牧骑队员的请求，她和她的"十姊妹"伙伴拉着乌兰牧骑队员们上了茶山。她们给乌兰牧骑队员每人分了一个茶篓，茶树挤在一起成簇成行排列，如同树墙。亲身体验后队员们才知道，采茶是一项技术含量很高的工艺流程，断不可随便采摘。采摘方法有掐采、提手采和双手采三种，沈朝顺教队员们学习双手采：两手掌靠近采面上，运用提手采的方法，两手互相配合，交替进行，把符合标准的芽叶采下。双手采茶的效率高，采茶速度快，掌握这一采摘方法的关键在于熟练，精力要集中，眼不顾旁，手勤脚快，眼到手到。双手操作时，两只手不能相隔过远，两脚位置要适当，移动自然。沈朝顺特别提醒，采摘时注意不要采伤芽叶、采碎叶片。这种采摘方法主要用于优质茶生产，对于一些只采芽或一芽一叶的名茶生产就不适合了，名茶必须用掐采，尚好的毛尖就是这样采摘出来的。

动作要领教会了，可实际操作起来就不是那么回事了，尤其是速度赶不上。"十姊妹"采茶能手们，两手在茶蓬上不停地跳动，鸡啄米似的井然有序，且一边采茶一边说话，轻松自然，看得乌兰牧骑队员眼花缭乱，人家的茶篓都快满了，可她们五六个人采的茶叶合起来也没有"十姊妹"一个人采的多。当然，队员们习惯于挤奶、剪羊毛的手，采茶时显得笨拙也在情理之中。沈朝顺给队员们介绍了高速采茶的本领是怎样练出来的。冬天，她们在冬青丛中练，冬青树便是杜鹃树，主要是练准头。新茶下来后，她们在实际采摘中练，练得指头红肿，练得两臂发麻。宋正玉等女队员们暗自感叹，原来采茶能手也和她们练基本功一样，台上一分钟，台下十年功，各个行当都是如此。在草原上，人们喝着香甜的奶茶，可否知道江南山村的姑娘们，在采茶时付出的辛劳？

队长乌国政说，在全国各地巡回演出，一方面是把乌兰牧骑的经验介绍给各地，更主要的是要随时随地搜集创作素材，从生活中提炼艺术。在祖国各地，到处都有为社会主义建设而辛勤劳动的人，他们都是乌兰牧骑要宣传的对象，尤其是在梅家坞这样秀丽的山村里，更有无数像"十姊妹"采茶一样感人的事迹。乌兰牧骑活跃在大草原上，他们走到哪里，哪里的新人新事就是他们节目的新内容。如今在这江南茶乡，如果他们只演唱草原上的"牧马英雄"节目，那就显得不够了。乌国政的一席话激发了乌兰牧骑队员的创作热情，正当队员们在林荫下化装的时候，一个歌唱梅家坞好社员的新节目正在同时紧张排练之中。

演出开始了，当队员报出"下一个节目，好来宝《山绿人红的梅家坞》"时，现场爆发出一阵热烈的掌声。"好来宝"是内蒙古广为流传的民间艺术形式，自拉自唱，即兴发挥。乌兰牧骑用民族艺术形式表演茶乡的好人好事，与观众产生了良性互动。乌兰牧骑队员拉起四胡，热情洋溢地赞颂梅家坞一个又一个"五好"社员，当唱到"梅大烨肩挑三百五，新媳妇上阵来运土"时，社员们笑得前仰后合。这时，改造茶山的挑土突击手梅大烨正坐在后排听着呢！

第五节 为"基石"建设者放歌

"拉起草原的乐曲，歌唱万吨水压机；即兴编唱的词句啊，表一表乌兰牧骑的心愿……"这是乌兰牧骑来到上海，在万吨水压机旁热情演唱的情景。"万吨水压机"是新中国工业化科研成果的重大突破，能近距离观摩这一举世瞩目的工程，队员们感到十分荣幸。

1965年8月22日，乌兰牧骑队员们终于如愿以偿。上海的清晨来得早，队员们早早起床，听到了黄浦江上货轮的汽笛声，浑厚悠长。这是队员们第一次走进上海重型机器厂，厂区很大，简直就像一个小城市，身穿劳动制服的工人进进出出。走进金工车间，队员们也换上和工人们一样的工装，与工人们一起劳动，内心涌起说不尽的喜悦。在工人师傅的指导下，他们有的上机床锉零件，有的接管子，有的拧螺丝，一边干活，一边与工人谈心。刘桂琴和敖日吉玛帮忙漆零件，她们仔细得像绣花一样，生怕影响产品质量。乌国政、乌达巴拉帮着拧螺丝，两个人像背台词一样你一句我一句说起雷锋那句名言："一个人的作用，对于革命事业来说，就如一架机器上的一颗螺丝钉。机器由于有许许多多的螺丝钉的连接和固定，才成了一个坚实的整体，才能够运转自如，发挥它巨大的工作能。螺丝钉虽小，其作用是不可估计的。我愿永远做一个螺丝钉。螺丝钉要经常保养和清洗，才不会生锈。人的思想也是这样，要经常检查，才不会出毛病；我愿永远做一个螺丝钉。"此时他们所做的，就是使自己变成坚实的螺丝钉。队员李玉珍的心情与众不同，在加入乌兰牧骑前，她是翁牛特旗农机修造厂的青年工人，干过车工、钳工，如今拿起自己熟悉的工具，却又感到陌生，她还没见过这么先进的车床和这么大的场面。下午乌兰牧骑队员走进水压车间，眼前一个个庞然大物，

乌兰牧骑全国巡回演出队在上海万吨水压机前演出

几十吨重的大钢坯不费吹灰之力就被切断了，像切豆腐一样，又像揉面团一样把切断的钢坯铸压成铸件。本以为这就是万吨水压机，可工人们说，这才是1200吨和2500吨的水压机，"万吨水压机"比这大好几倍呢。祖国工业的飞速发展令队员们兴奋不已。

"这才是万吨水压机。"厂领导介绍道。

万吨水压机

　　果然是个大家伙。这台领先世界的大型水压机，是我国工人发扬自力更生精神的产物，它像顶天立地的巨人一样屹立着。队员们一面仰望着机身，抚摸着合金钢柱，一面聆听"万吨水压机"的诞生过程。

　　国家经济建设发展迅速，电力、冶金、重型机械和国防工业都需要大型锻件，当时国内只有几台中小型水压机，根本无法锻造大型锻件，所需的大型锻件只得依赖进口。1958年5月，在中共八届二中全会上，第一机械工业部副部长沈鸿给中共中央主席毛泽东写了一封信，建议利用上海的技术力量，自力更生，设计制造自己的万吨水压机，彻底改变大型锻件依赖进口的局面。沈鸿的建议得到国家领导人的支持，建造万吨水压机的任务很快被下达到上海。中共上海市委明确表示：要厂有厂，要人有人，要材料有材料，一定要把万吨水压机搞出来！经过中央有关部门研究，决定由沈鸿任总设计师、林宗棠任副总设计师，组成设计班子。万吨水压机安装在上海闵行重型机器厂内，由江南造船厂承担建造任务。建造万吨水压机在一无资料、二无经验、三无设备的情况下，总设计师沈鸿和副总设计师林宗棠带着设计人员，跑遍全国有中小型锻造水压机的工厂，认真考察和了解设备的结构原理及性能。他们用纸片、木板、竹竿、铁皮、胶泥、沙土等材料做成各种各样的模型，进行反复比较，广泛听取意见，最后确定设计方案。

全体设计人员尊重科学，尊重实践，决定先将万吨水压机缩小成1/10，造一台1200吨的水压机，让它投入生产，进行模拟试验。在1200吨水压机的制造过程中，由于没有锻造大型铸钢件的设备，因此决定采用钢板整体焊接结构，将上横梁、活动横梁、下横梁3座横梁用多块钢板焊接成一个整体。但整体焊接究竟能承受多少压力，谁也说不清楚，为了确保安全，设计人员决定先造一台120吨的水压机进行试验。不久，一台120吨的水压机制造成功，经过实际考验，压力增加到430吨，横梁完好无损，于是当即决定12000吨水压机的3座横梁采用整体焊接的方案。这是一次工艺改革，不仅使横梁总重量从原来的1150吨减轻到570吨，同时使机械加工和装配工作量也减少了一半以上，为国家节约了大量资金。

1959年2月，江南造船厂成立万吨水压机工作大队，从而拉开了打一场加工制造硬仗的序幕。万吨水压机有两大特点，一是大和重，机身高33.65米，机上有13个特大件，即3座横梁、4根立柱和6只工作缸。3座横梁的重量是100～300吨，像一座小山，最重的下横梁是用100多块钢板拼焊成的；4根立柱各长18米，直径1米，重80吨，就连立柱上的螺丝帽一个就有五六吨重。二是精密，要求加工的零件具有高精度，否则就无法安装。要完成万吨水压机的建造任务，还得闯过"金、木、水、火、电"5个大关。1961年12月13日，万吨水压机开始总体安装，完成只用了两个月的时间。在上海交通大学和第一机械工业部所属的机械科学研究院等单位协助下，设计人员对这个身高20多米、体重千余吨的"巨人"进行了详细的"考验"——应力测定试验。在总设计师沈鸿的指挥下，高压水泵发出嗡嗡的声响，压力表的指针缓缓上升。第一台万吨水压机建造成功了，它为中国重型机械工业填补了一项空白。

"哇，真不简单。"

乌兰牧骑队员从内心为祖国的建设成就感到自豪。就在万吨水压机旁，队员们跳起安代舞，欢唱《草原上建起钢铁城》，演唱新创作的歌曲《歌唱万吨水压机》，场面欢快而动人。万吨水压机是建设社会主义伟大祖国的一块基石，而乌兰牧骑坚持文艺为工农兵服务、文艺为经济建设服务的方针，就是要讴歌这块基石，讴歌基石的建设者。

第六节　乌兰牧骑日记

〖 1965年8月15日 夜 上海 〗

毛泽东思想来武装

"好八连"事迹传四方

乌兰牧骑在草原

也听见八连军号响……

在拜访"好八连"的前一天晚上，夜已经很深了，可乌兰牧骑队员还没有休息，他们在反复排练新编的说唱快板书《听见八连军号响》。

在南京路上"好八连"连史室

第二天，他们来到上海南京路，访问了这支誉满全国的红色连队。

"南京路上好八连"指的是中国人民解放军上海警备区特务团三营第8连。八连身居闹市一尘不染，始终保持艰苦奋斗的优良传统。旧上海是冒险家的乐园，中华人民共和国建立初期，社会情况仍然十分复杂。该连于1949年6月进驻上海市南京路执行警卫任务，坚持人民军队艰苦奋斗的政治本色，抵制资产阶级思想及其生活方式的侵蚀，团结人民群众，出色地完成了警卫任务。全连官兵勤俭节约，助人为乐，全心全意为人民服务。1963年4月25日，中华人民共和国国防部授予该连"南京路上好八连"称号。

在"好八连"指导员陪同下，队员们参观了连队的"荣誉室"。在这里，队员们看到了战士们活学活用毛主席著作的心得笔记，看了他们勤俭节约、艰苦朴素生活的种种实物，有战士们自己打的草鞋、修补多年的行军锅、补了又补的脸盆，队员们受到深刻教育。在展览室里，宋正玉、乌达巴拉在抄写"好八连"战士的语录："为人民服务，是我们革命战士的人生观，学一辈子为人民服务，为人民服务一辈子！"这段话被她们记了下来，作为八连战士对自己的鞭策。

走进战士宿舍，房间一尘不染，被子叠得方方正正，刀削一般。每个战士都有针线包，他们用废纸制作信封，见乌兰牧骑队员有的也穿着打补丁的裤子，八连指导员说："你们乌兰牧骑的作风很像八连。"

队员们与八连战士围坐在一起，亲切交流，一方介绍怎样在风雪草原上为广大农牧民服务，一方介绍怎样在五光十色的南京路上，发扬光荣革命传统，穿草鞋丈量人生。彼此越谈越投机，越谈越充实。岗位不同，行业不同，但为人民服务的出发点是一致的。

乌兰牧骑向来是边走边创作，节目总能"入乡随俗"。在"好八连"营地，朱嘉庚被战士们的事迹所感动，当场写词，一个八段赞八连的快板书半小时就排练好了。队员表演了精心准备的文艺节目，八连战士也合唱了"好八连"连歌，双方互动热络，气氛高潮迭起。在"好八连"一天的活动结束了。临别，八连指导员王经文同志向乌兰牧骑赠送了八连革命的"传家宝"——毛主席著作、针线包和草鞋。另外还送了战士们自己制作的纸糊的信封，这些勤俭节约、艰苦朴素的细节让乌兰牧骑队员们特别感动。

〖 **9月2日 清晨 晴 南京** 〗

9月2日，乌兰牧骑演出队来到南京化肥厂访问演出。这一天清晨，队员们乘船抵达南京化肥厂码头，100多位工人兄弟早已等候在码头的平台上，他们敲锣打鼓欢迎来自大草原的远方亲人。

队员们到工厂后，马上到各个车间参观。他们看到许许多多国产大型机械设备，由衷地感到骄傲与兴奋。在合成氨车间里，他们目睹了一台巨大的国产机器正在轰隆隆地运转，厂领导介绍说，这台大机器能顶英美两台机器的功效。想到新中国工业正在加足马力赶超工业化发达国家，大家都深深为祖国工业的飞跃而自豪，情不自禁地在运转的机器旁欢歌起舞。

下午，队员们换上工装和工人兄弟一起劳动，男队员到硫铵车间与全国劳动模范杨传华一起运送化肥。杨师傅和队员们边干边谈，他讲述了中华人民共和国成立前工人们的苦难和新社会的幸福生活，介绍了工厂的生产情况。他说："现在大家拧成一股绳，劲往一块使，要为粮而战！"有队员问他工人们为啥有

为江苏省南京市化肥厂工人演出

这么大的干劲，杨传华说："这是毛泽东思想在工人心中扎了根，我们工人的口号是，面向农村心向党，车间是战场，困难当敌人，任何困难都阻挡不住我们前进。"队员们听了很受鼓舞，干劲倍增，在一个多小时内就运送了10000斤化肥。

工人们的革命干劲感染了乌兰牧骑队员，他们的到来也鼓舞了工人们的干劲。女队员们在动力车间劳动，动力车间提前完成了检修机器的任务，成就感写在大家的脸上。

下班时间到了，队员们的衣衫全被汗水湿透。当他们走出车间，刚下班和准备接班的工人都兴奋地围上来。上班的工人就要进入车间，下班的工人等着回家，队员们理解工人们的心情，顾不上疲劳，立即在车间外为工人们演出，让工人们一个个乘兴而来，满意而归。

乌兰牧骑在南京化肥厂的演出结束了，化肥厂的职工们送给乌兰牧骑队员每人一袋化肥样品，这些化肥是工人们劳动的结晶，工人们说，今年他们将完成生产化肥10000吨。队员们眼前浮现出大地上庄稼苗壮成长的画面。

〖9月5日 清晨 晴 江苏太仓村〗

乌兰牧骑演出队来到江苏省太仓村，准备去普陀大队慰问演出，这也是一次乡俗文化探源之行。

太仓位于江苏省东南部，长江口南岸，因吴王及春申君在此设立粮仓而得名。太仓自古为文化之乡，人文荟萃，独具特色，积淀厚实，底蕴丰富，形成了风格独特的娄东文化，为今天留下悠久而优秀的文化财富。早在晋代，名士瞿硎等活动于境内传布文化知识。在此前后，境内兴建多处古刹名塔，反映出当时建筑艺术和佛道文化水平。双凤民歌等已经流行，之后民间舞蹈、高跷、龙灯、滚灯等在乡间流传不衰。很早便有牛郎织女降生黄姑的神话传说，唐宋时建专祠祭祀。元代，漕运开通，境内刘家港发展成为"天下第一码头"。"漕运文化"的发展，推动了国内外文化交流，娄东文化进入快速发展期。元代的桥梁建筑独具风格，太仓至今保存着国内少有的元桥群。明初郑和七下西洋，在刘家港启航停泊，推进太仓与东南亚各国文化交流，并留下碑文、实物、著作等重要历史性文物。被誉为"百戏之祖"的昆曲和优美动听的江南丝竹源自太仓一带。明清园林之盛，有"太仓园林甲东南"之誉。太仓建州后学堂、书院盛极一时，培养出众多杰出人才，张溥兴社、王世贞兴文，吴伟业兴诗，陆世仪兴学，"四王"（王时敏、王鉴、王翚、王原祁）兴画，使太仓文化得到全面发展，民间读书蔚然成风。太仓有全国桥牌之乡、武术之乡、龙狮之乡、民乐之乡等称号，文学、舞蹈、戏曲、音乐、摄影、书法等文化艺术硕果累累。

江南的雨说下就下，呼吸着缕缕晨风，绵绵细雨淅淅沥沥下个不停，气温也骤然降了几摄氏度。还能去吗？太仓的同志征求乌兰牧骑队员的意见，他们担心去普陀大队的路面有些泥泞。去，为什么不去？雨天农活少，乡亲们有空，正是乌兰牧骑演出的好机会。队员们态度坚定，怀抱乐器，背起背包，冒雨向普陀大队出发了。走到半路，社员们送来雨伞，把乌兰牧骑接进村。普陀大队等待看节目的群众也没想到，乌兰牧骑真的会来。

在普陀大队的一座空仓库里，队员们立即开始宣传活动：挂起一幅幅祖国建设成就图片，李玉珍成了讲解员；道日吉有节奏地挥舞手臂，教社员们学唱革命歌曲；有的队员搜集普陀大队的好人好事，创作节目《普陀大队好事多》。宣传告一段落，乌兰牧骑人员来到空地上演出，太阳穿破云层，露出湛蓝的天幕，歌声、掌声、欢笑声在阳光下沸腾。

演出结束，乌兰牧骑队员们来到社员家中，为那些雨天行走不便的老年人表演节目。贫农王大爷，平生头一次有人进屋给他唱戏，乐得合不拢嘴，脸上的皱纹都展开了，他说："新中国成立前进我屋的尽是催租逼债抓壮丁的，现在你们进屋不光唱歌，还帮助打扫卫生，你们是毛主席派来暖人心的。"把社会主义文化送到百姓家，把劳动人民心里话唱出来，这既是党和人民赋予乌兰牧骑的神圣职责，也是毛泽东文艺思想的生动体现。

〖 9月15日 多云转晴 大别山 〗

乌兰牧骑告别江南水乡，走进了大别山。大别山在我国可谓家喻户晓，但凡第一次听到这个山名的人都觉得这名字与众不同，追根溯源，大别山名称来源于我国第一部地理著作《尚书·禹贡》，其中两次提及大别山："导嶓冢，至于荆山；内方，至于大别……嶓冢导漾，东流为汉，又东，为沧浪之水，过三澨，至于大别，南入于江。"大别山有着独特的地理条件和文化渊源，山脉连绵数百里，是中国长江和淮河的分水岭，山南麓的水流入长江，北麓的水流入淮河，因此大别山南北的气候环境截然不同，植物差异也很大。相传西汉汉武帝祭祀古南岳天柱山时经过大别山，登上大别山主峰，观赏南北两侧的景色后不禁感叹："山之南山花烂漫，山之北白雪皑皑，此山之大果别于他山也！"随行的史学家司马迁记下这段话，大别山由此名声大振。1947年夏天，刘邓大军挺进大别山，揭开全国性战略进攻的序幕。

大别山南麓的红安，是著名的革命老区。红安原名黄安，隶属湖北黄冈。一脚踏入这片红色土地，震撼人心的红色氛围扑面而来。董必武、李先念、韩天楚、秦基伟、陈锡联、王近山等革命先辈从这里投身革命，涌现出223名威名显赫的共和国将军。1927年，一群年轻的共产党人发动了"黄麻起义"，并以此为中心建立了鄂豫皖苏维埃红色政权。起义部队在红安七里坪誓师，攻下黄安县城后，组建了中国工农革命军鄂东军，建立了以七里坪为中心的鄂豫革命根据地。1930年，七里坪改名"列宁市"，次年以鄂东军为班底组建了中国工农红军第四方面军。

乌兰牧骑队员逐户慰问烈军属，给他们表演节目，含泪聆听老红军讲述红安的故事。战争年代，有14万红安儿女献出了生命。红军伤员被"蒋匪军"到处抓捕，老百姓却像亲人一样保护他们。一位红军战士在"红嫂"家养伤，遇到敌人搜查，"红嫂"只好把伤员藏在柴垛里。"红嫂"的孩子未满周岁，怕孩子哭声惊动敌人，她就用乳头紧紧堵住孩子的嘴。敌人走了，可孩子却已窒息死亡……

听了"红嫂"的故事，所有乌兰牧骑队员都呜咽垂泪。

离开红安后他们要赶到安徽去。乌兰牧骑队员们乘坐一辆卡车，乌兰牧骑队旗在车头飘扬，走了一上午还没走出红色的土地，途经一所学校时赶上学生放学，卡车放慢速度让学生们通过，眼尖的学生看见了乌兰牧骑队旗，在广播里听说过乌兰牧骑要在全国巡回演出，没料想就在眼前。听说是乌兰牧骑来了，学生和老师把他们的车团团围住，有的递上书包，有的脱下衣服，让乌兰牧骑队员签上他们的名字。为了满足老区孩子的愿望，乌兰牧骑临时决定加演一场。演出结束后已是傍晚，赶到合肥时已半夜时分。

〖 1965年10月12日 风4级 晴 昔阳县大寨 〗

乌兰牧骑演出队来到山西大寨村已是金秋时节。一年四季只有秋天来得悄然，走得也迅速，好像来不及说再见，就与酷暑告别了，丝丝凉意提醒乌兰牧骑队员加厚了衣服。

大寨村是山西省晋中昔阳县的一个小山村。这里属太行山土石山区，长期被风蚀水冲，形成了"七沟八梁一面坡"的地貌，自然环境恶劣，群众生活十分艰苦。中华人民共和国成立后，陈永贵、郭凤莲、贾进财、贾承让等人带领群众向穷山恶水宣战，治山治水，在七沟八梁一面坡上开辟层层梯田，并通过引水浇地改变了靠天吃饭的状况。大寨人的战天斗地精神得到了毛泽东主席的肯定和表扬，并于1964年发出"农业学大寨"的号召，从而使大寨成为全国农业的一面旗帜。

乌兰牧骑慕名走进太行山深处这个不大的村庄，最先与《愚公移山》的故事撞个满怀。按照中国古典名著《列子》的说法，太行山原在今河北省的南部，与它并排着的还有一座王屋山。相传很久以前在山北住着一位叫愚公的老人，见两座大山挡住了他家的出路，便率领他的儿子和孙子要把这两座大山搬走。有个叫智叟的人看到他的这种行为，感到不可思议，就对他讲："这两座山太大了，你怎么能搬得走呢？"愚公回答说："你这人怎么这么糊涂！你难道不知道，我死了以后有我的儿子，儿子死了又有孙子，子子孙孙是没有穷尽的，而山不会再增长，搬一点儿就会少一点儿，为什么搬不走呢？"于是，愚公一家老小每天挖山不止。后来这件事感动了"天帝"，派了两个神仙把两座大山给背走了。太行山这才被移到了现今河北、山西两省交界的地方。大寨村，就位于愚公当年曾试图搬走的太行山的深处。而大寨人所做的事情，竟真的与愚公移山相似。

没能见到陈永贵本是一件憾事，好在队员们与郭凤莲、贾承让等人一起登上虎头山，走进狼窝掌，与大寨人一起修梯田。照例，他们仍然是一边劳动一边创作节目，好来宝《大寨人的手》创作完成。演出时，好来宝《大寨人的手》及其他精彩的歌舞节目，赢得大寨人一次又一次的掌声。演出结束，热情的大寨人争着把乌兰牧骑队员"抢"进自家的窑洞，用黄金塔一样的窝头招待来自远方的客人。

第七节　草原儿女爱延安

结束东海江南和鄂豫皖之行，乌兰牧骑一路西进。来到陕北黄土高坡，已是瑟瑟的冬季，一场飞雪还没有化净，又一场冬雪飘然而至。西北的雪是用来装点风景的，也能唤起诗人的诗兴，毛主席当年就是望着纷纷扬扬的飞雪，写出震撼世界的名篇《沁园春·雪》，想到要去毛主席指点江山的革命圣地，队员们激动的心情无以言表。

入夜，月光皎洁，西行的列车在雪原上奔驰。车厢内的乌兰牧骑队员活力奔放，激动得彻夜难眠，万千思绪已经提前飞到目的地。延安，是全国人民向往的地方，"北国风光，千里冰封，万里雪飘。望长城内外，惟余莽莽；大河上下，顿失滔滔。山舞银蛇，原驰蜡象，欲与天公试比高……"这首荡人心魄的诗篇不知被大家默念了多少遍，有的还高声朗诵起来。朱嘉庚和祁·达林太一个作词，一个作曲，两个人已进入创作状态。延安是革命圣地，为抗日战争和民族解放战争作出了巨大牺牲和不可磨灭的贡献，军民大生产，延安整风，延安文艺座谈会上的讲话，中共七大……这些彪炳史册的事件辉耀着中国。乌兰牧骑到延安，必须有个新节目，唱出草原儿女对延安的无限热爱，表达内蒙古各族群众对老区人民的深情厚谊。不得不佩服乌兰牧骑一专多能的本领，其快节奏高效率的演艺风格让人无比钦佩。火车在延安停下，一首饱含深情的小合唱《草原儿女爱延安》

在杨家岭，乌兰牧骑高唱《草原儿女爱延安》

与黎明相约而来。

"延河的水呀延安的山，延安精神代代传；没到延安想延安，来到延安爱延安……"带着这首在火车上创作的歌曲，乌兰牧骑来到朝思暮想的延安。在宝塔山下的首场慰问演出引起轰动，他们以专业化水平、民族化品位，给延安人民带来美妙的享受和欢乐的释放。

"红彤彤太阳蓝蓝天，绿油油青山宝塔尖，一湾湾延河清清水，一排排窑洞坡上边，羊肚肚毛巾老皮袄，镐把把握紧枪上肩，一辈辈英雄气如虹，一代代红

杨家岭农民与乌兰牧骑队员进行交流

旗迎风飘……"

　　显然，这首歌具有陕北民歌信天游的方言特色和味道，难怪全场响起暴风雨般的掌声和欢呼声，经久不息。音乐不分地域，不分民族，是最容易沟通的语言。乌兰牧骑队员的激情演唱与老区人民形成共鸣，而延安人民的热情也感动了乌兰牧骑队员，大家眼里噙着泪花，有的队员甚至哽咽着唱完这首歌曲。演出结束，全场观众围聚台前，想要学唱这首歌。后来，《草原儿女爱延安》的歌声在延安群众中广为传唱。

　　乌兰牧骑在延安10天的慰问演出活动，使队员们受到一次终生难以忘怀的革命传统教育。他们来到枣园、王家坪、杨家岭、凤凰山路，瞻仰伟大领袖毛泽东曾经住过的地方，队员们说："当我们看到毛主席住过的窑洞，就像毛主席站在我们面前，给我们讲革命真理，为我们增添了无穷的力量。"在延安革命纪念馆，队员们仔细观赏丰富而珍贵的革命文物，缅怀革命先辈的丰功伟绩。在中央大礼堂，队员们重温《在延安文艺座谈会上的讲话》，更加坚定了做好乌兰牧骑工作的决心和信心。毛主席住过的窑洞非常俭朴，只有一张桌子、一把椅子，听到毛主席在延安紧张工作、生活俭朴、关心群众的故事，队员们激动万分，深受教育。1944年，中央警卫团警卫班长张思德带领5名战友去安塞县烧炭，炭窑突然塌方，他奋力推开战友，自己却牺牲在炭窑里。1944年9月8日，中央直属机关在延安凤凰山脚枣园操场上为他举行了约千人的追悼会，毛主席亲笔写了"向为人民利益而牺牲的张思德同志致敬"。下午1时以后，毛主席迈着沉重的步子走上祭台，作了题为《为人民服务》的演讲。在张思德墓前，乌兰牧骑队员们再次学习《为人民服务》，感同身受，体会得尤为深刻。

　　离开延安的那一天，乌兰牧骑队员还来到桥儿沟为群众演出，老乡们说，当年的"老鲁艺"在这里诞生成长，今天乌兰牧骑又来送歌送舞，这都是共产党领导得好哇！大队贫协主任申建斌患病在家，没看到节目，队员们就去到他家里单独演出，演完以后还帮老八路干活。吉日木图和道尔吉仁钦为他家挑满水，江布拉、都古尔为他家扫院子，申建斌老人激动得唱起当年的《红军歌》，向全体队员们讲述革命斗争经历。听说乌兰牧骑要走了，乡亲们集聚在乌兰牧骑队员居住的窑洞前，特意精选了两篮子枣园的枣，让他们带到北京与另外两支演出队会合后，把延安的红枣分给乌兰牧骑三个队的全体队员，一人一把，因为这是毛主席的枣园里的枣。

第八节 "铁人"王进喜的礼物

在大庆，乌兰牧骑队员经历了一次令大家终生难忘的演出，他们见到了两位国人敬仰的英雄。

乌兰牧骑演出二队来到黑龙江，已是冰天雪地的冬季。在17天的演出活动中，共演出14场，观众累计2万多人。首场演出在哈尔滨工人文化宫，黑龙江省领导和1700多名观众观看了演出。过往云烟散去，可散不去的是记忆。乌兰牧骑队员不会忘记为黑龙江省少数民族代表演出的那一场，这些代表随同我国政府代表团访问朝鲜刚刚回国，演出即将开始，一位伟大的母亲在儿子的搀扶下走进剧场，全场爆发热烈的掌声。她是谁？为何赢得观众如此倾情的爱戴？原来她就是抗美援朝特级战斗英雄黄继光的母亲，搀扶她的是黄继光的二弟黄继恕。英雄的母亲来看演出，队员们更加全情投入。演出结束后，老人要上舞台看望乌兰牧骑队员，队员苏德、登梅、王玉英赶紧到台下搀扶老人上了舞台，队员们排成一排热烈鼓掌，黄妈妈与队员一一握手，队员们感受到爱的温度。黄妈妈虽然年过七旬，但面色红润，口齿伶俐，声如洪钟，她为队员们讲述访问朝鲜的见闻，队员们无比崇敬这位英雄的母亲。黄妈妈是四川人，她是随中国代表团访问朝鲜回国后，专程来大庆看儿子黄继恕的，在北国冰城见到英雄母亲，真是千载难逢。

乌兰牧骑在哈尔滨期间，专门为黑龙江省委扩大会议演出，与会的各地、市、县委书记观看了演出，对乌兰牧骑常年深入基层为农牧民演出、传播文化与

文明的行为表示深深敬佩。参观哈尔滨机电厂时，乌兰牧骑在大机床车间为一线工人演出小节目，演出场地被工人们围得水泄不通，连吊车操作室里都挤满了看节目的工人。同时，他们也观摩了黑龙江歌舞团、地方二人转剧团等文艺团体演出的节目，互相交流学习。

乌兰牧骑受石油部的邀请，于11月14日来到大庆，那次演出让人终生难忘。大庆是我国的石油之都，是工业战线的一面旗帜，首场演出时石油部副部长徐今强等领导观看演出，并接见了全体队员。在大庆期间，全国人大代表、全国劳动模范、大庆油田副总指挥"铁人"王进喜接见了乌兰牧骑队员并合影留念。王进喜坐在乌兰牧骑队员中间，讲述石油大会战的热烈场景，并把"中朝友谊苹果"的故事讲给队员们听。这个苹果是朝鲜人民送给黄继光烈士母亲的礼物，黄妈妈把苹果送给二儿子黄继恕，叮嘱他牢记中朝人民友谊。黄继恕将苹果转赠给哈尔

乌兰牧骑全国巡回演出队在大庆油田与王进喜座谈

滨市培红小学少先队，"红领巾"们又把苹果转赠给"铁人"王进喜。一个苹果成了中朝友谊的见证，又是黄妈妈从朝鲜带回来的，便注入了英雄的体温，队员们每人抚摸一遍苹果，爱不释手。

"赠给你们！"

王进喜把心爱的礼物献给乌兰牧骑队员们。接过这一宝贵礼物，队员们讨论如何珍存，最后决定去鞍钢演出时赠给钢铁工人。队员们随身携带着《毛主席语录》，这是乌兰牧骑在北京参加国庆16周年演出期间，国务院办公厅送给每位队员的纪念品。在王进喜接见乌兰牧骑队员时，扎西敖斯尔让"铁人"王进喜在《毛主席语录》的扉页上签名。巡回演出结束回到扎鲁特旗乌兰牧骑后，扎西敖斯尔将有王进喜签名的《毛主席语录》赠送给了队长王旋。

在大庆油田野外参观1205"硬骨头"钻井队时，队员们听到了钻井队为我国打出第一口油井的感人事迹。1959年9月，王进喜出席甘肃省劳模会，被选为新中国成立10周年庆典观礼代表和全国工交"群英会"代表。休会期间，王进喜看到行驶的公共汽车上背着"煤气包"，才知道国家缺油，这让他感到一种莫大的耻辱，这位坚强的西北汉子，蹲在沙滩北大红楼附近的街头哭了起来。从此，这个"煤气包"成为他为国分忧、为民族争气的思想动力之源。

1960年2月，东北松辽石油大会战打响。王进喜带领1205钻井队于3月25日到达萨尔图车站，下了火车，他一不问吃、二不问住，先问钻机到了没有，井位在哪里，这里的钻井纪录是多少，恨不得一拳头砸出一口油井来，把"贫油落后"的帽子甩到太平洋里去。1205队的钻机到了，但没有吊车和拖拉机，汽车数量也不足。王进喜带领全队工人用撬杠撬、滚杠滚、大绳拉的办法，人拉肩扛把钻机卸下来，运到大庆萨55井井场，仅用4天时间，便把40米高的井架竖立在茫茫荒原上。

井架立起来后，没有打井用的水，王进喜就组织职工到附近的水泡子破冰取水，带领大家用脸盆端、水桶挑，硬是靠人力端水50多吨，保证了按时开钻。萨55井于4月19日胜利完钻，进尺1200米，首创5天零4小时打一口中深井的纪录。1960年4月29日，1205钻井队准备往第二口井搬家时，王进喜右腿被砸伤，却仍在井场坚持工作。由于地层压力太大，第二口井打到700米时发生了井喷。危急关头，王进喜不顾腿伤，扔掉拐杖，带头跳进泥浆池，用身体搅拌泥浆，最终制服了井喷。房东赵大娘看到王进喜整天领着工人没有白天黑夜地干，饭做好了也不回来吃，感慨地说："你们的王队长可真是个铁人哪！"余秋里得知后，连声称赞大娘这个外号起得好。

在第一次油田技术座谈会上，余秋里号召4万会战职工"学铁人、做铁人，为会战立功，高速度、高水平拿下大油田！"乌兰牧骑队员们为大庆石油工人"为国争光、为民族争气的爱国主义精神和独立自主、自力更生的艰苦创业精神"所感动，临时决定在野外钻井台旁为工人们加演一场，要跳《顶碗舞》，可跳舞用的专用碗道具没有带，怎么办？当时跳顶碗舞的演员旭日其其格灵机一动，向工人师傅借来6个吃饭的瓷碗，顶在头上就旋转起来。顶碗舞是专业度很高的舞蹈，对动作、道具和节奏要求很高，因为使用不熟悉的道具演出，队员们都为旭日其其格捏了一把汗。但由于她基本功扎实，态度严谨认真，完美地完成了舞蹈，受到钻井工人的热烈欢迎和赞扬。表演完大家问她，想没想过顶这么大的碗，掉下来咋办。她说："钻井工人的事迹太感人了，当时就想为工人们好好演出，没想过其他。"

一曲《我为祖国献石油》把石油工人的心声唱出来了，大家一个劲儿地鼓掌欢迎，这名演员也特别用心，欢迎一次演唱一次，一口气唱了10首歌。"铁人"王进喜就坐在井台子下边，他站起来举着双手向工友们打招呼："同志们不要再鼓掌了，把咱们这草原上的孩子们累坏了，让他们歇口气。"

乌兰牧骑在参观大庆油田展览馆时，大庆会战指挥部送给乌兰牧骑一套记录大庆油田会战经过的画册。会战指挥部负责人说："这套画册对外赠送还是第一次。"

乌兰牧骑在大庆慰问演出期间，长春电影制片厂派摄制组赶到大庆，拍摄乌兰牧骑为石油工人演出的场面，拍摄了牧兰的独唱，达日玛拉的马头琴独奏，扎西敖斯尔、桑布、海棠、乌嫩齐等人演唱的好来宝《牧马英雄》以及"铁人"王进喜与乌兰牧骑交谈的镜头。乌兰牧骑离开大庆前夕，石油部副部长徐今强再次接见了乌兰牧骑队员，并在交谈中说："乌兰牧骑的一专多能，不仅文艺工作者需要学习，我们工人也要学习，具备一专多能的本领，一个工人多掌握几种技术，很重要。"

一场飞雪飘然而至，乌兰牧骑离开了黑龙江。队员们的手里，还紧紧握着那个"铁人"王进喜赠送的苹果。

第五章　群雁高飞头雁领

"群雁高飞头雁领。""头雁"指的是雁群中领头飞的大雁。每一群大雁中，必有一只领头的雁。它，当是群雁中最强、最富有担当的那一只，必须要冲在最前线，顶着气流，乘风穿行。大雁在飞行时即会本能地呈"人"字形，前进中，头雁是最累的，因为它要为后面的大雁创造有利的上升气流，使整个雁群的飞行效率提升70%。雁群南来北往，途中要跨越万水千山，遭受强风骤雨，领头雁在前面开路，要有担当、勇气和智慧，本领大、飞得高才能划破长空，敢于直面风险挑战，以坚忍不拔的意志和无私无畏的勇气战胜前进道路上的一切艰难险阻、一路引领，传承接续，使整个队伍充满活力，朝气蓬勃。

第一节　毕生献给乌兰牧骑事业

乌兰牧骑是社会主义文艺战线上的一面旗帜，是享誉当代的民族文化品牌。乌兰牧骑的创建和发展，经过一代代乌兰牧骑队员的艰苦拼搏，得到各级党委、政府的重视关怀和各族群众的支持帮助，凝聚着党和国家几代领导人的深情厚爱。

达·阿拉坦巴干一生从事乌兰牧骑事业，亲历了乌兰牧骑的整个发展过程。他曾历任内蒙古自治区文化厅分管乌兰牧骑工作的副厅长和内蒙古自治区乌兰牧骑协会主席。从一个牧民的孩子逐步成长为一名党的优秀的民族干部，这一方面是党培养的结果，另一方面也是他自己坚持不懈努力和工作奋发向上的结果。达·阿拉坦巴干把毕生的精力奉献给自治区的文化艺术事业，特别是为自治区乌兰牧骑的发展壮大作出了突出贡献。

1964年，《人民日报》刊发了题为《一辆马车上的文化工作队》的文章，把乌兰牧骑介绍给全国，又相继发表了《打成一片》等7篇短评，号召全国文艺工作者向乌兰牧骑学习。

达·阿拉坦巴干

1965年，达·阿拉坦巴干组织乌兰牧骑代表队进京演出和全国巡回演出。1966年，他组织乌兰牧骑参加国庆17周年纪念晚会和亚非作家紧急会议演出，受到中央领导和首都观众的好评。周恩来总理在中南海紫光阁宴请全体乌兰牧骑队员，并谆谆嘱咐乌兰牧骑队员要保持艰苦朴素的优良传统。

1980年，达·阿拉坦巴干组织鄂托克旗乌兰牧骑、莫力达瓦达斡尔族自治旗乌兰牧骑参加在北京举办的全国少数民族文艺会演，取得圆满成功。1983年，全国乌兰牧骑演出队文艺会演和内蒙古乌兰牧骑图片展览在北京举行，《人民日报》《光明日报》《北京日报》发表了《学习乌兰牧骑精神　发扬乌兰牧骑作风》等社论和评论员文章，乌兰牧骑在全国产生了广泛的影响。

1983年，邓小平同志亲笔书写了"发扬乌兰牧骑作风，全心全意为人民服务"的题词。

1984年，根据国家民委、文化部决定，达·阿拉坦巴干组织内蒙古第一支乌兰牧骑——苏尼特右旗乌兰牧骑前往北京参加国庆35周年游行队伍文艺大队的"乌兰牧骑彩车"游行，在天安门前接受党和国家领导人的检阅。

之后，组织赤峰市民族歌舞团挖掘试制成功9种28件蒙古族乐器，并进京汇报演出，受到国家民委、文化部的表彰。其中6件乐器，荣获文化部1985年科技成果奖。1987年组织成立我国第一支蒙古语演出的曲艺专业团体——内蒙古民族曲艺团。1987年组织召开内蒙古自治区蒙古剧观摩研讨会，并把库伦旗乌兰牧骑创作演出的《安代传奇》命名为科尔沁蒙古剧，为我国增添了一个新剧种。之后陆续主持昭乌达蒙古剧《沙克德尔》、鄂尔多斯蒙古剧《孟根阿依嘎》和蒙古剧《满都海斯琴》的创作和演出，分别荣获全国少数民族题材剧木《孔雀杯》金奖、银奖。

1997年，达·阿拉坦巴干组织鄂托克旗、巴林右旗等5支乌兰牧骑参加在北京举行的全国乌兰牧骑先进团（队）表彰大会并受到表彰；当年，内蒙古自治区第二届乌兰牧骑艺术节举行，中共中央办公厅，自治区党委、政府对此高度重视，特别是由于达·阿拉坦巴干的执着和努力，江泽民同志为乌兰牧骑题词："乌兰牧骑是社会主义文艺战线上的一面旗帜。"乌兰牧骑是全国唯一获此殊荣的文艺团体。1998年，他又组织制定《内蒙古自治区乌兰牧骑评估管理暂行办法》。

2000年，在自治区党委、政府和自治区党委宣传部的大力支持下，达·阿拉坦巴干组织成立内蒙古自治区乌兰牧骑培训中心，这对促进乌兰牧骑事业的持续发展起到了重要作用。

进入新时期以来，2009年，达·阿拉坦巴干积极参与起草了《内蒙古自治区乌兰牧骑调研报告》，引起中宣部、文化部和自治区党委、政府有关领导的高度重视，并于当年12月以党委、政府名义召开全区乌兰牧骑工作会议（中华人民共

乌兰牧骑舞蹈演员

和国成立以来首次）。为此，2010年党委、政府办公厅下发了《自治区党委宣传部、文化厅、财政厅、人事厅关于进一步加强乌兰牧骑工作的意见》，为新时期全区乌兰牧骑事业改革和发展提供了政策保证。达·阿拉坦巴干还成功组织了内蒙古自治区乌兰牧骑建立25周年、30周年、35周年、40周年纪念大会暨乌兰牧骑艺术节；组织了乌兰牧骑代表队、内蒙古直属乌兰牧骑、鄂尔多斯民族歌舞剧团参加了第一届、第二届、第三届、第四届、第五届中国艺术节并获奖；组织了乌兰牧骑艺术团、内蒙古杂技团等团体赴布隆迪、坦桑尼亚、蒙古、巴基斯坦、尼泊尔、日本、美国等国家和中国香港、中国台湾等地区演出，为宣传内蒙古、提升草原文化的影响力作出了贡献。

达·阿拉坦巴干拍摄了大量关于乌兰牧骑的作品，对乌兰牧骑进行了卓有成效的宣传。从20世纪60年代初期开始，他拍摄的乌兰牧骑题材的作品先后在《人民日报》《光明日报》《工人日报》《人民画报》《解放军画报》《民族画报》《中国摄影》《人民中国》等报刊发表。他拍摄编辑的图片新闻《传播社会主义文化的轻骑兵——乌兰牧骑》、明信片《乌兰牧骑》、画册《乌兰牧骑》，受到全国读者的喜爱和欢迎。

达·阿拉坦巴干曾撰写多篇文章，先后发表在《人民日报》《光明日报》《求是》《中国文化报》及内蒙古的各大报刊上。其中《旗帜依然鲜红》和《不锈的乌兰牧骑》分别获《内蒙古日报》纪念乌兰牧骑建立35周年、40周年征文特别奖和一等奖。达·阿拉坦巴干组织策划拍摄的纪录片《乌兰牧骑》、电视片《今日乌兰牧骑巡礼》，深受各界好评。

达·阿拉坦巴干一生忠诚于党的文艺事业，无论在哪个岗位工作，他都是兢兢业业、勤勤恳恳，从不计较个人得失，总是以饱满的热情和认真的态度投入工作，为乌兰牧骑的事业殚精竭虑、奉献终生。因工作成绩突出，他多次被评为内蒙古文化系统先进工作者，1962年被评为内蒙古自治区先进工作者，并出席内蒙古自治区先代会；1992年被文化部艺术局、市场局、中国演出家协会授予"从事演出管理工作30年表彰"奖；1997年获文化部中国民族民间文艺集成志书组织工作奖；2007年被授予"乌兰牧骑事业奉献大奖"；2017年被追授"乌兰牧骑建立

60周年特别贡献奖"。他把全部的精力都投入乌兰牧骑事业，是我们学习的典范和榜样。

第二节　第一代乌兰牧骑演员——牧兰

牧兰是第一代乌兰牧骑演员，曾经受到毛主席、周总理的接见。她始终坚持乌兰牧骑的优良作风，既是艺术家，又是管理者。她坚持进行艺术团的艺术体制改革，组织创作出大量优秀民族歌舞作品，培养造就了一批青年艺术人才，为乌兰牧骑事业，为繁荣发展民族艺术作出了突出贡献。

出生于内蒙古科尔沁草原，从牧民姑娘走上艺术之路的著名蒙古族女高音歌唱家牧兰曾任内蒙古自治区直属乌兰牧骑艺术团团长、国家一级演员、享受国务院和自治区政府特殊津贴；曾被选为第四、第五、第九届全国人大代表；第八届自治区党代会代表，第四、第五届自治区人大代表和连续三届自治区政协委员；先后被授予全国文化系统模范工作者、全国和自治区乌兰牧骑先进工作者、全区思想战线先进工作者等称号。

1963年，还是中学生的牧兰，在一次偶然的机会中，被家乡牧民推举到苏木那达慕大会上演唱，赢得家乡牧民的赞赏，从此走上了歌唱之路。自幼在民族民间歌曲艺术中的熏陶和特有的音乐天赋，为她奠定了良好的音乐基础。正是这一次出色的演唱，使苦苦寻觅歌唱演员的库伦旗乌兰牧骑吸收了一位理想的队员。1965年自治区组建直属乌兰牧骑时，牧兰便作为首批优秀演员被调到自治区首府。

从1963年到2009年，为了民族声乐艺术的发展，牧兰付出了艰辛的努力。为了给广大基层群众演出，她走遍了草原；为了传播友谊，她把歌唱到亚非欧美。

牧兰

漫长的艺术道路上，留下了她成功的足迹。长期深入牧区演出，走遍了内蒙古草原。先后出访了美国、法国、日本、墨西哥、尼泊尔、瑞士、加拿大、坦桑尼亚、蒙古、巴基斯坦、新加坡等国家，为国际文化交流作出了贡献。

牧兰的演唱具有浓郁的草原风情。牧兰艺术上的造诣，表现于她把长调的悠长、柔美、深情和短调的明快、激情、跳跃恰到好处地结合起来，又融进她特有的科尔沁民间的乡土风韵，形成了她独特的演唱方法。她演唱的《富饶美丽的内蒙古》《草原大舞台》等歌曲，以长调民歌作为引子，后面由短调部分组成。牧兰能够在一个作品中将长调与短调完美结合，做到水乳交融，可见她的演唱功底非一般歌唱演员可比拟。

牧兰熟悉到达听众心灵的途径。当她唱起歌来，人们所听到的，能渗入人们

乌兰牧骑在企业建设工地露天演出

心灵深处的，是她的声音，她的声调，她的灵感。音乐道出的是心灵所幻想的和所预感的最神秘最高级的东西。它所表达的思想感情，是高于人类语言所能表达的东西。她的歌声能成百倍地给予人们在现实生活中得不到的安慰与鼓励，说出人们在现实中无法表露的心声。

　　作为乌兰牧骑的一员，牧兰四十年如一日，坚持艺术的民族化、大众化。在长期深入生活之中，在孜孜不倦的努力之下，她为民族声乐艺术的继承弘扬与提高创新作出了突出的贡献。在不断实践中，她创造了长短调结合的演唱方法，并大胆吸收借鉴了美声发声技巧，形成了特有的演唱风格，为蒙古族声乐艺术开创了一个崭新的领域。牧兰把自己取得的成功经验，都毫不保留地传授给青年一代，为培养民族艺术人才作出了无私的奉献。

40多年来，牧兰参加的演出达到6000多场，演唱了600多首歌曲；为中央、自治区和省区市电台、电视台录制与演播了500多首歌曲，为《战地黄花》《彩虹》等4部影片配唱插曲。由音像出版社出版了十几部演唱专辑和光碟，发行于国内外，其中《森德尔姑娘》曾作为国际交流节目使用。《富饶美丽的内蒙古》《在那百花盛开的草原上》《草原处处都是情》等歌曲一唱就是30多年；《蓝天的诗》《彩虹》《诺恩吉雅》《萨日朗花开红艳艳》等数十首脍炙人口的歌曲，如今已传遍大江南北，在草原上更是家喻户晓。

第三节　队长，黑迪赛很

"队长！"第一次听到队员这样称呼他，热喜还有些不习惯。就在前几天，同事们还称呼他主任。

伊克昭盟（现鄂尔多斯市）鄂托克旗乌兰牧骑队长热喜的经历有些特殊，本来在供销社干得好好的，突然来了调令，让他去乌兰牧骑报到。乌兰牧骑是干啥的？热喜急忙向同事们打听，大家都摇头，弄不懂这是个什么部门。报到后方知，是唱歌跳舞的，倏然明白，他爱好音乐，在供销系统唱歌虽谈不上专业，但也是业余歌手中拿得出手的。领导告诉他，乌兰牧骑专门为偏远农牧区的农牧民演出，还要扮演好宣传员和辅导员的角色，是一个传送文化和文明的特殊文艺队伍，人员都是从各部门抽调的文艺骨干。热喜感到一种莫大的荣幸，又感到肩上的责任分量不轻，他知道牧区的情况，没有广播，没有电，牧民对文化生活的渴望十分强烈。

鄂托克旗乌兰牧骑

　　热喜就这样去乌兰牧骑上任了，他是鄂托克旗乌兰牧骑首任队长。

　　经过一段时间的紧张排练，他们第一台文艺节目准备好了，坐上马车，去鄂托克旗最远的一个牧区嘎查，完成了乌兰牧骑第一次演出。

　　热喜告诫队员们，只有参加劳动，才能和群众打成一片。乌兰牧骑的队员多数来自农村牧区，对劳动本就不那么生疏，可有的队员还是想不通，已经是职工干部了，还要像在家里那样干活，与不参加工作有什么区别。有的说："要是参加劳动，还不如在家里呢。"还有的说："干点儿活倒没什么，象征性地干点儿就行了，演出一天本就很累了。"热喜严厉地批评了这些同志："乌兰牧骑来自草原，就要回到草原上去，你们忘了我们下来前旗委书记是咋样给咱们说的啦？你们是为工农兵服务的文艺工作队，要体会群众的思想感情，不能脱离群众。不与群众同吃同住同劳动，就会严重脱离群众。咱们来到乌兰牧骑不是摆谱的，不愿参加劳动的同志，请离开乌兰牧骑。"

闹小情绪的队员做了检讨，能不能参加劳动看似是个别队员的情绪问题、态度问题，认为农村牧区也不差他们这几个劳动力，但实质上是思想问题，说到底是对党的性质、宗旨认识不到位，长此以往必然会使乌兰牧骑脱离群众。人民艺术为人民，离开了人民，艺术也就失去了生命力。为了牢固树立艰苦朴素全心全意为人民服务的意识，乌兰牧骑到各生产队巡回演出时，经常不坐马车，徒步行军，锻炼队员们克服困难的意志，使队员真正下到牧民之中，从群众中来，到群众中去。在与群众相处中他们排练了《飞夺泸定桥》，十几个队员不分男女，不分队长和队员，全都参加了排练，在排练过程中大家重温了红军二万五千里长征的光荣事迹，学习了毛主席《在延安文艺座谈会上的讲话》，队员们从中受到了教育，表示一定要继承和发扬革命传统，坚定革命意志，做一名合格的乌兰牧骑队员。这个节目演出后在牧民中产生热烈反响，让他们受到了革命传统教育，并真正认识了乌兰牧骑，双方的感情距离拉近了，相处得俨如一家。

天当幕布，地做舞台，田间地头就是练功房。队员们在下乡时也不忘苦练基本功，压腿、翻跟头、练声、练习各种乐器。十几个队员表演一场节目，不可能有明确的分工，有的专门唱歌，有的专门跳舞，有的专门配乐伴奏，那样的话人员编制至少要增加一倍，在人员不足的情况下，热喜要求每一位队员不但能唱歌跳舞，而且每人至少学会两到三件乐器，他要把乌兰牧骑队员培养成个个都能独当一面的多面手。热喜不是光说不练干吆喝，他不仅学会了手风琴和四股子，能够演唱好来宝，还能跳集体舞。队员们下乡途中，顺路都拾柴，到了目的地就把一捆捆的干柴送到老乡家。住进群众家里，便帮助群众打扫羊圈牛圈，走进马厩喂马。群众劳动时，主动跟着一块干。经过一段时间，队员们的思想发生了明显变化，群众对乌兰牧骑的态度非常亲近，经常冲热喜竖大拇指："达拉嘎，黑迪赛很（领导，你好棒）！"热喜微笑着摇头，对乡亲们说："是队员们做得好。"

朴实的牧民是最重感情的，在他们的心目中，乌兰牧骑队员个个可爱。每次

《乌兰牧骑的热喜》

演出结束，许多群众便涌上来，争着抢着拉队员们去自己家吃饭，队员们常常来不及卸装便被拉走。

乌兰牧骑不是单纯的文艺演出团体，除了演出，还要开展政策宣传，办图片展览，放幻灯片，借阅图书，普及科学知识和生活常识，辅导农牧民业余文艺骨干以及搜集整理民间艺术，将当地发生的好人好事编排成小节目，倡导新生活新风尚，带动乡村文明。每个人身上都带着一个"立体镜"，类似于"万花筒"，里面装着新中国建设成就的图片，随时随地向群众做宣传。有一次，他们在行军途中，遇到一位牧羊老人，老人说他不知道北京是啥样的。队员们就让他看"立体镜"，牧羊老人将信将疑，还是把眼睛对准了观察孔。"立体镜"里放的是《伟大的祖国》图片，当老人看到北京天安门时，笑得脸上的皱褶都堆在了一起："哈哈，没想到我一个骑马放羊的还能看到毛主席站着的地方。"除了宣传工作，队员们还为农牧民理发，帮助接生，修理钟表、收音机，简直是无所不能。一些居住偏远的农牧民，有的头发长时间不理，胡子不刮，乌兰牧骑队员便带上理发工具，每下乡一次就为群众搞一次个人卫生，代发书刊。仅1960年1月至10月，就为群众理发500多次，为书店、邮电所代卖书刊1万多册（份）。邮电所的同志说："乌兰牧骑帮我们扩大了发行，畅通了报刊书信的传递渠道。"一年下乡时，女队员乌日格木勒住在一户牧民家里。半夜，这家的妇女要生孩子，当时没有接生员，送到旗医院又怕路途遥远赶不及，于是乌日格木勒当起了接生员。从此，乌兰牧骑"八大员"的称号就传开了，社员、宣传员、演员、保健员、理发员、投递员、炊事员、售货员，这些看起来普普通通的称谓，却是一种亲情的凝聚。

仅仅一年多，热喜就把一个拼凑起来的乌兰牧骑带成一个受群众喜爱的优秀团队，他也因此被评为旗、盟、自治区先进工作者。1960年，热喜光荣地参加了全国文教群英会。

"生活是创作的唯一源泉。"这是热喜在乌兰牧骑岗位上悟出的道理。

鄂托克旗乌兰牧骑在鄂尔多斯高原上渐渐有了名气。多年以来，乌兰牧骑每年下乡巡演200天以上。在下乡中，队员们一直和群众坚持"五同"，即同吃、同住、同劳动、同学习、同演出。民间是艺术蕴藏的温床，热喜经常告诫队员们虚心向民间艺人学习，从生活中发掘和汲取创作灵感，把艺术还给群众。他们十分注重培养业余文艺骨干，并与基层业余文艺宣传队同台演出，活跃了基层文艺生活。他们根据真人真事编排的《重见光明》和《眼镜》两个小剧目，在农村牧区巡演后反响很好。其中《重见光明》写的是一个牧区老大娘，在党的关怀下治好了多年的眼疾，并找到了失散多年的女儿。《眼镜》则是通过一位革命烈士的遗物，教育革命后代不要忘本。两个小歌舞剧都是队员们集体创作的，演员们的表演融入了感情，与群众产生了互动和共鸣。演出之后，有很多公社干部说："新中国不但半失明的人重见了光明，而且穷苦的人们的心里也看到了光明。"

乌兰牧骑把深入基层演出当作是体验生活的机会，演出时是演员，卸了装就是牧民，因而他们的表演更贴近生活，更接地气。他们的歌舞、好来宝以及其他形式的节目，基本都是根据当地的新人新事创作的，里面的很多情节、动作就是牧民生产生活中发生的。他们在舞台上表演的割草动作，牧民看了直夸赞——像真的一样。布拉格公社绿化工作做得好，他们就做成幻灯片，带到别的公社巡回播放。为画好幻灯片，队员们还专门学习了绘画技术。

鄂托克旗地域辽阔，从南到北有700多里，从东到西500多里，人口9万多，生产队有600多个。尽管他们不停地奔波，不停地演出，但一年内走600多个生产队也是不现实的，况且每个生产队下面还有自然村。有的牧民捎信，说他们盼乌兰牧骑盼得眼睛都红了。他们的巡演计划排得满满的，按一年巡演200个村匡算，其余400多个村看不到节目怎么办？于是，他们加大了辅导力度。一年下来，鄂托克旗多数公社、生产队都建立了"业余乌兰牧骑"，共培养业余文艺骨干200多人。有的业余文艺骨干后来也加入乌兰牧骑。赫楞格吐大队的5位业余演员，在乌兰牧骑指导下演技提高，参加了全国少数民族群众业余艺术观摩演出，他们跳的安代舞和筷子舞受到好评。乌兰牧骑制作幻灯片200多种，在鄂托克旗各地流动播放。

《人民日报》1964年12月21日发表文章，报道了鄂托克旗乌兰牧骑的事迹，称赞他们"走在工农兵服务的大道上"。文中尤其肯定了他们"五个一样"的做法，即乡下演出与城镇演出一样，观众少时演出与观众多时演出一样，天气坏时演出与天气好时演出一样，晚间演出与白天演出一样，领导在场与领导不在场一样。"五个一样"对"走在工农兵服务的大道上"的命题给出了最直观的诠释，是他们脚踏实地、持之以恒的生动体现，与牧民建立起互相依存的鱼水关系。那些长期生活在偏远牧区的牧民，在无电、无电视、无交通的"三无"年代，乌兰牧骑是他们调节文化生活的主要企盼，看一场节目就像过节一样。牧民们听说乌兰牧骑来了，从十几里甚至几十里外骑马或步行而来，队员们在公社演，在生产队演，在自然村演，即便是一个人也要演。

1962年冬天的一个晚上，乌兰牧骑在行进的途中，发现一些牧民披着皮袄，冒着风雪，一边烤火一边挖井，乌兰牧骑队员毫不犹豫停下来，主动帮助牧民一起挖井。回到村里，放下铁锹镐头，不顾疲劳连夜为牧民演出节目。还有一次去一个生产队演出时经过一个沙滩，沙滩上堆起的沙丘像楼房一样高，一个接一个连绵起伏，烈日肆无忌惮地释放热能，队员们爬过一个又一个沙丘，女队员爬不动了，男队员扶着走，扶着也走不动就背着走。最难以忍受的是饥渴，嗓子都冒烟了，可带的水已经一滴不剩。环顾四周，沙丘也在冒烟。人在饥渴状态下情绪十分焦躁，似乎血液都凝固了。就在这时候，队员们忽然发现前面炊烟升起，都感到奇怪：没有房子哪来的炊烟？原来，牧民早知道这地方难走，尤其没有水，他们就在中途等候，在沙窝里生火，烧好了奶茶。"黑迪赛很"是句赞美语，可这时更应该用在牧民的身上。草原记住了乌兰牧骑，更记住了默默辛勤耕耘的队长——热喜。

第四节　顶碗舞

乌兰牧骑诞生60多年，有很多经典节目，顶碗舞就是其中之一。该舞蹈的首创者宋正玉把顶碗舞跳到了极致。

20世纪60年代初，在乌兰牧骑进京参加全国少数民族文艺会演中，顶碗舞《奶酒献给毛主席》轰动了整个北京，而后参加全国巡回演出又轰动了全国。顶碗舞风靡草原内外，成为乌兰牧骑的保留节目。

1959年2月，翁牛特旗乌兰牧骑首任队长鲍文儒，在东部农牧区挑选乌兰牧骑队员时，在鲜兴村选中了两名朝鲜族队员，一名男队员，一名女队员。或许鲍文儒当时也没意识到，他选中的那个小姑娘，日后竟成了享誉草原内外的知名舞蹈艺术家。鲜兴村地处翁牛特旗最东端的三角地带，鸡鸣三旗，是唯一一个朝鲜族聚居的少数民族村落，流淌千里的西拉木伦河在村东打了个涡漩，汇入西辽

宋正玉表演顶碗舞

河。鲜兴村地理位置偏僻，去趟公社要徒步100多里，距旗政府所在地乌丹500多华里，沿途要经过草地和沙漠，交通十分不便。两名新队员先是由家里送到公社在亲戚家住了一宿，然后搭乘公社的马车前去报到，心里一直忐忑，在此之前他们听说过乌兰牧骑，是专门下乡演出的，可那个看中他俩的人只简单交代了几句就走了，他们甚至没记住他叫什么名字。马车一路颠簸，从公社到乌丹走了整整一天。

第二天是个寒风刺骨的日子，乌兰牧骑队员们围着火炉烤火，听说队长选中两位新队员，大家都觉着好奇，都盼望着两位新伙伴快些到来，眼下乌兰牧骑就是人少，正是用人之际。

队员们议论正酣，忽然有人进来通报，两个新伙伴到了。大伙跑出屋一看，一位十七八岁的小伙子和一个衣衫单薄的小姑娘站在院子里，眼神怯生生的。

"这就是新来的队员！"队长鲍文儒高兴地向大家介绍。

队员们赶紧把他俩拉进屋里，外面太冷了，男队员操起铁铲给火炉添了一撮牛粪，炉膛马上轰轰烈烈起来。

"你叫什么名字？十几了？"女队员七嘴八舌地问道。

"行了。"

小姑娘的回答让队员们摸不着头脑，这不是所答非所问吗？可继续问，她的回答还是那句，难道她就会说"行了"不成？有的队员开心地笑了，觉得这小姑娘蛮可爱的。还是与她同来的男队员替她解了围，他的汉语说得流利一些。

"她不懂汉语，她叫宋正玉。"然后他又补充介绍自己，他叫郑永顺。

"不懂汉语没关系，以后我们大家教你。行了，你坐下吧。"这带有幽默感的热情弄得大家又是一阵哄堂大笑，搞文艺的就是善于调节气氛。

女队员把宋正玉拉进姐妹群，互相"行了"个没完，她们都喜欢这个扭捏好脸红的小妹妹。指导员吴浦汕见宋正玉带的行李有些单薄，特意买来新褥子铺在她的床上。从姐妹们教她学汉语开始，宋正玉迈出了乌兰牧骑艺术生涯的第一步。

那年她刚满15岁。

令乌兰牧骑队员惊讶的是，这个身材纤弱的"行了"小妹妹，舞蹈天赋和艺术特质十分了得，一招一式把朝鲜族舞蹈的优美、柔和、细腻、悠长的艺术风格表现得淋漓尽致，动中有静、柔中带刚的舞步恰似轻灵高雅的白鹤，舞姿翩翩。队长果然慧眼识珠，宋正玉的亮相一鸣惊人，假以时日，通过专业化训练和演出的历练，这个"行了"的宋正玉一定"不得了"。

宋正玉很快融入了乌兰牧骑这个大家庭，得到队员们兄弟姐妹般无微不至的关怀与照顾。小姑娘特别刻苦，不仅虚心向兄长大姐姐们请教，去呼和浩特参加乌兰牧骑培训班，还到延边学习歌舞，逐渐掌握了蒙古族舞蹈和朝鲜族舞蹈的艺术底蕴和表演技巧，打实了基本功。宋正玉能吃苦，每天5点起床练功，晚上最后一个上床睡觉。下乡演出，她主动参与劳动，劳动间歇息，她悄悄地躲进小树林练习动作。由于艺术上勤奋好学，与农牧民打成一片，两年后宋正玉就成了乌兰牧骑的骨干队员。

1962年，国家初步渡过了三年困难时期，农牧民迎来第一个丰收年，农村牧区欢欣鼓舞，喜气洋洋。乌兰牧骑决定创编一个新节目，指导员吴浦汕要求宋正玉创作一个朝鲜族舞蹈。她接受了这个任务，下乡时亲自感受到丰收之后农牧民的喜悦与欢乐，激发了她创作顶碗舞以表达农牧民丰收喜悦的灵感。于是，她以朝鲜族少女在丰收之后顶碗旋转、载歌载舞为核心舞段，又吸收借鉴杂技顶碗的一些技巧，构思创作了顶碗舞《庆丰收》。但这个舞蹈难度很大，不仅要头顶6个碗，重量有3斤，还要不停地旋转，每转一圈就要从头顶拿掉一个。宋正玉投

行走在沙地中的乌兰牧骑队员

入了紧张的训练，那的确是她艺术生涯中的一次高难度跨越。为此她放弃了节假日，中午也不休息，一天从早到晚一遍遍练习。乌兰牧骑排练场地小，为了不影响队友排练其他节目，她便独自来到野外草地上练。大半年下来，头顶上留下了清晰的压痕。1962年，顶碗舞亮相舞台后，受到观众的热烈欢迎。

1963年，内蒙古举办乌兰牧骑培训班，顶碗舞被纳入教学内容，并被评为优秀舞蹈节目。1964年，内蒙古自治区从全区抽调优秀演员组成代表队，进京会演。代表队限定12名队员，其中就有宋正玉和翁牛特旗乌兰牧骑另外5名队员。在编排一个半小时的汇报演出节目时，顶碗舞《庆丰收》又被作为重点节目进行加工提高，领导建议在保持朝鲜族特色的基础上，融进一些内蒙古的民族舞蹈元素。宋正玉欣然接受了，代表队请专业舞蹈教练祁·达林太老师进行一对一辅导，并在原有基础上巧妙地糅入蒙古舞抖肩、笑肩技巧，将其改编成蒙古族顶碗舞，舞蹈节目名称由《庆丰收》改为《奶酒献给毛主席》。可台上一分钟，台下十年功，把两个民族不同风格的舞蹈有机地串联一体，并非易事。全套节目需要5分钟，各种欢庆的动作要流畅完整，一气呵成，尤其结尾动作难度最大，宋正玉每天掐着秒表练，要求每25秒转30圈，最后一只碗高抛落地前用手接住。队友们被她的高标准严要求感动了，认为这简直是在挑战不可能完成的任务。

经过半年的强化排练，蒙古族顶碗舞《奶酒献给毛主席》，以清新独特的艺术魅力展现在各族观众面前，成为进京演出无可替代的优秀节目。在首都北京演出期间，宋正玉旋风般飞转的舞姿征服了首都观众，"欢庆丰收，公社姑娘多欢喜。捧起精致的花碗，斟满鲜美的奶酒，双手送到北京城。这是牧民的心意，献给领袖毛主席……"在欢快的乐曲声中，宋正玉身穿蒙古袍，头顶一摞花碗，迈着轻快矫健的舞步天鹅般翩翩出现，舞姿柔和而飘逸，俏丽而明快。随着音乐的起伏，她时而飞速旋转，时而如行云流水，清新柔美的顶碗舞获得经久不息的掌声，她和她的队员们受到毛主席、周总理、邓小平等党和国家领导人的亲切接见。

1965年，宋正玉参加了乌兰牧骑全国巡回演出队，在福建前线、江西南昌、红色瑞金、井冈山、上海南京路、安徽大别山、风景如画的杭州、六朝古都南京、大寨狼窝掌、虎头山、革命圣地延安、北京民族文化宫……宋正玉的顶碗舞让各地观众倾倒。在福建和上海演出时，新闻记者用秒表计算，宋正玉顶碗舞的旋转动作，果真25秒旋转30圈，令人叫绝。每当她表演节目，报幕员刚报出节目就掌声四起，她就像旋风一样从幕后上场门飞转飘出来，精湛的演技让观众眼花缭乱，目不暇接，台下此起彼伏的掌声是最好的回报。她过硬的基本功是平时苦练的结果，对其他队员也是巨大的鼓舞。自1962年以来，宋正玉独创的顶碗舞已演出2000多场，还被很多文艺团体移植演出。顶碗舞的登峰造极和持久的生命力，根植于农牧民和乌兰牧骑火热的现实生活中，推动了民间和民族艺术的不断传承与创新。

到1966年上半年，翁牛特旗乌兰牧骑建队已经整整10个年头。宋正玉和乌兰牧骑一起成长，由一位只会说"行了"的女孩成长为清秀靓丽的姑娘，她所在的乌兰牧骑被推荐为华北地区学习毛主席著作先进集体，她也成为一名优秀队员，成为大家学习的榜样。而这时，爱情也翩然而至。他们在全国巡回演出时两情相悦，一个是专业学院的"科班"，一个是出类拔萃的舞蹈新星，很快擦出爱的火花。两个有情人手挽手走上婚姻的红地毯，在首府呼和浩特建立了他们的爱巢，组成了一个乌兰牧骑之家。恰在这时，内蒙古直属乌兰牧骑成立了，作为乌兰牧骑首屈一指的业务尖子，宋正玉本可以选择留在呼和浩特，可她忘不了养育她赋予她艺术禀赋的那片土地，眼前始终浮现着故乡农牧民那渴望的目光，并最终说服爱人，又回到翁牛特旗乌兰牧骑，坐着那辆熟悉的马车，游走于农村牧区、学校、厂矿、军营，用歌舞回报故乡的养育之情。孩子出生刚满月，她就回乡下巡回演出，一去就是8个月，回到家后，孩子竟然不认识妈妈。爱人体贴她、理解她、支持她，索性放弃机关工作，与宋正玉一起来到翁牛特旗，共同书写乌兰牧骑人生。

宋正玉回到翁牛特旗，坚持参加下乡演出劳动，之后又创作出《接羔舞》等新作品。在庄严的党旗下，她举起右手宣誓，成为一名光荣的共产党员，并被任命为乌兰牧骑队长。她毕生从事乌兰牧骑事业，为民族文化和艺术贡献出青春芳华。1979年，内蒙古文化厅授予她"乌兰牧骑特别奖"。改革开放以来，宋正玉

带领翁牛特旗乌兰牧骑这支优秀的团队，不断开拓创新，始终坚持全心全意为人民服务的宗旨，不忘初心，牢记使命，先后被选为第四届全国文代会代表、内蒙古自治区人大代表和文联委员、赤峰市舞蹈家协会主席。退居二线后，她又为克什克腾旗乌兰牧骑创作了歌舞《乳香飘》。如今，年逾古稀的老艺术家宋正玉虽颐养天年，但仍旧保持对艺术的不懈追求，仍然怀念和牵挂乌兰牧骑。她潜心于民族艺术的高原，尤其对顶碗舞的传承与光大进行研究和探索，把她的经验教给年轻的一代，把乌兰牧骑光荣传统传给新队员。

第五节　送戏下乡为百姓——张树德

　　1963年12月，张树德出生在宁城县大明镇城里村。父亲是一名残疾军人，于1947年参加中国人民解放军，在攻打遵化时负伤转入地方，在县委机要室工作，1958年回乡，在辽中京做了一名守城人。行伍出身的父亲德才兼备，像点点滴滴的细雨滋润着张树德，并使他自小养成了善学、敬业的习惯。

　　1979年9月，还是一名初中生的张树德以出色的表现和良好的成绩考入宁城县评剧团。从此，他风风雨雨，一干就是42年，以其执着、聪颖，从一个青葱"小生"转变为宁城县文化艺术的栋梁之材。

　　回顾过往，他眼前经常浮现出父亲送他读书时说过的话："树德立人，仁义行事。"所以当他进入宁城县评剧团以后便以仁德、敬业要求自己，自始至终艰苦训练，早上5点便到城郊喊嗓，而后进行形体训练，压、耗、踢、翻、滚、打，一天下来累得上不了床，走起路来一瘸一拐的。

　　为了练好台步、跪步、甩发，他脚腕红肿，两膝磨出血洇，脖子疼得不能动。那真是晴天一身汗，雨天一身泥，风里不间断，雪里不歇息。通过刻苦的训练和虚心的学习，他终于掌握了精湛的演技，并为以后的艺术生涯打下了坚实的基础。

自从到宁城县乌兰牧骑工作的那天起，张树德就为自己定下了目标：乌兰牧骑是个小组织，但却是他人生的大舞台，他要从这里走向人民群众，走向广阔世界，成为一个有作为、有建树的文艺人才，无愧于前辈们的培养与信任，无愧于观众的期待，无愧于给自己强大动力的新时代。

在此期间，张树德不仅潜心拜师学艺，先后得到内蒙古戏剧家协会原副主席欧阳杰老师和赤峰、朝阳、承德地区的赵艳秋、马振东等艺术家的指导，演技日臻成熟，还积极参加自治区、市两级举办的各类艺术培训班和文化补习班，实现了理论与实践的"一专多能"。张树德在乌兰牧骑这个艺术殿堂里收获了艺术硕

宁城乌兰牧骑下乡真实影像

果，不仅在戏剧行当里不拘一格，小生、老生、武生、花脸、丑等各个角色都能轻松驾驭，在演唱技巧上，他根据自身的条件融入其他剧种的元素，形成了刚柔相济、清新流畅的风格，并掌握了歌唱、曲艺、编导、音乐设计等技能。

宁城县位于蒙冀辽交界处，评剧是民众喜欢的表演形式，这里素有"评剧之乡"之美誉。为了使从中原传入的评剧入乡随俗，张树德通过与前辈们共同努力，创作出具有内蒙古特色的草原风评剧。其中代表作有现代评剧《杏花盛开的时候》，此剧讴歌塞北草原治沙英雄马翔明家三代人，他们十几年间与风沙抗争，通过百折不挠的努力，使得昔日的杏花山重新变绿。

对于这一题材的创作，张树德做了多方面的尝试与探索，在音乐和唱腔设计上，以传统评剧音乐唱腔为基调，同时把富有地域特色的《牧歌》和《草原美》的音乐旋律巧妙地融入评剧音乐唱腔之中，使整体音乐唱腔在保留原汁原味的评剧基础上更加丰富多彩，令人耳目一新。

剧中主人公马翔明和春杏的唱腔设计，不失评剧演唱风格，同时把评剧散板、反调、原板、清板等板式与赤峰地区的传统民歌有机结合起来，在丰富唱腔格式的基础上，更有利于演员塑造人物和演员自身条件的发挥；在创作蒙古族民间故事评剧《诺恩吉雅》时，力求舞台艺术形式的新颖、表现手法的丰富。把歌、舞穿插于戏剧之中，既水乳交融又相得益彰。然而它既不是传统意义上的评剧，也不是现代意义上的歌舞剧。

这种"随意赋形"、灵活多样的艺术表现形式，对刻画人物、表达内容起到了很好的作用。观众可以在轻松、欢快的气氛中获得艺术审美享受。几十年的传承、创新，使得评剧在民族化、地方化的道路上不断发展壮大，2015年"宁城评剧"被评为自治区级非物质文化遗产。

为了创作更好的作品，张树德经常深入基层，了解人们在生产、生活中的新人新事，使作品贴近时代、贴近生活、贴近群众。其创作的艺术作品，既保持了地域风格，在尊重传统的基础上创新，同时注重群众的审美情趣，主题鲜明、思想性强、内涵深刻，使观众深受感动、感染，获得充分的艺术享受和深刻的教育。

　　张树德参与创作并领衔主演的现代评剧《情在山乡》，讴歌了基层党支部书记孙勇魁乐于奉献、勇于追求、公而忘私、开拓进取的时代精神，体现了社会主义核心价值观，以一个又一个真实故事的展现，一行又一行泪水滴落的洗礼，一次又一次心灵体验的震颤，奏鸣社会的主旋律，唱响时代的最强音。

　　张树德先后创作了宣传交通法规的评剧《亲人的哭喊》，歌颂党的好干部戴成钧同志先进事迹的戏剧《大地的儿子》，反映治沙植绿的现代戏《杏花盛开的时候》，讴歌全国基层党务工作者的现代戏《情在山乡》，以及《郝书记下乡》《绿色家园》等十几个小戏、小品、表演唱、相声、竹板书、歌曲、舞蹈等，这些作品深刻反映了多彩的民俗和人民群众勤劳勇敢的品格，得到各族群众的喜爱。

宁城乌兰牧骑下乡岁月

一个人，事业的成就，家人、家风的影响至关重要。张树德不忘父母在日常生活中一以贯之的勤奋、节俭。张树德参加工作以后，逐渐地把父母坚忍、开朗、包容的家风融合到工作中，使他既在工作中发挥着优秀的技能，又在团队里产生了积极的影响。1985年以后，张树德走上领导岗位，而此时原宁城县评剧团与宁城县乌兰牧骑合并，这又给工作上增加了许多新课题，即由单一演出形式变成多样化的演出形式，要求演员除了参加戏剧创作、演出，还必须参加歌曲、舞蹈、曲艺、小品等不同节目形式的创作、演出，因此必须拓宽自己的知识面，提高文化艺术水平。为此，张树德积极参加各类艺术培训班和文化补习班，坚持刻苦学习文艺理论与实际演练。

而今，张树德不仅带出了一支技术过硬的文艺队伍，自己更是在戏剧行当上不拘一格，样样精通，在艺术殿堂里已是硕果累累。20多年来，张树德主演了60多台剧目，古装戏有《五女兴唐》《狸猫换太子》《举案齐眉》《三看御妹》《大宁魂》等；现代戏有《三换新郎》《结婚前后》《庭院风雨》《亲人的哭喊》《红石山》等；创作的剧目有《亲人的哭喊》《谁之错》、小品《真情》《如此教子》《下乡》《买货》等；导演的剧目有《举案齐眉》《村南柳》《死心眼插足记》《彩凤搏鸦》等；作曲的剧目有《梨花情》《巧县官》《大地的儿子》《买电脑》等。其中创作并主演的现代评剧《亲人的哭喊》1991年参加全市第二届专业艺术表演团体会演获创作表演一等奖，1992年获自治区"五个一工程"奖，1993年获自治区文学艺术创作"萨日纳"奖。他主演的现代戏《红石山》，1994年代表自治区参加全国评剧交流演出，获文化部"优秀青年演员奖"。他主演的古代风情故事剧《大宁魂》参加全市第三届专业艺术表演团体会演获表演一等奖。面对纷至沓来的鲜花与荣誉，可以想象到，张树德在艺术的追求中，是以怎样的高度要求自己的，又以怎样的磨炼去实现自己的目标，其中蕴含着多少苦痛与艰辛。他现在既是队内的主要演员，又是主要编导人员。

在20多年的舞台生涯中，张树德始终发扬乌兰牧骑的光荣传统，全心全意为人民服务。作为党支部书记、副队长、主要演员，他在工作中有股使不完的劲，有着火一样的事业心和使命感。20多年来，他随队走遍了内蒙古、辽宁、河北三省区交界的乡镇农村，工作想在先干在前，每年参加演出都在250场以上。特别是在每年的正月、酷暑两大农闲季节，演出时间长，演出条件艰苦，但他不怕吃苦受累，总是以最佳的状态，把艺术展现在舞台奉献给观众。1993年8月，乌兰牧骑到喀喇沁旗的十家子乡演出，由于下雨耽误了两场戏，观众强烈要求把耽误的戏补齐，为了满足观众的要求，张树德一天连演4出主演戏，第二天当观众要求再看他的主演戏时，他仍旧一声不响地继续坚持演出。乌兰牧骑3个连台本戏《五女兴唐》《狸猫换太子》《姣女英烈传》都是由他主演，像这样每天连演4场的情况每年都有很多次，有时他累得睡不着觉，吃不下饭，但他从未有过怨言。

在演出中，张树德严格要求自己，全身心地投入演出之中。1995年冬，宁城县大双庙乡朝阳山村成立集贸市场，时至三九天，雪下一尺多厚，气温降到零下20多摄氏度，那天张树德演出的剧目是古装戏《三看御妹》，他在剧中扮演封嘉进一角，其中有段戏要求演员脱掉靴子在台上表演，当时很多同志都劝张树德天冷不要脱靴子了，毕竟他本身还患有关节炎，他却说："要演咱就认真地演，不能糊弄观众。"就这样，他脱掉靴子在台上演出30多分钟，下台后他的脚都冻出了水泡。1999年7月24日，乌兰牧骑在宁城县大虎石水库演出结束后，连夜赶往松山区大西牛村演出，张树德主动押车，从晚上9点出发至25日早上7点到达大西牛村，当25日下午观众要看他的戏时，他二话没说就参加演出。由于夜间行路时间长，加之第二天没有休息就演出，张树德病倒了，在这种情况下，他便晚间输液、白天演出。老会首张子玉看到这种情况，激动地说："张书记真了不起。"1991年春，因创作现代戏《亲人的哭喊》，加之繁重的演出任务，他得了急性肝炎，大夫劝他休息，他却说："我们已和演出地订了合同，要是休息，队里就演不出去了，观众们会失望的。"就这样，他边吃着中药、输着液，边演出。张树德常对队员们说："观众就是我们的上帝，失掉观众，就等于失掉我们自己。"

每到一地演出，张树德都与观众打成一片，做观众的贴心人，主动帮老乡担水、扫院、干农活。1997年5月，乌兰牧骑到河北省平泉县杨树岭镇演出，他

住的老乡家，地里的青苗没有拔完，看不成戏，房东大爷大娘非常着急。张树德主动带领几名小青年利用早晚休息时间，帮老乡拔苗，让房东如愿看上了戏。事后，房东非常感动地说："你不但戏演得好，农活干得也很在行，我们需要这样的好演员。"张树德几次出资扶助贫困儿童，几次带领队员帮老乡救火，把爱洒向每个演出地。在成绩的背后，他有着许许多多的辛酸和泪水，克服了很多困难。父亲病逝，他回家料理完老人的后事就匆匆赶回演出点参加演出。他和妻子二人都在队内工作，每次下乡只能把孩子托付给亲属照看。由于经常下乡演出，家里曾多次被盗，丢失物品达2000余元，但他每次只是打电话让亲戚朋友帮忙处理，从未影响工作。

近年来，张树德不仅要参加繁重的创作、演出工作，还兼做单位的党务管理工作。他常说："无论让我担任什么工作，都是组织和同志们对我的信任。特别是在领导岗位，我觉得不是职位高低的象征，而是一种责任，是对组织、对事业、对同志的一种责任。"张树德是这样说的，也是这样做的。1989年4月，组织上任命他为乌兰牧骑副队长，负责演出管理工作。他主动找队员研究科学的管理方法，在演出中合理安排剧目，使演出分量比较重的演员有一定的休息时间，每出戏的角色都有明确细致的分工。他宁肯自己累点儿，也会让其他同志休息好。张树德是个甘于奉献的人。1997年5月，组织上又任命他为乌兰牧骑党支部书记兼副队长，他肩上的担子更重了。由于他深入细致地做职工的思想政治工作，坚持原则，演职人员的精神面貌焕然一新。

张树德用艰辛的汗水，铺就了一条成功之路。他视艺术为生命，视观众为上帝，带头苦干，以相互扶持、密切配合、团结努力的工作作风，与队里全体同志共同奋斗，为区、市、县赢得了荣誉。

第六节　"老黄牛"朱嘉庚

我们和朱嘉庚老师促膝长谈，翻阅历史，在记忆的长廊里打捞故事，觉得是件十分有趣的事情，就像捡回散落的珍珠。朱嘉庚老师不愧是乌兰牧骑的"活字典"，我们钦佩他惊人的记忆力，从遥远的人生启航的码头回眸，比照原来的脚印再重走一遍，他的思维竟然如此精晰，滔滔不绝回味过往，语序不乱，层次井然。沏一杯上好的龙井，打开记忆的天窗，从哪儿说起呢？

哦，还是从万州说起吧。

万州即万县，地处长江中游，重庆市北部，那一年我们游长江三峡，就是在万州码头登上游轮。对于万州，仅仅是一瞥而已，绿色葱茏，水色连天，我们采访的主人公就出生在这个地方。1942年，一个新生命来到这个世界，十几年的青少年时光伴着湍流不息的长江，相信他看到的远比我们深刻得多。他就是朱嘉庚。或许他在故乡的土地上对自己的未来做过多种设想，但绝没想到会把事业的起点和人生的旅程定格在内蒙古大草原，与乌兰牧骑结缘一生。

在长江边长大的孩子水灵，但那个年代生活的困窘使朱嘉庚的童年失去了应有的色彩，即便是上了小学，他也要步行十几里去学校。由于家里兄弟姊妹多，母亲一年四季不停地在做鞋，他忘不了妈妈在灯下纳鞋底的样子。妈妈做的新鞋他舍不得穿，一出家门就把鞋脱下来夹在腋窝下，光着脚一路小跑，到学校门口再把鞋穿上。朱嘉庚天资聪颖，学校组织文艺节目演出他总是积极参加。五年级时学校排练苏联儿童剧《小白兔》，他扮演的就是那只活泼可爱的小白兔。这幕儿童剧是根据苏联小说家谢·米哈尔柯夫的小说《神气活现的小白兔》改编的，在形式上活泼幽默、轻松愉快，在寓意上更为深远，讲述了弱者如何变成强者以及变成强者后如何凝聚集体的力量，能让孩子们在欢乐的气氛中得到"团结就是力量"的启迪，懂得力量越大责任越大的人生智慧。在演出中，最吸引小朋友眼球的是儿童剧的互动形式，当大灰狼意外地出现在观众面前的时候，全场都沸腾了，许多小朋友都忍不住大声喊："大灰狼不要跑！"旋即又齐声喊，"小白兔，小白兔。"朱嘉庚扮演的小白兔成了全校师生认可的"小明星"。上初中后，朱嘉庚一直是元旦、国庆等主要节日联欢晚会的活跃分子。1958年，上海戏剧学院来西南地区招生，学校校长把朱嘉庚推荐给招生老师，面试后老师认为朱嘉庚具有戏剧表演天赋，初步认可了他。经过文化考核，朱嘉庚正式被"上戏"录取。可惜的是他没有如愿考入表演系，而是成为"上戏"首届戏剧文学系新生。

上海戏剧学院是中国培养演艺人才的高等院校，在演艺界有很高的知名度。朱嘉庚入学不久，上海电影制片厂来学校招募演员，表演系的祝希娟被选中，担任女主角吴琼花，在全院引起轰动。戏剧文学系以培养编剧和作者为主要方向，可朱嘉庚依然对表演恋恋不舍。上海戏剧学院经常以表演系为班底排练话剧和歌舞剧，他不能登台演出，便主动帮忙做剧务。上大二时他担任系团委书记，大三时入了党。

1963年，朱嘉庚读完大学本科，作为首期戏剧文学系的毕业生，供他们选择的毕业去向是多元的，而朱嘉庚又是品学兼优的学生党员，最现实的选择是留校，其次是留在上海选一家专业文艺团体，或者回到四川。地处华山路的上海戏剧学院一直处于亢奋状态，校园里反复播放着《我们走在大路上》的歌曲，似乎在向这些莘莘学子发出热情的召唤。当时国家刚刚走出三年困难时期，全国上下都在节衣缩食，为全面完成第三个五年计划而全力以赴，需要人才成为各条战线最迫切的呼声。为响应"多快好省建设社会主义"的号召，一些高等学府的大学生发出"到基层去，到边疆去，到祖国最需要的地方去"的倡议，得到全国高校的积极响应。朱嘉庚作为应届毕业生中的学生党员，自然是义无反顾响应党的号召，他选择到内蒙古大草原支边，与家乡川蜀大地正好形成南北两极。

朱嘉庚来到内蒙古，组织上先是把他分配到内蒙古文学艺术联合会，当时的文联与文化局是一个党组。文联主办的文学期刊《草原》正缺人手，于是他成了一名编辑，并兼任自治区文化局秘书。朱嘉庚的工作热情很高，在做好文学编辑和文秘工作的同时，对乌兰牧骑做了大量的宣传报道，从此与乌兰牧骑结下不解之缘。1965年3月，自治区文化局在内蒙古党校举办全区乌兰牧骑培训班，朱嘉庚担任创作班的班主任，既要担负讲课辅导任务，又要处理大量繁杂的后勤管理事务，但他游刃有余，工作完成得十分出色。领导对这位精力旺盛、艺术天赋颇高的年轻人刮目相看，同时也发现了他的组织协调能力和领导才能。这次培训班让朱嘉庚全面深入地了解了乌兰牧骑，走进了乌兰牧骑，爱上了乌兰牧骑。自治区文化局举办这次培训班，还有一项重要的任务是落实上级的重要指示，为全国巡回演出选拔优秀队员。在培训班开始前，组织上指派朱嘉庚和达·阿拉坦巴干具体负责，朱嘉庚走访了各旗县乌兰牧骑，从40多支乌兰牧骑队伍中选出30多名

朱嘉庚先生

队员，集中起来强化培训，提高了乌兰牧骑队员的文化艺术修养和专业素质。培训期间，朱嘉庚、达·阿拉坦巴干和乌国政三人作为主创人员，对巡回演出节目进行了周密的策划和排练。一切准备就绪，他们将培训班的学员分成3支巡回演出分队，带着草原人民的一片深情从呼和浩特出发了，沿途绿色在流淌。朱嘉庚走出大草原，心情怡然而阔朗，当年从雾都山城来到黄浦江畔，在象牙塔饱读文学理论，探问艺术的高原，怀着一颗感恩报恩之心，一翅子飞到内蒙古，一晃6年过去，此次重走来时路，自是一番感慨。

3支演出分队分赴不同的方向，朱嘉庚担任一分队随队秘书，不仅负责宣传报道工作，还要记录到各地演出的活动实况以及记录整理中央及各地领导观看乌兰牧骑演出后的讲话。此外，乌兰牧骑有一个光荣传统，每到一个地方演出，都

胜似亲人

要千方百计搜集素材，随时随地创作演出具有当地特色的节目，即时即演，这一创作任务自然就落在一专多能的队员们和朱嘉庚的肩上，可以说朱嘉庚是最忙碌的人，这无形中也给他带来巨大的压力和挑战。回到上海，他竟抽不出时间去母校看一看，每天的日程排得满满的，在南京路上好八连连队，他创作了赞美好八连的快板书，连夜排练，第二天就演出。在福建厦门，与守岛战士联欢时触发灵感，创作出的说唱好来宝赢得战士们的掌声。在江西革命老区，乌兰牧骑队员与老红军宣传员互动，同唱一首歌，场面非常感人，朱嘉庚将其整理成新闻稿在媒体上发表。在去山西大寨巡演途中，他在火车上创作了反映大寨精神的好来宝，由队长乌国政演出后反响很好。

在随队演出经历中，最令朱嘉庚终生难忘的则是延安之行。延安是革命圣地，是所有乌兰牧骑队员向往的地方，登上火车的那一刻，他们的心早已飞向延安，朱嘉庚更是难以抑制内心的激动，他的创作思维也同时启动了。"延河的水呀延安的山，延安精神代代传；没到延安想延安，来到延安爱延安……"队长乌国政看了这首新创作的歌词，激动得一拍额头，朱嘉庚又把歌词从头到尾改了两遍，然后交给随队辅导员兼作曲祁·达林太老师，两个人合作创作的合唱《草原儿女爱延安》就这样出炉了，到延安走下火车，队员们已经学会了这首歌。在宝塔山下，乌兰牧骑队员深情演唱了这首新歌，延安人民的反响超乎想象。周总理得知朱嘉庚是南方人，"上戏"毕业支边来到内蒙古，鼓励他一辈子扎根草原，全心全意为人民服务。朱嘉庚当场表决心，一定不辜负周总理的殷切希望，竭尽全力为乌兰牧骑服务。

巡回演出结束后的第二年，朱嘉庚毅然决然做出人生的一个重大决定，离开都市机关，来到翁牛特旗，兑现他向周总理的承诺。来到基层，他先后担任翁牛特旗委常委、宣传部长，赤峰市文化局副局长，在此期间，他执笔撰写反映翁牛特旗乌兰牧骑深入基层演出，全心全意为人民服务的文章，并发表在报刊上，鼓舞了大家的士气，激发了大家的斗志。在领导岗位上，他始终关注乌兰牧骑，为乌兰牧骑事业发展倾注精力。

"能在乌兰牧骑摸爬滚打五六十年深感荣幸。"已经退休多年的朱嘉庚认为乌兰牧骑在他的人生旅程中是最具华彩的一笔，每每回味与乌兰牧骑朝夕相处的日子，他总是兴致盎然，脸上挂着难以掩饰的自豪之情。对于当初从上海来到大草原，把自己事业的起点和归宿与草原绑定在一起，他表示无怨无悔，他愿意将他的智慧、他的理想、他的追求、他的喜怒哀乐、他的青春芳华都播种在乌兰牧骑的沃土里。在他回味的世界里，满是美妙的音符、欢快的舞姿，悠长的马头琴声伴着蒙古族长调，乌兰牧骑元素已经渗入他的血液里。

朱嘉庚把自己看成是乌兰牧骑的歌者。1965年，他参与撰稿《乌兰牧骑在毛泽东思想照耀下前进》，发表在《人民日报》上，有力地配合了乌兰牧骑在全国巡回演出活动。即便是担任领导职务，朱嘉庚也会从繁忙的管理工作中挤出时间创作，他为内蒙古直属乌兰牧骑创作的歌曲《草原，我的故乡》，在由著名民族歌唱家牧兰老师演唱后，反响热烈，被选拔到北京参加春节文艺演出活动。退休后，他应邀参与内蒙古直属乌兰牧骑大型歌舞剧《生命欢歌》《玛奈乌兰牧骑》的策划和创作，深受各方赞扬。他执笔创作的《大漠绿海》《草原上的乌兰牧骑》等荣获中宣部、文化部优秀剧目奖和少数民族文艺会演剧目金奖。

老骥伏枥，志在千里。朱嘉庚已经78岁，可他仍然闲不住，笔耕不辍，穿梭在乌兰牧骑60多年的岁月长廊里，回首过往，明志修书，把乌兰牧骑的岁月流年记录下来。他是内蒙古乌兰牧骑协会的管理骨干和学术骨干，长期担任内蒙古乌兰牧骑协会领导职务，把余热献给他毕生追求的事业。他曾两次参加全国乌兰牧骑全国巡回演出，参与乌兰牧骑方针政策的制定和无数次深入基层调研，这使他胸中装满了收获，感慨颇多，这些经验性的东西需要整理和提炼，既是铭记过去，也可辉耀未来。50多年里，朱嘉庚先后多次参与全区乌兰牧骑重大课题调研总结和重要文件的起草，为文化建设相关政策的制定提供决策参考。他就像在乌兰牧骑这片土地上耕耘的"老黄牛"，几十年如一日，默默奉献。2007年，他被授予"乌兰牧骑事业奉献奖"。2017年在乌兰牧骑成立60周年之际，自治区人民政府授予他"自治区乌兰牧骑建立60周年特别贡献奖"。

第七节　密林深处的歌声

在内蒙古，"民族三兄弟"素来引人瞩目，他们居住在大兴安岭林区。三兄弟分别是鄂伦春、鄂温克和莫力达瓦达斡尔，是三个民族自治旗，隶属呼伦贝尔市。

鄂温克族自治旗乌兰牧骑老队长巴图德力格尔就出生在这样的人间仙境中。

"鄂温克"是鄂温克族的民族自称，意思是"住在大山林中的人们"。历史上，由于居住地域的关系，鄂温克人对大兴安岭一带的大山林，包括外兴安岭至阿玛扎尔河、勒拿河上游等地域统称额格都乌日或"额格登"（鄂温克语，意为"大山"）。另外，"鄂温克"还有"下山的人们"或"住在南山坡的人们"之意。鄂温克人常年与大山为伍，与山林为伴，是大山林中优秀的狩猎民族。随着历史的发展，有一部分鄂温克人走出山林，迁居草原和河谷平原地带，有一部分依旧留在山林。"鄂温克"这一称呼，反映了鄂温克族与山林密不可分的古老历史和生活。

敖鲁古雅是鄂温克语，意为"一只靴子"。相传很早以前，一位青年猎手碰上一头雄壮的银腿犴，纵马追赶，连放十几枪也没打中，太阳落山，银腿犴钻进一片樟松林不见踪影，又累又饿的年轻人坐在地上休息时，才发现自己的一只靴子不见了。从那以后，青年猎人整整半年没有打到一只野兽。后来有人对他说，他碰到的是犴仙，不该开枪，脚上的靴子就是被犴仙弄走了，他应该再做一只靴子送到樟松林表达"歉意"，以唤回狩猎的好运。青年人照办了，从此他每次出猎都不再空手而回。这之后，猎人们每年都要缝制一只精美的鹿皮靴子丢到那里，时间久了，就有了"敖鲁古雅"。如今的敖鲁古雅是鄂温克族居住的部落，位于呼伦贝尔市根河市最北部的敖鲁古雅河畔，根河市西郊，是鄂温克族最远也是最神秘的一个支系居住的地方。20世纪50年代以前，鄂温克族猎民仍然保持着原始社会末期的生产、生活方式，吃兽肉、穿兽皮，住的是冬不防寒、夏不避雨的"撮罗子"（由桦树制成的尖顶型简易房屋），以驯养驯鹿为生。1965年，鄂温克猎民从中俄边境额尔古纳河畔奇乾乡搬迁到敖鲁古雅，过上了定居的生活，掀开新的一页。民族风情浓郁，生活安逸富庶，是敖鲁古雅今天的写照。

敖鲁古雅一直以独特的方式传承着狩猎文化，他们现在还一直饲养驯鹿，以其鲜明的民俗文化、传统的驯鹿方式吸引了众多游客。来这里的游客时而喂喂驯鹿，逗逗驯鹿，时而和它们一起拍拍照片，还可以和它们一起散散步。走进敖鲁古雅人的木屋，可以叩问千年历史，触摸古情今韵的如水记忆。徜徉在林间，暂

浓郁的鄂温克风情

别繁杂世事，放纵心灵，捕捉自然气息的绝美碰撞。翻开敖鲁古雅，就等于翻开了一部梦幻般的童话。多年以来，敖鲁古雅始终安静地藏在大兴安岭的怀抱里，任时间流过山门，依旧谨守着自己的古朴。在敖鲁古雅林中的是中国唯一的使鹿部落、中国最后的狩猎民族、中国少数民族村寨、桦树皮民族文化艺术之乡。

1937年，巴图德力格尔出生在鄂温克族自治旗巴彦托海镇，18岁时考入内蒙古蒙文专科学校学习编辑专业，两年后毕业被分配到内蒙古艺术学校任语文老师，1963年回到故乡鄂温克，担任乌兰牧骑艺术指导，1969年后担任乌兰牧骑副队长、队长。巴图德力格尔的敬业精神令人叹服，他带领乌兰牧骑常年在深山密林里演出，他的儿子有时七八个月看不到父亲。巴图德力格尔多才多艺，会写歌词，会谱曲，精通各种乐器，他承担着乌兰牧骑绝大部分节目的创作和编导。在

曲云在阿里河三小进行义务授课

音乐创作方面，他创作的歌曲多次在省级、盟市级文艺会演中荣获歌词、歌曲以及舞曲奖。自从担任乌兰牧骑队长开始，密林深处的歌声像风一样飘起。巴图德力格尔挖掘整理了上百部民间故事和500余首民歌，尤其是对鄂温克、达斡尔、鄂伦春、蒙古族民族文化和民间艺术的研究颇有见地。他的作品《布里亚特蒙古族民歌选集》由内蒙古人民出版社出版发行，中篇小说《茫茫草原》在《呼伦贝尔文学》发表。1988年，他创作的歌曲《闪电枣红马》成为鄂温克族自治旗成立30周年的主题曲目。他用多种少数民族语言自编自唱音乐作品50余部，还参与了影视剧的拍摄。2017年，巴图德力格尔被授予"乌兰牧骑特别贡献奖"，他的名字永远写在鄂温克乌兰牧骑的扉页上。

鄂伦春族著名歌手、国家二级演员曲云，是乌兰牧骑培养出的优秀演员，她的歌声婉转清丽，被称为"鄂伦春的百灵鸟"，很多人也是听了她的歌才知道了鄂伦春这个民族。1972年秋天，一位容貌清秀的妙龄姑娘走进乌兰牧骑的院子，古树上的山雀聚在枝丫上"啾啾"吵叫不停，像是对这位新人表达欢迎之意。

"小妹妹，你叫啥名字？"

几个女队员围着小姑娘问候，其实她们早就知道她叫曲云，她的父亲是鄂伦春有名的猎手，队长已事先给大家透了底，姐妹们明知故问是觉得这个小不点儿玲珑可爱。按照惯例，新入队的都要亮一嗓子，曲云唱了一首鄂伦春族民歌，震惊四座，她的歌声真如百灵鸟一样。入队第二年，她就参演了歌剧《养鹿人》，扮演女主角爱吉伦，显示出非凡的演唱天赋。随后，组织上立即把她送到黑龙江省哈尔滨歌剧院，进行为期半年的专业化、系统化训练。曲云十分珍惜这难得的机会，在歌剧院学习刻苦，虚心拜师求教，基本掌握了发声方法和演唱技巧，为她将来歌唱技术的提升奠定了良好的基础。1974年，曲云返回乌兰牧骑，开始参加各种演出活动，走遍了鄂伦春的山山水水，歌声在深山密林里回荡。

"曲云进步非常快。"同事们这样评价她。她们说曲云天生就是一副歌唱家的坯子，她不仅能独唱鄂伦春族歌曲，还能熟练用汉语演唱男女生二重唱、女声二重唱和其他少数民族歌曲以及外国歌曲。20世纪80年代，是她歌唱生涯的鼎盛时期。

1980年春，在呼伦贝尔盟文艺会演中，她一人获得3个一等奖。

1981年夏，内蒙古人民广播电台录制曲云专题唱片，《黄马之奶》《高唱颂歌》等歌曲通过电波传遍内蒙古大草原，她美妙的歌声飞进千家万户。

1982年，曲云参加了在呼和浩特召开的全区农村牧区文化艺术工作表彰大会，曲云在会上做了典型发言，并被评为先进工作者。同年9月，她再度前往呼和浩特参加内蒙古自治区乌兰牧骑建立25周年纪念活动暨全区乌兰牧骑文艺调演，并荣获优秀表演奖。

1983年9月，曲云随内蒙古自治区乌兰牧骑代表队前往北京，参加文化部和国家民委举办的全国乌兰牧骑文艺会演，演唱的《高高的兴安岭》等歌曲受到首都观众的热烈欢迎，并荣获文化部和国家民委颁发的"优秀节目奖"。

曲云是能歌善舞的鄂伦春族杰出代表，她的演唱朴实自然，声音明亮，悦耳动听，热情奔放，高亢有力，充满了生活气息和民族特色，形象逼真地表现出鄂伦春狩猎民族围坐在篝火旁欢歌的愉快心情，尤其与白焱演唱的男女生二重唱，更是感情充沛，配合默契，声音和谐，声情并茂，受到人们的一致好评。她感恩乌兰牧骑的培养和草原母亲的哺育，为广大农牧民群众演出3000多场，为丰富和发展民族文化事业作出突出贡献，是一名在区内外享有盛誉的"鄂伦春百灵"。

很多人没去过莫力达瓦，但听过《莫力达瓦的春天》这首歌，歌曲的曲作者是乌嫩齐，他是位土生土长的乌兰牧骑演员，此前没上过任何专业学校。

1959年，莫力达瓦达斡尔族乌兰牧骑成立，乌嫩齐成为第一批队员。当时正值三年困难时期，队里设配简陋，排练场地条件差，最困窘的是没有作曲的——文艺团体缺少创作人员，等于没有核心支撑。

"你来作曲吧。"

领导把这个任务交给他时，乌嫩齐大脑一片空白。他是从农民中被挑选的演员，当时看中的是他的歌喉，可把一个没有乐理知识的"白丁"推到作曲的位置上，形同赶鸭子上架。乌嫩齐只得硬着头皮上阵，没有时间和条件接受专业训练，他便找中小学音乐老师从基础学起，抽时间到外地拜师求教，访问了呼和浩特、海拉尔、沈阳、哈尔滨等地的一些名家，请求指点。由于虚心学习，刻苦钻

研，他走进了音阶、音符、五线谱的天地，摸清了音乐创作的路子，创作的作品数量越来越多，质量也随之提高。

乌嫩齐把主要精力放在挖掘和开发达斡尔民族传统音乐和其他民族音乐上，注重各种不同内容、不同风格艺术作品的创作，由此奠定了莫力达瓦达斡尔乌兰牧骑的歌舞特色。由他创作和整理的100多首歌曲、乐曲，都具有鲜明的地域特色和民族风格，经他改编的《农夫打兔》《摇篮曲》《热情的歌》等歌曲、乐曲，质朴、亲切，体现了浓郁的莫力达瓦风情，很受当地农牧民的欢迎。他以民歌为基础创作的《莫力达瓦的春天》《那是我追风的黄骠马》等歌曲，热情奔放，淋漓尽致地表现了故乡美，成为草原上的流行歌曲。在舞曲方面，他创作的《映山红》《清晨》《欢腾的山村》《嬉水姑娘》等舞曲，歌颂了达斡尔族人民傲雪迎风的品格，展现了山区人民辛勤劳动和幸福美满的生活，获得广大农牧民的高度赞赏。由他创作的许多声乐作品或器乐作品，在全盟和全区文艺会演中多次获奖。春华秋实，这位穷苦农民家庭出身的作曲家，在乌兰牧骑的旗帜下抒写豪情，为乌兰牧骑纵情放歌。

第八节　赵德厚的演艺生涯

1953年，赵德厚出生于内蒙古自治区乌兰察布市兴和县张皋镇，他的父亲是二人台旦角演员。在环境的熏陶下，赵德厚从小就对民间艺术产生了浓厚的兴趣——没有二胡，就用铁皮罐头筒子造一把；没有笛子，就捡一根别人已经踩烂的笛子，用胶布和麻绳修一修……只要有时间，赵德厚就去看父亲和队友们的演出或排练以及十里八村的戏曲演出，他不仅能把自己接触过的戏文背得滚瓜烂熟，还能用自制的乐器演奏出一首首曲子。

　　16岁时，赵德厚听说兴和县乌兰牧骑招考演员，很是心动。然而因做演员的父亲常年在外奔波，无法顾家，带着6个孩子艰难生活的母亲对此表示极力反对。父亲看出赵德厚对艺术的热爱和艺术天赋，便偷偷让儿子去报考。唱歌，唱戏曲，表演段子，即兴小品，演奏乐器，赵德厚一路过关斩将，虽然在走台步、踢飞脚时，由于用力过猛将自己的一只鞋踢飞，还差点儿掉到前排领导和评委的桌子上，但他还是凭借过硬的本领入选了。

　　刚刚离开家，对一切事物都充满好奇的赵德厚如饥似渴地投入学习。当时，兴和县有一批来自上海、天津、北京等地有艺术特长的知识青年，比如吹得一口好笛子的黄恩培、拉得一手好京胡的李振翰等，常被请到乌兰牧骑进行业务传授。"这些知识青年带来的先进文化、优良的看书写字习惯等，对我产生了巨大

赵德厚

的影响。"赵德厚说。这也为他后来在二人台表演、导演、作曲等方面奠定了一个高起点的基础。

不得不承认，有时候悟性能够影响一名艺术工作者的成功速度。赵德厚在乌兰牧骑属于小字辈，岁数小，学历低，艺龄短，经验更谈不上，而乌兰牧骑要求全面发展，于是他便从零开始，全面学习，刻苦训练，抓紧每一个日日夜夜充实自己，尤其是每年自治区乌兰牧骑集训，为他提供了极好的学习机会。功夫不负有心人，赵德厚通过努力，逐渐成为全队的业务骨干。他在没当队长的时候，每天都做着队长的工作，当了队长之后，每天又做着队员的工作。也就是说，在没当队长时，开展业务、驾驭剧目，都由他一手操持；当了队长后，他没有脱产，反而以一名普通队员的姿态参加所有排练和演出活动。全队先后排演了《果花姑娘》《好亲家》《走西口》《闹元宵》《探病》《打樱桃》《秀姑劝夫》《光棍娶妻》《新路》等几十部二人台剧目。

赵德厚的名声日渐扩大，山西、河北、巴彦淖尔盟的一些文艺团体都聘请他排戏。后来因工作调动，他来到乌兰察布盟和内蒙古二人台艺术团，以同样的标准创作排演剧目。至2007年，由他作曲、导演、编剧的大、中、小型二人台剧目已超过100部，其中有些剧目获得了各级大奖，有些剧目在各表演团体已成保留剧目。

赵德厚作曲不是凭空编造，下乡演出期间，他带上礼物去看望那些老艺人，请他们口授东路二人台传统曲调，用简谱编译下来，并向老艺人学唱研习东、西路二人台和山曲，包括京、晋剧的唱腔，研究其韵味、板式格局、行腔特点等，积累了大量的原始资料。为了丰富自己的音乐水平和音乐修养，赵德厚报考进修了中央函授音乐学院理论作曲专业，兼收并蓄，博采众长，独树一帜。现在，他的二人台作曲已自成一家，其作品《秀姑劝夫》《卖油》《摘花椒》《二大娘过寿》《青山路弯弯》《折戟教子》《轻舟恋》《山魂》《光棍汉与未来妹》等不仅获得全国大奖，也在民间得到广泛流传。作曲既成，还需要指挥乐队排练演奏。赵德厚有一点是别人比不了的，每一件乐器他都能示范，听到演奏得不对，就当场示范演奏，使对方心服口服。

　　赵德厚没有学过导演，但长年累月干的都是导演的工作。长期以来，旗县一级文艺单位不是很注重戏曲导演工作。其实，戏曲本身是一门综合艺术，要把文学、器乐、美学、表演、舞蹈、服装、道具、化妆、造型综合在一起，方能演好一台戏。这个综合者就是导演。导演既是演员的一面镜子，也是一名组织者和教师。对舞台上每个微小的细节，对演员每时每刻的举手投足以及每个场次的动作路线和位置，都要精心设计。这就要求导演对每个行当不但要懂，而且要擅长，如此指挥起来才有说服力。赵德厚首先具有一定的综合能力，其次他有一种奉献精神，把名利看得很淡，甘心做别人不愿意做的工作，并做到最好水平。

　　日常练兵，培养新队员，赵德厚付出的心血最大。他进入乌兰牧骑后，又进了两批新队员，尤其是后一批，从选拔到培养，他都是组织者之一。这次选拔与以往不同的是，先从基层录音初选后，再召集回县城举办培训班。赵德厚是培训班的辅导老师、导演，通过培训和演出，根据表演艺术水平和接受能力，他选拔

1989年，赵德厚在部队和战友们在一起

了王凤云、朱占宏、王凤英等十几名新队员加入乌兰牧骑。他们入队后，在相当长的一个时期内，都由老队员给他们上课，帮他们练功、练唱、识谱、练表演、练乐器，赵德厚担任多门课程的授课老师，几年如一日勤奋教学，培养优秀人才。

1981年，赵德厚担任兴和县乌兰牧骑队长，这个阶段的乌兰牧骑兵强马壮，面貌一新。1986年，乌兰察布盟乌兰牧骑会演在察右中旗举行，兴和县乌兰牧骑表演了自己创作的东路二人台多幕剧《春到磨盘山》，获得剧目演出奖、剧本创作奖、音乐创作奖、导演奖和四名演员的表演奖。1989年内蒙古改革题材戏剧会演，也是各盟市代表和自治区级各种专业剧团都参加的会演，兴和县乌兰牧骑代表乌兰察布盟表演了《春到磨盘山》，又获得以上奖项，成为本次会演获得奖项最多的演出团体之一。

赵德厚虽好胜，人缘却好。他有一帮朋友，都是文化艺术爱好者，每天在赵德厚家或乌兰牧骑排练室的地毯上席地而坐，切磋艺术，探讨人生，交流生活素材，无话不谈。赵德厚是艺术氛围的营造者，有时需要烟酒助兴，也总是慷慨解囊。这样，通过和其他门类的文学艺术爱好者交流，可以兼收并蓄，获得更多关于音乐戏剧艺术的感悟。

赵德厚特别能吃苦。起初，乌兰牧骑队员都是自己做饭，莜面熬土豆一吃一个月，不见一点儿荤，每天两顿不变样。过春节前半夜在礼堂演出，后半夜回宿舍，所有的炉子都熄了，家里冷得像冰窖，连口热水都喝不上，女演员哭了，赵德厚只得硬着头皮讲故事安慰大家。乌兰牧骑还在马车时代时，每到难走的地方，车倌就到后边拉磨杆，赵德厚就在前边赶车。一次走到朱家营的山沟里，大家听到雷鸣般的响声，以为是雷声，结果走到当沟，突然看到像墙壁一样的山洪推过来，离他们仅20多米远，赵德厚拼命扬鞭，呼天喊地催赶马车上岸。当他们跑到安全地带，发现一块脸盆大的石头被洪水冲到马车上，还有淤杂漂了满满一车。记得有一年从黄茂营往官六号倒场，走到一条宽沟里，新演出地派来的拖拉机突然熄火。当时正值狂风暴雨，山洪马上要暴发，赵德厚带头，全体队员都跳下拖拉机，喊着变了声调的号子，在泥水里滚爬推车，一直推到沟沿上。一年冬天，乌兰牧骑慰问大青山上的部队演出，战士们都穿着皮大衣、戴着皮帽子看戏，乌兰牧骑队员们则穿单衣在台上演出。舞蹈还好，赵德厚和王秀梅演小戏，下台都冻得说不了话，伸不展手指头，但他们披上军大衣就到乐队队伍中给下一个节目伴奏。在赵德厚的带动和要求下，乌兰牧骑全队都能吃大苦，耐大劳。有一次乌兰牧骑正在钦宝营一个没有电话的小村里演出，突然县委有特殊任务，晚上6点派人从县城出发到钦宝营，要求乌兰牧骑自己拆卸舞台，装车赶回县城，马不停蹄地在县城礼堂装台、化装，8点30分准时开演。乌兰牧骑当院一道高坡，雇铲车挖了个大体，剩下的活儿全是赵德厚带领队员义务干完的。

1991年，赵德厚先被借调到部队一年，后被借调到乌兰察布盟艺校担任毕业班班主任。之后正式被调到乌兰察布盟文化局，担任艺术研究所书记一年后调任盟乌兰牧骑歌剧团团长。1999年，赵德厚又被借调到内蒙古二人台艺术团，2000年担任业务副团长。这一时期，他的艺术造诣迅速升华，导演、作曲水平上升到相当的水平，创作了十多个大中小型二人台剧的音乐。他创作的剧本《山魂》《打工》《土豆情》《富裕起来》等，也都获得全国性奖项。

第六章　成长的故事

　　著名作家王蒙在《青春万岁》中富有激情地写道："所有的日子，所有的日子都来吧，让我编织你们，用青春的金线，和幸福的璎珞，编织你们……"是的，青春是一首诗，我们用自己的生命，如这首诗般奋斗，毕其一生，尽管荆棘丛生，我们还是揣着初心，带着梦想，奔向远方。

　　世界上有一种时光是不朽的，那就是被镌刻、被描摹、被书写、被吟唱、被拍摄的时光，尽管留下支离破碎的细节和瞬间，尽管落满尘埃或蒙上泥沙，但经过研磨之后，追忆的脚步，依旧让时光熠熠生辉。

第一节　两次到北京

　　"后来灯亮，一个高大的身影，毛主席健步向我们走来。我当时真没想到，眼前真的就是毛主席他老人家，就像做梦似的……"采访过程中，幸福的回忆，激动的心情，使旭日其其格这位乌兰牧骑老队员眼里闪动着点点泪花。

　　说起来，旭日其其格真是苦出身，新中国成立前，父亲和大哥都不幸去世，母亲带着几个儿女在草原上四处流浪，旭日其其格的三哥和二姐因患病无钱医治，都在流浪中丧生。新中国成立后，母亲才带着他们安居下来，随着姐姐家搬到了翁牛特旗。那时候姐姐一家八口人由三个家庭组成：姐姐家四口、姐夫的哥哥去世留下的两个孩子和旭日其其格母女。这一家基本靠姐夫一人养活，在那个年代生活艰难程度可想而知。但旭日其其格的姐夫凭着一颗淳朴善良的心、一对压不垮的铁肩，硬是让八口之家顽强地活了下来，还让旭日其其格从小学读到初中。

1958年，旭日其其格在海拉苏中学读初中，她读书用功，是班级里的好学生。她嗓子好，爱唱歌，是学校的文艺尖子。一次，翁牛特旗乌兰牧骑到海拉苏演出，听说海拉苏中学有个叫旭日其其格的女生歌唱得不错，就找到了学校。乌兰牧骑领导见旭日其其格不但歌唱得好，而且端庄秀丽、落落大方，就动员她加入乌兰牧骑。旭日其其格一时拿不准主意，何况她还在读书。但母亲说："要去你就去吧，家里这么多孩子，走一个少一分拖累……到那儿好好干，别想家。"就这样旭日其其格告别了学校和老师，告别了母亲和亲人，在1958年9月15日跟着副队长乌国政来到了乌兰牧骑。

那时候粮食有指标，吃饭凭粮票。旭日其其格刚到乌兰牧骑时，什么都没有，急得只想哭。乌国政宽慰她说："别着急，饿不着你，我们一人省一斤就够你吃一个月了。"对此，旭日其其格终生难忘。她说："乌兰牧骑不仅培养了我，也在最困难的时候'养活了我'。"20世纪60年代初，为了解决经费和粮食供应不足等困难，也为了进行爱国主义传统教育，乌兰牧骑在海拉苏的呼日他拉、敖包旭敖尔建立了"小农场"，这些地方不仅洒下了旭日其其格和战友们劳动的汗水，也使他们经受了生与死的考验。

那是1961年9月，副队长乌国政领着旭日其其格、那达那、宝音等到巴林右旗收"漫撒子"。打完场拉着粮食往回走，过西拉木伦河时，突然洪水暴发，刚才还是比较平静的河水，霎时波涛滚滚，浊浪排空，齐胸深的河水使勒勒车在漩涡中起伏摇摆，身单力薄的旭日其其格虽然死死抓牛缰绳，但随时都有被汹涌的波浪卷走的可能。在这危急时刻，有渡河经验的乌国政沉着指挥，身强力壮的男队员拼命相救，终于使旭日其其格化险为夷，人员和物资都安全到达彼岸。50年后的今天，当老队员那达那谈起那惊险的一幕时，仍旧惊魂未定："太危险了，真是生死瞬间，当年漂亮的旭日其其格差一点儿就看不到今天。"

旭日其其格没有辜负领导的期望和母亲的嘱托，到乌兰牧骑之后她努力学习，刻苦练功，加上良好的文艺天赋，时间不长便崭露头角，成为队里不可或缺的一员。参加工作不到三个月，就与老队员李玉珍、宝音一起被派到呼和浩特歌舞团学习。两个多月的时间，他们学会了《挤奶舞》《筷子舞》《剪羊毛舞》等节目，丰富了乌兰牧骑演出的内容。从1960年12月开始，乌兰牧骑连续派出好几个小组外出学习，其中宋正玉组到吉林省延边学习朝鲜族舞蹈，后来由宋正玉创作演出的《顶碗舞》，就是将朝鲜族舞蹈中的顶碗动作和杂技艺术相结合创作出来的。旭日其其格与李玉珍、宝音则被派往遥远的新疆学习，之后新疆舞蹈特有的动作在翁牛特旗乌兰牧骑的舞台上流传了很久。精湛的演技和热情奔放的舞姿，为后来队员们参加1964年内蒙古自治区乌兰牧骑代表队首次进京演出打下了基础。

1964年11月，旭日其其格被选入内蒙古乌兰牧骑代表队进京参加全国少数民族群众业余艺术观摩演出。同她一起入选代表团的还有乌国政、宋正玉等6名队员。12月27日，毛泽东、刘少奇、周恩来、朱德等党和国家领导人在人民大会堂亲切会见了参加全国少数民族群众业余艺术观摩演出会的全体人员。旭日其其格激动得热泪盈眶，她做梦也想不到，一个牧民的女儿竟然见到了伟大领袖毛主席。那一年，她21岁。

1965年，旭日其其格参加乌兰牧骑全国巡回演出，被编入二队。她所在的二队，除了她还有巴林右旗、鄂温克自治旗等旗县的乌兰牧骑队员。领队是内蒙古艺术学校校长宝音达来，队长是鄂托克旗乌兰牧骑的热喜。这支队伍辗转万里，在北京、辽宁、吉林、黑龙江、河南、湖北、湖南、广东、广西、四川、云南、贵州等地演出，受到广大观众的热烈欢迎，也留下了许多动人的故事。旭日其其格作为骨干队员在二队里主跳《顶碗舞》，她是继宋正玉之后，跳顶碗舞的又一高手。在大庆油田参观访问时，要给石油工人演出节目，旭日其其格的《顶碗

乌兰牧骑正在演出

舞》毫无疑问成了首选。为了满足工人们的期待，在没有专用道具碗的情况下，旭日其其格拿起工人吃饭用的6个大碗顶在头上，成功地演完了这个节目。之后有位记者采访她："这个碗不是你原来演出的道具，你是否很紧张？"旭日其其格直率地回答："我没想那么多，只想给工人老大哥把节目演好。"这位来自草原的蒙古族姑娘，在湖南韶山为毛主席家乡的父老乡亲演出，在哈尔滨演出时见到了英雄黄继光的母亲，在大庆演出时见到了铁人王进喜，在演出中她经风雨、见世面，看到了祖国的大好河山，也感受到了祖国大家庭的温暖。

　　有一天，完成在河北省演出任务回北京休整的乌兰牧骑二队队员突然接到一个通知：明天在人民大会堂有领导接见，今天晚上大家一定要休息好，不要紧张。第二天演出队按时来到人民大会堂，按照事先排定的位置坐好。就在大家等待的时候，灯光骤亮，一行人从大厅后面走来，人们一眼就认出，走在前面的是伟大领袖毛主席，跟在后面的是朱德、周恩来、邓小平等党和国家领导人。

当时旭日其其格十分高兴：一个草原牧民的女儿，居然两次在人民大会堂见到毛主席，那种激动的心情没法说出来……那一天是1965年10月10日，是旭日其其格第二次见到毛主席。

"要问山歌有几多？我的山歌流成河……"近百支乌兰牧骑队伍，若要讲起他们的故事，恐怕几天几夜也讲不完。

第二节　金花的乌兰牧骑生活

金花是1960年8月进入乌审旗乌兰牧骑的，那年，乌兰牧骑招收了18名队员，其中10名男队员，8名女队员。当时全部家当只有一把四胡、一个只有两个八度的小扬琴、一架小小的手风琴、一把三弦和一把F调的笛子。那个年代的鄂尔多斯，偏僻、贫穷、落后，没有电，没有路，没有交通工具。

当时，队员们每天早上5点起床，到乌兰牧骑驻地南面的一个小土坡上练声，冬天冲着西北风吊嗓子。队长说只有这样才能练出铁嗓子、金嗓子。练完声回来，队员们又开始练舞蹈基本功。

队员们和电影放映队同住一个院子，队员们就在他们的窗台上压腿。由于大家都来自牧区，本身都是牧民，没有经过任何专业的基础训练，所以腿脚都很僵硬。为了把腿拉直，队员们压腿时，队长就坐在他们腿上，疼得大家眼泪直流，但不敢哭出声来。

那个年代，乌兰牧骑每年下乡演出8个月以上，节目内容主要是歌唱党的恩

金花和拉苏荣合唱《敖包相会》

情，宣传党的民族政策，歌颂当地的好人好事和模范人物。队员们的演出深受农牧民的喜爱，他们称队员们是"玛奈乌兰牧骑"。没有交通工具，大家只能背上简单的行李、乐器徒步奔走。

夏天，队员们行走在毛乌素沙漠中，就像进了蒸笼一样，头顶烈日，脚下是滚烫的沙子，由于舍不得弄坏鞋子，就赤脚走在沙漠上，眼睛被晒得通红，饥渴难耐，就跑到沙丘下面喝小水坑里的水。

那时，最让队员们难以忍受的事是常年吃不上一顿饱饭，有时女同志还会把自己碗里仅有的一点儿饭分给男同志一些，跳舞的男同志需要更多的食物。那个年头，艰难的生活让队员之间亲如兄弟姐妹，互相照顾、互相关心、互相帮助，就连一盆米汤，大家都分着喝。

乌兰牧骑老队员金花

春天，全队队员下乡到周边的生产队帮助农牧民劳动。秋天，到沙利公社割糜子，割下来的糜子还要背到打谷场上。一包糜子特别沉，汗水顺着队员们的头发、后背直往下流，衣服被汗水浸出白白的碱，然后就烂成一条一条的布条。

乌审旗地广人稀，队员们演出有时观众只有十几个人或几十个人，有上百人的观众，就算是大型演出了。记得有一次，在牧区演出，一位老牧民行走不便，队员巴依拉就把这位老牧民背到演出现场看演出，演完又把老人背着送回家里。

有一次，在牧区一个小队演出，队员们都演完了，听说有一位牧民瘫痪在炕上，全体队员便来到他家，为他一个人把节目从头到尾又演了一次。队员们都很认真，化了装，穿上演出服，那种感觉就像今天站在乌兰怡特大剧院的舞台上一样，认真而投入。

1963年的秋天，队员们下乡演出，金花感冒了，多日高烧不退，手边也没有什么药，只有几粒止痛片，吃下去只有一个来小时起作用，药效过后，又开始发烧，全身疼痛，越烧越厉害。同志们只好把她送到路西南边的一户牧民家里。这家有一位70多岁的老奶奶和儿子儿媳，还有两个小孙子。老奶奶让金花睡在炕头，然后从怀里掏出一把钥匙打开炕头上放着的小红柜子，从里边拿出一块冰糖，看起来存放年头长了，冰糖成了玛瑙色。老奶奶用牙咬下指甲盖大小一块冰糖放在一个小瓷缸子里，又倒进去一包蒙药，放在火上烧开，然后让金花喝了下去。喝下这一小缸子药水，不一会儿就发汗了，全身都湿透了。老奶奶一夜守着她，不断地为她擦汗，捂被子。出了这通汗，金花全身轻松了，不疼痛了，也不发烧了。

时隔50多年，金花如今仍清晰地记得当年老奶奶从柜子里拿出那块冰糖的时候，她的两个小孙子围上来用祈求的眼神望着他们的奶奶，伸出了小手，可奶奶没有给他们吃，又把剩下的冰糖锁进了柜子里。那个年代，那点儿冰糖太珍贵了。

如今每每想起来，金花总是热泪盈眶，当年乌兰牧骑和农牧民心贴心的感情是队员们的精神支柱。那个时候，草原上没有电，乌兰牧骑队员玛希吉日嘎拉"发明"了一种土电灯——从供销社买来一大碗大颗粒的盐，用棉花包起来，然后用细铁丝紧紧地扎成一个圆球，活像一个地雷，再给它安上一个钩子，泡在一盆柴油里。到了晚上开演的时候，把这个"地雷"捞出来，挂在舞台前方一根横拉出的铁丝上。把它点着后，浓浓的柴油味瞬间扑面而来，呛得人张不开嘴。再看草原上的各种蚊虫，看到灯着了，从四面八方爬的爬、飞的飞，全冲着亮光来了。你正张着嘴唱着歌呢，虫子就飞进了嘴里，只好把它吐出去，接着再唱；大个头的天牛啪地飞到你鼻子上，真疼人。演出结束后，每个演员头发上、衣服上，全是小虫子。大伙儿让油烟熏得个个成了大花脸，像熊猫一样，相互对视，不禁捧腹大笑。

乌审旗乌兰牧骑是一支有着光荣传统的优秀的乌兰牧骑。1964年内蒙古乌兰牧骑代表队首次进京演出，全队只有12名演员登台，其中就包括乌审旗乌兰牧骑的玛希吉日嘎拉、吉日木图、阿拉腾其其格三名队员。这是乌审旗乌兰牧骑的光荣和骄傲。时光已经走过58年，可在乌审旗乌兰牧骑走过的日日月月早已铭刻在每个人心中，永不会消退。

如今，金花已是76岁的老者了，但每每提及乌兰牧骑，她的眼眸中总是闪烁着光芒。

乌兰牧骑是磨砺一个演员的最佳舞台，是施展才华的广阔天地，金花对乌

兰牧骑后辈们寄予希望，期望后辈们能够踏踏实实地留在乌兰牧骑，把自己珍贵的青春和聪明才智献给乌兰牧骑事业，更期望后辈们在回忆起这段青葱岁月的时候，可以自豪地说没有辜负国家的厚望，没有辜负乌审旗人民的期盼。

第三节　从科尔沁草原走出的音乐家

图力古尔20多年来创作了近千首各类音乐作品，他极富音乐天赋，善于创作声乐作品。许多歌曲久唱不衰，传遍草原，深受广大群众喜爱。斯人已去，而歌声依旧动听、感人，这就是图力古尔生命的价值。

1943年9月12日，图力古尔出生于通辽市库伦旗库伦镇。20世纪60年代初，迁居科左后旗朝鲁吐公社图布生产队，是科左后旗甘旗卡一中的毕业生。1963年8月，他考入当时的库伦旗乌兰牧骑。由于可以熟练演奏各种乐器，他很快就成为队里的台柱子。

图力古尔天性聪慧，从小学到中学，成绩一直很优秀，特别是他非凡的音乐天赋让人惊叹。少年时，他用筷子打击饭碗奏响的乐曲，让很多父老乡亲听得津津有味。在音乐课上，他对每一个音符、曲调、节奏的解读让教唱歌的老师都由衷赞赏。他拿起笛子鼓捣鼓捣就能吹出动听的曲子，自制一把简单的二胡就能拉出有乐感的调子，听别人唱一次歌就能大致记下谱子……

因为生长于安代舞艺术之乡，在长期的耳濡目染下，图力古尔不断张开他充满想象力的翅膀，不断施展他特殊的音乐才能。当时甘旗卡一中的音乐老师义德尔和有关领导对图力古尔、巴德荣贵几位有音乐特长的学生热心辅导、精心培养，为他们日后的腾飞提供了优越的条件，奠定了坚实的基础。

在自治区直属乌兰牧骑的25年是图力古尔深入基层、深入群众的25年。这25

年的艺术生涯把他打造成一位为草原放歌、为群众抒情的草原人民自己的作曲家。他创作的近千首音乐作品、弹奏出的每一首乐曲、记录下的每一个音符，总能让草原的父老乡亲、兄弟姐妹们产生心灵的共鸣。

他致力于挖掘科尔沁草原丰富的民间音乐并从中吸取精华，努力

图力古尔

使自己的作品生长在民间的沃土之中。绿野、蓝天、鲜花，清澈的湖水，蒙古包上升起的炊烟，草原上的万籁之声，熏陶了他的心灵，激活了他的创作灵感，不断丰富升华着他作品的内涵。

"乌力格尔"（蒙古语说书）是一种由单人演唱的表演形式，表现力有限，不适应今天丰富多彩的社会生活。图力古尔就在原来的基础上，加上了领唱、合唱、伴唱和领说、合说，在乐器上，除去原有的大四胡，又加上了小四胡、手风琴和长笛，大大增强了"乌力格尔"的表现力。正如著名蒙古族音乐理论家、研究员扎木苏所说："图力古尔的音乐语言和风格的形成与科尔沁民歌的强烈影响是分不开的，他汲取民间音乐的营养，已绝不是简单地从民歌中挖掘一些有用的素材或者选用几支现成的曲调，而是从审美意识、情感的表达规律上，深刻地把握民间音乐的精髓，具有很强的感染力。"

可以说，图力古尔一直在用将富有诗意的文字谱曲的方式，把旋律变成一个个情景交融的诗的意境。他创作的歌曲《萨日朗花开红艳艳》《蓝天的诗》，舞曲《彩虹》等，色彩明丽，意境优美，旋律舒展，仿佛一股股雨后清新的花香、

草香随着跃动的音符飘到我们的心灵深处。

他谱的鄂温克舞曲《彩虹》，在中华人民共和国成立30周年献礼文艺演出中荣获文化部颁发的音乐创作一等奖，从20世纪70年代到如今一直久演不衰，至今仍是北京舞蹈学院出国演出的保留节目，也是清华大学每年新年伊始的庆典演出节目，国内外50家文艺团体曾派专人到内蒙古学习排演这个节目。

图力古尔的创作激情特别饱满，他常常夜以继日地创作，透支着自己的健康。他总是在用心血和生命去写歌谱曲，他捧给草原人民的不只是一首首动听的歌曲，更是一颗对草原、对祖国、对人民挚爱的赤子之心。出精品、求创新，大胆探索，追求完美的调式和色彩，是图力古尔音乐创作的又一个成功秘诀。他创作的上千首音乐作品中，《富饶美丽的内蒙古》《牧民歌唱共产党》《金色的边疆我的家乡》《母爱》《弹起我心爱的好必斯》《内蒙古好地方》《百灵啊，草原的歌手》等歌曲都被认为是20世纪内蒙古地区经典文艺作品。

图力古尔带领内蒙古自治区直属乌兰牧骑先后出访过日本、蒙古和布隆迪、坦桑尼亚、巴基斯坦，尼泊尔等国家，为那里的人民送去了中国人民的问候，送去了魅力四射的中华文化精品，受到各国人民的欢迎和喜爱。在国内，他率队演出的足迹遍布大江南北，多次受到党和国家领导人的亲切接见。

内蒙古自治区直属乌兰牧骑为图力古尔提供了施展才华的舞台，而他作为直属乌兰牧骑老演员和主要领导，带领和培养了一批优秀人才，为内蒙古自治区直属乌兰牧骑的发展壮大作出了不可磨灭的贡献。

图力古尔是个杰出的音乐天才。他能凭着自己特有的音乐灵感，根据演唱者不同的嗓音特点和不同的音域，创作出适合他们演唱的歌曲。拉苏荣、牧兰、金花、德德玛、哈斯、杭红梅等著名歌唱家，无一例外都喜欢演唱他创作的歌曲。

美好的音乐是人类共同的财富，无论身在何地，无论什么肤色，美妙的旋律都会引起共鸣，让人感动，让人热血沸腾，让人激情四溢。旋律是音乐的核心，是音乐的灵魂，旋律动人音乐才会动人。图力古尔的过人之处是他具备非凡的捕捉"旋律火花"的能力。他的音乐旋律集优美、淳美、壮美于一体，在妙不可言的流淌的诗意中体现出其音乐创作的完整美学内涵。图力古尔一生中参加了3000

多场国内外演出，他创作的起点很高，他的音乐具有英雄性、史诗性、哲理性，许多作品以优美动听的旋律享誉国内外。

图力古尔一生孜孜以求的是传承和发扬乌兰牧骑光荣传统，他用生命的全部在完成这项有意义的事业，他用他的诸多优秀作品诠释了"民族的就是世界的"这句话。图力古尔曾担任内蒙古自治区直属乌兰牧骑队长，是中国音乐家协会会员、国家一级演员、作曲家、演奏家。但这些头衔他都不看重，他最看重的是，他把生命和才华融进乌兰牧骑事业。他是草原的歌者，是草原人民的儿子。正是这种赤子情怀，让他全身心投入创作，屡屡奉献精品，成就了自己辉煌的艺术人生。

第四节　月光之舞

静静的夜空下，皎洁的月光流淌在草地上，穿梭于白桦林中，滚过山坡、丘陵、毡包、羊群，然后滑进牧民们的心里、梦里。这月光，似乎在诉说草原发生的新变化、牧民们的新生活。

对于牧民来说，还有一束"美丽的月光"，就是萨仁高娃——巴林右旗乌兰牧骑舞蹈演员、编导、副队长。她如月光一样的舞蹈，多年来随着巴林草原的岁月变迁而日臻完善，她的舞姿已深深地融入草原的诗情画意中，深受当地农牧民喜爱，使他们的生活更加充实、欢乐。

自1985年3月以来，乌兰牧骑的排练厅记录下了萨仁高娃参加工作37年的成长历程。2006年开始，她深入基层，同牧民同吃、同住、探讨、学习，并先后创作了舞蹈《西拉木伦河畔的姑娘》《巴林蒙古女性》《达拉拉嘎》《心中的圣光》《巴林德布斯乐》，情景歌舞《永远的乌兰牧骑》《党旗下乌兰牧骑》以及歌舞晚会《永远的乌兰牧骑》《乌兰牧骑之声》《生生巴林》等。萨仁高娃坚持以宣传党和国家的政策为方向，创作突出地方特点、体现时代精神的文艺作品。她创作的舞蹈作品曾多次参加赤峰市、内蒙古自治区及全国专业团体文艺会演、调演、比赛和各项重大演出活动并获奖，其中舞蹈《巴林蒙古女性》《巴林德布斯乐》曾分别两次荣获中国舞蹈界最高奖"荷花奖"。

虽然刚进乌兰牧骑时萨仁高娃还是一个正值花季的小姑娘，但她训练起来却没有丝毫的娇气，无论寒冬腊月，还是酷热的暑季，她都坚持练功，还积极主动地向老队员求教，虚心学习。队里的领导十分欣赏这个肯吃苦、有勇气的小姑娘，多次派她到外地学习深造。她先后师从中央民族歌舞团副团长邓林教授、北京舞蹈学院吴明奇教授及内蒙古歌舞团副团长、国家一级编导查干朝鲁，内蒙古艺术学院副院长李利等一大批区内外知名的舞蹈艺术家，受益匪浅，专业水平提高到一个新的层次。又由于她融会贯通、积极创新，进步很快，这为她以后的艺术之旅铺平了道路。

起初，萨仁高娃一边学习一边演出，利用演出机会，领略浓浓的草原风光、民族风情，体味真实的牧民生产生活，并把这些融入舞蹈和创作中，由此她的舞蹈更加贴近生活、贴近群众。时间不长，牧民们就知道了这个舞姿飘逸的舞蹈演员，她参加演出的《金马驹》《蒙古人》等节目深受广大农牧民的喜爱。萨仁高娃成了舞蹈队一名不可缺少的主力。

萨仁高娃积极参加乌兰牧骑的文化下乡活动，心中牢记为牧民群众服务是自己的职责。为了排练出牧民们喜爱的节目，她每天天不亮就爬起来练功，常常一练就是几个小时。她细心揣摩农牧民的生产生活细节，挖掘艺术内涵，创作出具有独特风格和魅力的节目，给"草原轻骑"注入一缕新的艺术气息。在下乡演出中，她从不挑剔生活环境，也从不在乎路途遥远。她说："越是偏远地区的群众越需要我们，他们接触艺术的机会太少了，所以每次我都尽心尽力地表演，不敢有丝毫懈怠和应付。"

夏天，队员们挤在临时搭建的棚子里休息，饱受蚊虫叮咬，吃得也很随便，可这些丝毫不影响萨仁高娃演出的热情，她把这些当作锻炼和学习的机会。看到

萨仁高娃

牧民们欣赏节目时像过节一样高兴，看到他们眼中那感激和渴盼的神情，萨仁高娃在心里暗暗较劲，一定要创造出更多更好的节目，让生活条件逐渐变好的农牧民能够同时享受丰富的精神生活。在与农牧民长期交往过程中，萨仁高娃和她的队友们与群众建立起亲密的关系，她的思想品德也在不断得到升华，可以说，她不愧为一名优秀的草原轻骑兵。

丰富的生活阅历给了萨仁高娃更多的创作热情，她深入牧区编导的民族舞蹈《西拉木伦河畔的姑娘》《在那达慕大会上》等在草原上广受欢迎，其中《西拉木伦河畔的姑娘》获2001年全区第八届舞蹈比赛三等奖。她编导的《腾飞》获得内蒙古自治区"五个一工程"奖和赤峰市庆祝新中国成立50周年文艺展演优秀组织奖。由她独自创作的舞蹈《草原颂》《小民》《走进西藏》在2000年巴林右旗两会期间演出受到人大代表和政协委员们的高度评价。

随着改革开放的不断深入，民族文化越来越受到有关部门、国内外专家学者的重视，作为草原轻骑兵的乌兰牧骑迎来了发展和壮大的机遇，草原轻骑走出牧区，走进城市，走出国门。巴林右旗乌兰牧骑由于保持着鲜明的地区风格和具有较强的表演实力而得到上级部门的重视，作为其中的重要一员，萨仁高娃的艺术之旅也踏上了闪光的大道。这时，她已经成为一名才华横溢、表演自如、自信、成熟的舞蹈演员。从1986年起，萨仁高娃便带队赴外地演出，这些年，她的足迹遍布大江南北、黄河两岸，曾在辽宁、山东、海南、北京、云南、大连、徐州、西安等地区参加演出。随着演出的不断增多，对外活动的不断增加，萨仁高娃的表演水平日渐完善。她用多年的努力为自己赢得了身后一串串耀眼的荣誉。1997年8月，萨仁高娃参加了全国乌兰牧骑先进团队表彰大会上的演出，在民族文化宫汇报演出时担任主角，她的表演受到众多专家的高度赞扬，她还得到全国人大常委会副委员长铁木尔·达瓦买提的亲切接见。1999年8月，巴林右旗乌兰牧骑代表自治区参加了昆明世界园艺博览会，受到云南人民的好评，得到自治区政府的表彰。1997年，参加了内蒙古自治区成立50周年暨全区乌兰牧骑成立40周年庆祝活动。近几年来，巴林右旗乌兰牧骑参与了区内外很多重大活动，让富有民族特色的舞蹈文化被越来越多的人认识、认可。萨仁高娃和她的队友们向人们展现艺术才能的同时，也广泛宣传了巴林草原。由萨仁高娃担任主角或编导的《欢乐》《牧人的奇遇》《南飞的大雁》《搏克舞》等节目受到各族群众的好评，吸引了国内外游客的关注。

为提高队员各方面的能力，2001年开始，萨仁高娃带领队员们去各地观看比赛，学习他人的优秀作品。"之前我们乌兰牧骑只跳自己的舞，其他舞蹈都不跳，这样是不行的。1996年培训回来后，我就让队员们试着学习顶碗舞、筷子舞等。"如何利用别人的东西创作自己的作品？萨仁高娃决定编创一台独具特色的顶碗舞。2005年，她把蒙古族古代宫廷宴舞的服装造型与顶碗的舞蹈技巧相结合，编创出舞蹈《巴林蒙古女性》，用快慢结合的动作，表现蒙古族妇女端庄娴静、柔中带刚的气质。同年，在贵阳花溪举办的第五届中国舞蹈"荷花奖"民族民间舞大赛上，《巴林蒙古女性》一举夺得民族民间舞铜奖；在2015年四川凉山举办的第十届中国舞蹈"荷花奖"大赛中，《巴林·德布斯乐》荣获民族民间舞十佳作品。

萨仁高娃被内蒙古党委宣传部、文化厅命名为全区优秀乌兰牧骑队长，并于2020年获得首届民间舞大赛评委会特别奖

"生活是艺术创作的唯一源泉，有时候从一首歌、一个故事中也能找到一部舞蹈的题材。"萨仁高娃说。32年的时间里，从最初的群舞演员到现在的国家二级编导，她创作出的一部部具有独特风格的作品，多次获得国家、自治区、市级的荣誉。《心中的圣光》获得自治区"五个一工程"奖，《永远的乌兰牧骑》荣获"萨日纳"舞蹈奖，《绿野情缘》荣获第七届内蒙古自治区乌兰牧骑艺术节表演金奖。

正是因为有了像萨仁高娃一样爱岗敬业、能力突出的演员，近年来巴林右旗乌兰牧骑获得空前的、超乎想象的荣誉，先后荣获全区"十佳乌兰牧骑""全国乌兰牧骑先进团体"等称号。作为编导、教练、队长和一名出色的演员，萨仁高娃为取得这些荣誉付出了心血和汗水，但同时，这些荣誉也照亮了她的艺术之路，照亮了她的无悔人生。

第五节　难忘的幸福时刻

达日玛于1959年3月进入鄂托克旗乌兰牧骑工作，并在工作中成长锻炼，成为一名一专多能的乌兰牧骑队员。

达日玛

达日玛曾荣获"著名马头琴演奏家"称号，被评为国家一级演员；获得内蒙古自治区党委和政府颁发的金奖以及乌兰牧骑成立60周年特别贡献奖；参加蒙古国举行的首届国际马头琴艺术节，并获得"马头琴事业突出贡献奖"。

对于达日玛而言，加入乌兰牧骑全国巡回演出队是他一生中最幸运的事。

1965年3月，全区的乌兰牧骑会聚在呼和浩特，组建了三支巡回演出队和一个乌兰牧骑电影拍摄队。达日玛被分到二队，任马头琴演奏员，再过一个多月就要奔赴全国各地演出了，时间紧迫、任务繁重。

那段时间，每天晚上还要坐在树下的石凳子上练习三个多小时。就这样练了半个月，完成了排练任务。达日玛知道这是党和人民对乌兰牧骑的重托，所以一定要努力完成任务。

1965年5月30日，队员们从呼和浩特市出发，坐火车向北京进发。北京是祖国的首都，是党中央所在的地方。达日玛是头一次去北京，所以一路上都很兴奋。第二天，达日玛早早便起床，洗漱完后整理了衣裳。随后，达日玛打听好去天安门广场怎么走，跟队长请了假，一路小跑着来到了天安门广场。

到北京的第三天，二队去中南海汇报演出。因为是第一次参加这么重要的演出，达日玛紧张极了，手抖着演奏了马头琴独奏曲《蝶恋花》。当晚，热喜老师把达日玛叫去说："现在看来你的马头琴演奏水平还不行，你必须挤出时间好好练。"显然，一个人再有天赋，不勤加练习也很难提高演奏水平。练马头琴必须付出艰辛的努力，必须不怕累、不怕困难，下很大的功夫，同时还要结合拉小提琴的技巧不断钻研，这样才能达到迅速提高的目的。队员们住的是宾馆，卫生间又宽敞又干净，关了门什么嘈杂的声音也听不见，达日玛就在卫生间里练琴，一练就是四五个小时。他暗下决心，一定要提高自己的马头琴演奏水平。

同年6月，队员们又去湖南省长沙市演出。初夏的长沙，天气像进了蒸笼里一样炎热，夜间更是热得人无法在床上入睡，大家就在地毯上铺块大一点儿的毛巾，把蚊帐当作蒙古包，钻进去睡觉。至于演出，更不容易，身上穿的蒙古袍一场下来全湿透了，汗水流进靴子里，演出结束后，就得脱下靴子，把靴子里的汗水倒掉。尽管如此，乌兰牧骑的每一位演出人员都毫无怨言，始终精神焕发地奋斗在第一线上。

6月10日，二队来到毛主席的故乡韶山进行演出。来这儿之前，他们就已经准备好了新节目。拉西敖斯尔表演了好来宝《韶山颂》，大家既高兴又兴奋，切实地感受到祖国真伟大，人民真幸福！演出结束后，队员们一起游览了毛主席的故乡韶山，参观了毛主席纪念馆，心里牢记毛主席的殷切嘱托。达日玛摘了两片树叶夹在笔记本里留作纪念。

10月8日，队员们到达北京，住进东四旅馆。那天接到通知，过两天毛主席

乌兰牧骑表演集体舞

会接见乌兰牧骑。听到这个消息后，大家赶紧去理发，把演出服装洗干净并熨烫好。

等到10月10日早晨8点，队员们怀着无比激动的心情前往人民大会堂。乌兰牧骑二队和参加国庆活动的各省代表团一起站好，在各自的位置上等待着毛主席和其他领导的到来。1965年10月10日中午12点，达日玛日日夜夜梦寐以求的幸福时刻到来了。大红幕布缓缓拉开，毛主席和其他中央领导20多人迈着稳健的步伐走了进来。

那次被毛主席和其他中央领导接见，是让达日玛终生难忘的时刻，每当想起总是心潮澎湃、激动不已，他深深知道这是对"文艺轻骑兵"——乌兰牧骑的鼓励和鞭策。也就是从那个时候起，达日玛下定决心，决不辜负国家的殷切期望，牢记乌兰牧骑为人民服务的宗旨，努力做好本职工作，用优异的成绩回报党和人民。

第六节　贾氏三姐妹

贾氏三姐妹出生于兴和县五一乡的最北部大贾家村，而这个不起眼的小村子里，却孕育出三朵艺术之花。

老大贾桂英自从加入乌兰牧骑以后，便开始了艰苦的训练。在老师们的指导下，她刻苦地练身段、练唱腔，一有空就请教老师学简谱。她勤学苦练，不到一年就能上台演出了。她扮演过许多不同的角色，她与老三贾桂林同台合演了现代小戏《好亲家》《打碗计》。她在《打碗计》中扮演了一个70多岁的农村老太太，老三扮演亲家母，她们用真情实感为观众演出，台下的观众也跟着剧情而伤心落泪。贾桂英的戏路宽、角色多，有时一台戏中就有她演的三个不同的角色。开场她演一个花枝招展的大姑娘，下一个节目又演一个白发苍苍的老大娘，换装时间不能超过5分钟。

那几年乌兰牧骑常年下乡演出，不管春夏秋冬、酷暑严寒，每场戏都离不开她和老三"万人迷"搭档，每到一处演出都受到观众的喜爱和好评。

单位举办文艺骨干培训班，她当上了老师，教学生们二人台唱腔和演戏技巧，有时由于劳累过度，把嗓子都喊哑了。1988年，参加全盟文艺会演，领导决定让她和李俊德、黄林演现代小戏《玉米熟了》，让她扮演一个从小失去父母的失学姑娘"秀女"。那年，她已经29岁，演小姑娘感到很吃力，想让别人演，但是领导对她下了命令："你必须演，而且要演好！"领导的一番话给了贾桂英压力，也给了她信心。就这样她暗下决心，在导演的指导下和李俊德、黄林的帮助配合下参加会演，他们荣获表演一等奖和团体一等奖。其作品《玉米熟了》被评为"五个一工程"优秀剧目。内蒙古电视台还为本剧录制光盘，作为学生们上表演课的学习资料。

贾桂林，排行老三，小时候就酷爱文艺。一听说哪村唱戏，不管有多远，她总是缠着父亲领她去看。她记性好，每次看完戏后，就学着给家里人表演。她活泼天真，村里和家里的人都非常喜欢她。

1990年，贾桂林出落成一个亭亭玉立的大姑娘，她不想在校读书，于是就跟着业余剧团学唱二人台。这一年秋天，她梦寐以求的机会到了，县乌兰牧骑要举办文艺骨干培训班，选拔优秀苗子，她当时就被选拔的老师看上了。她演的小戏，都能够出色地完成，培训班结束后，她就被乌兰牧骑正式录用。

一年后，由于贾桂林接受能力强、进步快，单位领导给她分配了很多不同的角色，如古装戏里的小生、小旦、花旦。她演小生英俊、潇洒，演小旦俊美迷人。化好装往舞台上一站，苗条的身材、圆圆的脸庞和一双迷人的眼睛，难怪观众给她起艺名"万人迷"。

贾桂仙，排行老四，生于1983年。也许是受到姐姐们的感染，老四上完初中，说什么也不去念书了，非要考乌兰牧骑不可，没办法，老大桂英给她报了名。结果她通过考试被顺利录取，经过培训，贾桂仙进步很快，刚入门就演得像模像样，知道的人都说："贾家三姐妹天生就是当演员的料。"那年，老四贾桂仙才13岁，跟着乌兰牧骑下乡从不掉队，全团数她岁数小，但不管春夏秋冬，不管风霜雨雪，她都坚守工作岗位，勤学苦练。每场演出，老师们在前台演戏，她就在后台偷着学戏。冬天，小手冻得红红的，伸也伸不直，她还是坚持看戏、学戏，让她进屋暖和暖和，她都不肯去。老大生气地说："叫你念书你不念，非要受这样的罪！"她却说："我愿意。"

桂仙是个聪明、活泼的孩子。经过一年多的练功，个子也长高了，戏也学了不少，而且演得很好。她演过古装戏里的花旦、小生，也演过反派人贩子、店小二，她的演出深受观众喜爱。

贾桂仙团演出两年，在大姐桂英的照顾下渐渐长大，工作能力也很出色，

乌兰牧骑下乡演出

她的演技人人称赞，尤其演到最精彩时，她和观众常常会互动起来，让观众陶醉在她的角色里。下乡演出时，热心的农牧民最喜欢她的表演，常常请她到家里做客，做上一桌丰盛的饭菜，热情地对她说："姑娘吃好，再把你那拿手戏演给我们。"她却调皮地说："那可坏事儿了，我的好戏永远也演不完，可你们的好吃的都让我吃完了。"临走时老乡们还不忘给她拿上一些农家特产。团里的人常叫她"有福人"。

1999年底，老大贾桂英结了婚，离开了乌兰牧骑，桂仙便在单位挑着重担，担任主演7年。在一次演出中她意外地遇到内蒙古自治区武警总队宣传部部长，部长看到佳仙条件不错，表演有潜力，于是把武警总队文工团招生的事告诉了她。她高兴地自言自语："我很小就想当一名英姿飒爽的军人，更想当文工团演

乌兰牧骑为牧民表演节目

员，穿着军装站在舞台上表演节目，那多神气呀！"尽管她一时沉浸在兴奋之中，可又担心考不上怎么办。后来在考试的时候她表演了一段二人台《方四姐》里的王桂花，又唱了几首歌。最终，贾桂仙顺利地通过初试。当时考生有100多人，就选上她一个，后来又在北京顺利通过复试，她终于成为内蒙古武警总队文工团团员。

在部队，由于她表现突出，第二年转成一级士官当上班长。内蒙古自治区60周年大庆，大姐贾桂英和她母亲专程到部队看她演出，发现她的演技又提高了，她的表演赢得了所有官兵的热烈掌声。贾桂仙终于成为文工团的主要演员，实现了她美好的理想。

2004年，"万人迷"贾桂林与大姐贾桂英在有关部门邀请下，回到了乌兰牧骑，还赶上全盟会演，她们同时担任了《抬花轿》《奶牛情》两个现代剧主要角色，在会演中分别获得表演一等奖和团体奖。

第七节　三彩弦雨

太阳，边陲，一把三弦琴……这是鄂托克旗乌兰牧骑演员单红星演奏的《三弦曲》中的一句词，一把三弦琴演绎精彩人生，三彩琴弦讴歌新时代。从艺30年，单红星扎根基层乌兰牧骑，服务广大农牧民群众，宣传党的政策方针，被农牧民亲切地称为"蒙古包里的敖敦（星星）"。

单红星自参加工作以来，每年下乡演出近百场，为广大农牧民送去党的关怀，丰富他们的文艺生活，同时也见证着农村牧区的变化，见证着人民的生活一天比一天好。

单红星刚参加工作时下乡演出的条件很不好，牧区没有长明电，交通工具也极其简陋，但乌兰牧骑队员还是克服所有困难，一个嘎查不落地去慰问演出。他们与牧民同吃、同住、同劳动，穿上演出服他们是乌兰牧骑演员，脱下演出服他们就是牧民。在下乡演出时单红星总是随身携带一个笔记本，上面密密麻麻地写着她在演出过程中的所见所闻和收获，也记录着与收集老民歌、民间三弦曲有关的信息。

单红星非常注重艺术知识的积累和转化，也一直坚持传承和发展三弦琴演奏事业。1999年7月至2002年7月，她在内蒙古师范大学深造；2015年3月至2017年1月在蒙古国国立文化艺术大学攻读艺术学硕士；2013年8月组织成立鄂托克旗三弦协会。

同时，她遍访内蒙古民间三弦演奏老艺术家，整理、恢复濒临失传的传统三

民间曲艺三弦独奏

弦曲目，也通过拜师学艺提高了自己的演奏技艺。近年来，单红星在国内外演出和大赛中连续斩获大奖，2011年4月20日，她被中国民族管弦乐学会三弦专业委员会聘为常务理事；2011年发行《三彩弦雨》三弦独奏专辑；2016年12月22日，以论文《杨乌日古木拉的三弦作品特征》参加蒙古国学术研讨会，得到与会研究者的一致好评，论文荣获二等奖并被收录到《蒙古国文化艺术研究》论文集中。2017年2月6日，单红星出版了自己的第一本书《师承》。

在提高自身水平的同时，单红星不忘培养新一代三弦演奏专业演员。她不断发掘和培养有天赋的三弦演奏爱好者，特别是成立三弦协会后，更是将培养新人作为重点工作来抓，通过举办培训班、招收学徒等方式进行技艺教学和艺术传承。通过她的努力，近年来鄂尔多斯市范围内学习三弦演奏的人越来越多，也为全区三弦艺术传承和发展营造了良好氛围。

第八节　乌兰牧骑往事

1974年8月，17岁的何明洲作为沈阳知青赴昭乌达盟，下乡落户到阿鲁科尔沁旗；1975年1月，在参加完知青文艺骨干培训班后，考入阿鲁科尔沁旗乌兰牧骑工作，此后随队走遍了旗域1.5万平方千米的农村牧区。乌兰牧骑的经历是何明洲一生的骄傲，也是何明洲在磨炼中成长和在摔打中成熟的难忘时光。

何明洲每年深入农村牧区大小演出百余场，通过自编自演丰富多彩的文艺节目，向广大农牧民宣传党的路线方针政策和国家的建设成果，弘扬中华民族优秀传统文化，歌颂先进人物的感人事迹，同时通过图书发行、文化辅导等形式普及科学文化知识，成为草原上的"文化播种机"。当年队员们携带的用于演出照明的柴油发电机，使许多居住在偏远地区的农牧民第一次看见了灯光。记得在1977年，为了宣传党中央的各项举措，他们从3月开始下乡巡演至10月底，直到被百年不遇的雪灾困在距旗政府150千米的一个小牧村才停下脚步。

乌兰牧骑里有"八大员"，指的是队员们除了演出都兼有服务岗位，每到一地都会为农牧民提供一些力所能及的服务，例如给患病群众送药，辅导学生学习等，队员中还有理发师和电工。何明洲买了一台"牡丹"牌双镜头照相机，于是就成了摄影员。为节省胶卷，何明洲自己钻研，居然可以用"120"规格胶卷拍出相当于"135"规格胶卷的底片。

1975年6月的一天，拉着行李、道具和队员的马车在一处下坡路段拐弯时突然倾覆，里侧的队员眼急腿快跳上了斜坡，外侧的队员则直接被甩到了坡上，所幸队员无一人伤亡。此后何明洲便手持指南针，照着自绘的线路地图带着队员们徒步，直到队里配置了大卡车才结束了步行之旅。

何明洲（左）

1977年1月，何明洲和队长王铁命在北部的白音宝力格乡阿拉坦温都村开展文艺培训。何明洲不仅做辅导，还给村民理发、送书、拍家庭合影照，受到群众的热烈欢迎。半个月的交往使彼此建立起友谊，当得知何明洲考上大学即将启程的消息，村民特意托人给何明洲捎来了两块羊胸脯肉。何明洲插队所在村的小学校长白凤阁，执意让何明洲给他尚未成年的儿子起了名字。

当年在阿鲁科尔沁旗北部驻守着一个团的边防部队，每逢"八一"建军节和春节，乌兰牧骑都要前往驻地进行慰问演出。夏季夜间露天演出，舞台上明亮的灯光招来了铺天盖地的蚊虫，然而无论怎么遭受叮咬，队员们也没有改变动作，依然以最好的姿态进行表演。斯琴在引吭高歌时，一只蛾子突然飞进了她的嘴里，情急之下她把蛾子咽进肚里，从而保证了演唱效果；丛艳下楼梯不慎摔倒，却忍着疼痛上台；台面湿滑使张金跌倒在台上，他不顾疼痛，即刻站起来继续舞蹈……冬天的条件更差，无论是在团部还是在连队，礼堂和食堂里都没有暖气，指战员们穿着棉衣、棉裤、棉鞋，戴着棉帽子看演出，队员们却身穿单衣裤进行表演。年轻的蒙古族战士新呐格对何明洲说："看着你们在台上表演，都起了一身的鸡皮疙瘩。然而你们却没有人感冒，看来体格都挺好的。"

1975年初秋的一天下午，紧挨着单位的旧剧场里冒出了浓烟，队员们立刻拎起水桶和演出道具打满水奔向火场。冲在前面的男队员不断把水泼向起火点，然而在几分钟后他们就出现了咳嗽、头晕的症状，有的甚至昏倒了。此刻及时赶到的消防战士迅速扑灭了火灾。当大家把何明洲和其他昏迷者送往旗医院进行急救时才知道，现场燃爆的是用来扑杀草原黄鼠的有毒爆竹。由于乌兰牧骑队员的前期灭火，才避免了一场更大的事故。

1978年2月底，盟里举办全旗乌兰牧骑会演。大约晚上9点多，毗邻盟第三招待所的物资仓库失火。住在所里的200多名乌兰牧骑队员紧急出动，在现场排起长队端盆递桶，源源不断地把水浇向着火点。经过两个多小时奋战，火势得到控制，总指挥要求志愿人员撤离现场，大家才返回住所。乌兰牧骑队员奋不顾身扑向火海的壮举没有被大肆宣传，甚至多年后每当有人提起此事时，当事人还需要回想一下，但是他们的可贵精神却不可磨灭。

第九节　编剧张尚国

张尚国在毕业后被分配到三瑞里学校任教，本以为此后都会在这里担任老师，可就在1971年的一个下午，县里有人驾驶摩托车来到三瑞里学校，专门接张尚国赴县乌兰牧骑搞创作。

面对这突然而至的消息，张尚国并没有多想，而是服从安排来到了乌兰牧骑。被抽调到乌兰牧骑后，张尚国便开始寻找自己的强项，学习编剧。他编排的二人台小戏《卖猪》被乌兰察布盟的一份文艺刊物选登，他也以此剧参加了内蒙古文化局主办的全区创作学习班，历时50天。全盟只有他和赵玉衡两个人参加，真是机会难得。张尚国在学习班上初识剧本创作的法则，从此走上业余编剧的道路。

1976年，张尚国响应兴和县委干部充实基层号召，调到二台子公社任党委秘书一年多，1977年又响应县里教师归队的决定，调回县文教局任文化干事。

担任文化干事期间，他为乌兰牧骑做了两件事。一是创作了二人台剧本《分粮》，由赵德厚作曲、导演，赵天昌、王发、崔玉芬表演，在乌盟乌兰牧骑会演中获得了演出奖、编剧奖、作曲奖、导演奖和表演奖。后来，这个剧由凉城乌兰牧骑排演，由武利平、孙润元等人表演，代表乌兰察布盟参加内蒙古乌兰牧骑会演，一炮打响，获得演出奖、编剧奖、导演奖和表演奖。后来这个剧本获得乌兰察布盟优秀剧目流传奖和自治区成立30周年优秀作品奖，还被凉城县乌兰牧骑改编成系列剧《常来喜》参加内蒙古会演，获得演出奖、创作奖和演员奖。

二是考核新队员，充实乌兰牧骑队伍。曾有一段时间，乌兰牧骑人员大幅流动，调走一多半，导致无法排演剧目，于是县委和文教局决定招收一批新队员。当时有几种意见，有的主张把全县最好的业余剧团里的演员一次性派到乌兰牧骑，有的主张从外地聘请演员，张尚国则提出从基层招考，并分三步筛选，这个主意得到有关领导肯定。先由张尚国、李振翰带一台砖头式录音机，沿公社进行初选，并把入选者的录音拿回来集体研究，筛选出150多人，在县城举办文艺骨干培训班。每个演员都要试演传统二人台剧目中的一个角色，这是考核特长的；还要试演歌剧《小二黑结婚》中的一个角色，这是考核接受能力的。考核演出时，请乌兰察布盟文化局派专家前来，专家最后建议选定5名骨干演员。1980年经县委、县委宣传部、县文教局几次集体研究决定，选拔王凤云、宋敏凤、李俊德、赵爱芬、刘建梅、王凤英、康建华、刘悦华、池万寿、李林梅、黄林、杨亮、朱占宏为乌兰牧骑队员。事实证明，这次选拔演员的方法是成功的。这是张

乌兰牧骑在敦煌大剧院演出

尚国为乌兰牧骑办的第二件实事。

1980年，张尚国调任兴和县政府办公室秘书，工作4年。1984年机构改革，张尚国又调任文化局副局长，再次接手乌兰牧骑工作。这个时期，乌兰牧骑兵强马壮、面貌一新，并开始有意识地继承发展东路二人台。

编、导、演三者只缺编剧，张尚国就填补了这个空白。1984年，他创作了东路二人台《新路》，由赵德厚作曲、导演，王发、王凤云、宋敏凤表演，获得内蒙古巡回观摩会演纪念奖。1986年创作大型东路二人台剧本《春到磨盘山》（原名《乡间炉火》），由赵德厚作曲、导演，王发、李俊德等8名演员表演，参加乌盟乌兰牧骑会演，分别获得演出奖、编剧奖、作曲奖、导演奖和6位演员的个人表演奖。1989年兴和县乌兰牧骑又代表乌盟，以《春到磨盘山》参加内蒙古改

革开放题材文艺会演，和自治区许多专业剧团同台竞技，又获得演出奖、编剧奖、作曲奖、导演奖和4位演员的个人表演奖。

在全乌盟的戏剧创作者中，张尚国是获奖最多的一个。他编排的剧目不但能够获奖，而且下乡演出颇受观众欢迎。仅《分粮》这一剧目，凉城乌兰牧骑就演了500多场。《春到磨盘山》在兴和县乌兰牧骑下乡演出期间，是票房价值较高的剧目之一。张尚国在兴和县任职期间，积极倡导文学创作，主办《青山文艺》，培养了不少青年作者。他自己也在当时的报刊上发表诗歌20多篇；在《敕勒川》文学季刊发表中篇小说《星星泪》《红土地》等；在《草原》杂志发表短篇小说《总管》等。

1987年，张尚国调到内蒙古电视台电视剧部，后担任电视剧部副主任，除了处理日常行政事务，还撰写、编辑《风雪巴林道》《老干部局长》《萧太后》《走西口》等十多部电视剧作，被评为国家二级编剧。

因为对文学创作的热爱，退休之后，张尚国仍在写作电视剧本和长篇小说。

第十节　草原牧笛

那顺吉日嘎拉，1963年出生，从小跟着父母学唱鄂尔多斯民歌和演奏笛子、三弦、扬琴等民间乐器，不到20岁就成了远近闻名的民乐演奏者。

1983年，那顺吉日嘎拉以优异的成绩考入鄂托克旗乌兰牧骑，当上了竹笛演奏员。参加工作后，那顺吉日嘎拉虚心请教老艺人和音乐界前辈，努力提高自身素质和业务能力，跟随鄂托克旗乌兰牧骑长期扎根牧区，为农牧民送去党的温暖和关怀，人们都亲切地称那顺吉日嘎拉为"大胡子笛子那顺"。

鄂尔多斯素以歌舞之乡著称，有着丰富的民间文化遗产，那顺吉日嘎拉十分

那顺吉日嘎拉

重视对传统民间艺术的收集、整理和归纳、借鉴，他不断深入基层，从民间汲取养分，坚持以人民为中心的创作原则，创作出许多被群众喜爱的作品，其中笛子独奏曲《乌仁都西畅想》《傲特尔青年》《草原欢歌》《草原牧笛》《欢乐的牧村》等作品，多次在全市、全区乃至全国的文艺会演中获奖。

人生无悔路，漫漫征途情。那顺吉日嘎拉发扬乌兰牧骑传统，也常常教育下一代："在新的形势下，你们一定要转变思想观念，刻苦钻研专业知识，好好为农牧民服务，一心为民，一心为艺术，创作农牧民喜欢看的节目，老百姓高兴了，咱们的工作就做到位了。"

在那顺吉日嘎拉的影响下，全家人都从事了文艺工作，延续乌兰牧骑的优良传统。妻子额尔登花跟随那顺吉日嘎拉进入乌兰牧骑工作，现在是鄂尔多斯草原上有名的声乐演员，从上海戏剧学院毕业的女儿娜来尔汗也考入鄂托克旗乌兰牧骑，成为新一代乌兰牧骑队员。一家人，一心向艺术，一心向老百姓。

2017年12月4日，在全区乌兰牧骑工作会议暨乌兰牧骑建立60周年表彰大会上，那顺吉日嘎拉被授予"从事乌兰牧骑工作30年以上优秀队员"荣誉称号。获奖后那顺吉日嘎拉对记者说："我的生命是这块土地给的，我的艺术养分是从这块土地上汲取的，我深爱这块土地和生活在这块土地上的人民，是他们的笑声和掌声给我创作的动力和激情，他们是我的艺术生命之根。"

台上绽放的是不断完善的艺术之美，幕后谱写的是矢志不渝的青春无悔。那顺吉日嘎拉愿永远做草原上的"红色文艺轻骑兵"，扎实创作，扎根基层，全心全意为人民服务。

第十一节　从这里起步扬帆

在上学时，马文波就对评剧产生了浓厚的兴趣，那时村里来了戏班，他是每场必到。特别是乌兰牧骑的演出更深深吸引了马文波，演员在台上演，他在台下学。也许正是因为这样特别的缘分，1983年1月，马文波考入敖汉旗乌兰牧骑。

1991年，马文波被任命为敖汉旗乌兰牧骑副队长，工作上他更加努力，除了认真配合队长做好乌兰牧骑管理工作，还不断提高业务水平。马文波的工作得到上级的认可，1995年被任命为乌兰牧骑队长兼党支部书记，他的责任更重了。队里实行全面改革，调整班子、整顿队伍、振奋精神，他带头从内部做起，开源节流，率先垂范。出门办事、来客招待力求俭朴，办公条件能简则简，演出费用能省则省，演出设备能借则借，杜绝一切铺张浪费。

乌兰牧骑月文艺演出

1997年5月，敖汉旗乌兰牧骑的儿童评剧《少年英雄赖宁》，受到中宣部、文化部的表彰奖励，荣获文化部"优秀儿童剧演出超百场"嘉奖，队员们在北京人民大会堂受到党和国家领导人的亲切接见。同年，乌兰牧骑被评为全国"送文化下乡先进集体"，受到中宣部、文化部等国家十部委的表彰。1998年，马文波被评为内蒙古自治区文化科技卫生"三下乡"先进个人。

2004年，马文波被破格任命为敖汉旗文化广播电影电视局副局长，同时兼任敖汉旗乌兰牧骑队长。为展现敖汉旗生态建设成果和庆祝获得"全球环境500佳"，敖汉旗乌兰牧骑于9月创编排演大型现代草原评剧《大漠绿海》，并参加第四届中国评剧艺术节，获优秀演出奖；11月参加内蒙古自治区专业艺术表演团体优秀剧目调演获银奖；于2006年又获第九届内蒙古自治区"五个一工程"奖；2007年获中国林业部"文华森林大奖"，并受到内蒙古文化厅的通报表彰，同年敖汉旗乌兰牧骑被评为全区一类乌兰牧骑。

排演《大漠绿海》期间，敖汉旗乌兰牧骑队员凝神聚力，全队上下不畏艰辛劳累，很多演员带病坚持排练，有的演员亲人病重都没时间回去看一眼。为了节省资金，演职人员自己做道具、做服装、做布景。露天做道具的同志后背被晒脱了皮，脸也晒黑了，可他们没有一句怨言。做服装的女同志们白天排练，晚上缝服装、缝布景，每晚工作到十一二点。没有队员们吃苦耐劳的精神，这部戏很难取得成功，这让马文波认识到，一支队伍不能没有精神支撑，乌兰牧骑优秀传统必须坚持，一代代传承光大。

敖汉旗乌兰牧骑从1994年开始，每年为群众送戏下乡300余场，活跃在全旗农村牧区，丰富了群众的文化生活。有一年夏季，在去一个山村的途中，突然下起暴雨，湍急的山水顺流而下，挡住了乌兰牧骑的去路，队员们纷纷跳入水中，冒雨为汽车探路，搬石头垫路，就这样探一段，走一段。然而，最后一条大河还是挡住了小客车的去路，大家只好夜宿河边，其中有一个女演员还抱着5个月大的孩子。从下午4点一直等到第二天清晨6点水退了，乌兰牧骑才驱车到达演出地，大家来不及吃早饭，快速搭台，准时演出，演出质量没受丝毫影响。当演出结束后，几个小演员没卸装就睡着了。

还有一次在一个小山村演出，一场暴雨后山水下来，后台进了水，为了保护国家财产，30多名演员不等领导下令，一盆一盆，硬是把水淘干，有的演员被玻璃片扎破了脚，鲜血直流。队员们的精神深深打动了在场的群众。这样的事迹很多很多，一代代队员将乌兰牧骑优秀传统不断传承发扬。

为建设文化大区、文化大市，敖汉旗乌兰牧骑配合未成年人思想道德建设，先后演出话剧《托起明天的太阳》、儿童评剧《少年英雄赖宁》；为配合廉政法制教育排演移植剧目《山杠爷》和传统评剧《血溅乌纱》；为配合税法宣传，排演《税法之歌》等大型主题歌舞；为宣传敖汉旗获"全球环境500佳"的荣誉，排演民族歌舞《建设绿色家园》专场文艺晚会，并先后在赤峰、乌海、临河、包头、呼和浩特等地进行展演。为迎接全市两个文明建设经验交流会在敖汉旗召开，创编、排演专场大型歌舞晚会《腾飞的敖汉》；为纪念改革开放30周年，排演《永远的春天》歌舞晚会。上述活动均得到各级领导的肯定和广大观众的广泛认同。

　　为庆祝改革开放40周年，再现敖汉地区干部群众四十年如一日的生态建设历程，马文波筹划排演了生态建设评剧《大漠绿魂》。在排演过程中，全体演职人员发扬敢打敢拼的优良传统，在条件不完全具备的情况下，克服主演意外受伤、经费紧张、人员不足等诸多困难，如期完成排练任务，于2018年6月25日推出首演，得到各级领导和观众的好评。不少观众在剧场流下了感动的泪水，纷纷表示这台戏演得太好了。旗领导决定将此剧确定为内蒙古敖汉干部学院的教材，为每期学员演出。同时内蒙古自治区草原文化节组委会也将《大漠绿魂》确定为优秀展演剧目，赴呼和浩特市参加优秀剧目展演和全区巡演，赴唐山市参加第十一届

《大漠绿魂》剧照

中国评剧艺术节优秀评剧调演。

《大漠绿魂》是第一部入选草原文化节优秀剧目的评剧，丰富了草原文化节的展演剧种。该剧编剧朱嘉庚表示，评剧的唱腔和台词相比其他剧种更平易近人，用评剧来塑造感人的艺术形象，能够发挥评剧接地气、生活化的艺术魅力，也更能获得广大干部群众的欢迎。

第十二节　冯金英与乌兰牧骑三队

1961年3月，经乌兰牧骑队长胡和和文化局的选拔，冯金英被调入莫力达瓦达斡尔族自治旗乌兰牧骑工作。因为从小喜欢唱歌和跳舞，在领导和队友们的帮助下，他很快适应了新环境，也逐渐懂得了如何做一名合格的队员，怎样为广大人民服务。

当时，乌兰牧骑一年有多半的时间都在下基层，但不管刮风下雨，酷暑严寒，没有一个人叫苦喊累，不论在哪里，无论观众人多人少，所有队员都认真对待，演好每一个节目。队员们心中只有一个信念，不忘党的教导和培养，把党的关怀送到广大人民群众中去。下基层的日子是充实而忙碌的，为当地群众送去图书、报纸和农业知识，帮助有困难的群众挑水砍柴、打扫院子，给群众做文艺辅导，尽可能地满足广大人民群众的需要。他们走遍了莫力达瓦的每个角落，为农牧民带去的不仅是欢乐，还有党对人民群众的关怀与爱。

回忆当年在乌兰牧骑的日子，往事像电影画面般一幕幕浮现在眼前，想起艰苦的环境和共同努力的伙伴，冯金英鼻子酸酸的。当年演出服装少得可怜，彩裤不够穿，只能等到前面演出的队员们下场脱下后再换上。由于下基层的路途遥远，队员们要坐好几个小时的车，夏天还好说，到冬季就遭罪了，有时勒勒车太沉，马也拉不动，队员们就下来推车。演出的时候经常是饥肠辘辘，有时早上吃完饭去演出，吃上下顿饭的时候已经是半夜。那时的队员们谁都没皮袄，穿的是棉衣。好笑的是，坐车久了想去方便，因为身体冻僵了，连自己的裤子都解不开，只得求别人帮忙。在这样的严寒之下，为了分散队员们的注意力，胡队长便带领大家唱《冯金英的大黑马》，让大家在放声歌唱中忘记暂时的痛苦。这些困难对队员们来说还是小事，记得有一年冬天在额尔乡河生产队演出，演出场地设在老乡的院子里，队员们冻得鼻涕直流到嘴里，乌嫩齐的手风琴拉不动了，王梦贤的笛子、张振欢的二胡也因天气严寒纷纷跑了调。还有一次在太平五马架演出，破败的房屋四面露天，用几块板搭在铁锅上做的临时舞台，上去没跳几下就塌了，大家的脚都掉到了锅里。好在有惊无险，队员们赶忙从锅里爬出来，顾不得惊吓，又快速搭好舞台继续演出，现在回想起来仍心有余悸。下乡演出条件是很艰苦的，有一次在老乡家居住，发生了一件囧事，早上队员们还没起床，小牛

乌兰牧骑全国巡回演出队在青海为牧民演出

犊子就进屋在冯金英的脸上一顿舔，将他从睡梦中惊醒，尖叫声把大家都吵醒了，这件事后来也成了大家调侃他的话题。

在困难时期，乌兰牧骑没有经费，旗领导研究后给了队员们一片果园，让队员们自己经营，自己收益，作为经费的来源。那时队员们每天起早贪黑到园里劳作，拔草锄地，喷洒农药，每天不管多热都要轮流值班看园。但即使是在没有经费还要劳动的条件下，队员们也没有忘记排练，有时排练起来就会忘记农忙时的劳累。队员们在乌兰牧骑经得起艰苦条件的考验，并以苦为荣，苦中作乐。

1965年全区乌兰牧骑举办培训班，文化部决定选拔三支队伍，去全国各地演出，推广乌兰牧骑工作经验。从莫力达瓦达斡尔族自治旗乌兰牧骑抽调了冯金英、乌嫩齐和王玉英。冯金英被分配到三队，去西部五省。第一站是宁夏回族自治区，三队在银川体育场演出了三天。后来去了燕川，到田间地头进行演出。冯

乌兰牧骑全国巡回演出队在拉萨演出时合影

金英还记得当时专门为一位五保户老奶奶演了一场。老人情绪激动地说："太感谢你们了，要不哪能看见冯金英真人在面前演出，真是做梦也不敢想的事。"当看到老奶奶眼中泛着的泪花时，队员们感到再辛苦也是值得的。

第二站是青海省。1965年7月21日，队员们在青海基层演出时，发现有三名工人没有看到正式演出，于是他们在青海湖畔专门为这三名工人加演了一场。队员们每到一地都会做好人好事，虚心和当地文艺工作者谈话，交流经验，取长补短，相互鼓励。第三站是甘肃省，记忆最深刻的是有一次队员们化完装准备演出时，在舞台后面看见一位坐着轮椅四处徘徊的铁路工人，询问后得知他想看节目却进不了会场，而且他曾经是名军人，复原后在铁路工作时受了重伤。得知情况后，队员们毫不犹豫地把他从外面请到场里，他激动地握着队员们的手道谢，感叹道："你们真的是在为人民服务啊！"当时有记者给队员们拍了照片，没想到第二天这件事就被刊登在了《甘肃日报》上，这使乌兰牧骑给人民群众留下了很好的印象。第四站是新疆维吾尔自治区，队员们受到新疆人民载歌载舞的热烈欢迎，每地演出场次都是2～5场。新疆维吾尔自治区演出结束后，队员们被文化部调回北京进行系统的培训。

第五站是西藏，为了庆祝西藏自治区成立，中央慰问团带了5个文艺团体（中国京剧院、北京人民艺术剧院、重庆杂技团、中央民族歌舞团、乌兰牧骑三队）到达西藏拉萨进行文艺演出。队员们进西藏时，前面军车开道，中间是载人的大客车，后面就是装着口粮的大卡车，伴随着一路的颠簸还有高原反应，有的同志被迫换乘小吉普，戴上了吸氧器。冯金英当时就吸过3次氧，胆汁都吐出来了，后来甚至还偷偷写下遗书，告诉家人队员们是为了发扬传播乌兰牧骑优良传统来的，应该感到高兴，比起那些进藏牺牲的同志这不算什么。西藏自治区成立庆典之后，队员们离开拉萨开始去基层演出，不仅要宣传乌兰牧骑的优良传统，还要让牧民群众感受到由队员们代表的党中央带来的关怀与问候。在地广人稀的草原上，不管是一家三口还是孤身一人，队员们都会尽心尽力地演出。在阿里地区演出时队员们常出现高原反应，冯金英独唱时突然鼻子喷血，连忙到后台擦净后吸上几口氧气又接着上台演出。每到边卡，战士们看到乌兰牧骑别提多高兴

了，他们的生活单调，通常要两三个月甚至半年才和家人有一次书信往来。队员们便一路把看到的、听到的英雄事迹创作成节目并很快排演出来。

第十三节　乌兰牧骑，李月仙的家

1970年11月，正值伊金霍洛旗乌兰牧骑成立之初，当时只有18岁的李月仙由于受到父亲的熏陶，喜欢上了表演，并经过不懈努力顺利通过考试，成为伊旗乌兰牧骑的第一批队员之一。那时条件十分艰苦，没有排练场地，就在院子里练，没有专业的指导老师，只能靠老队员指点。后来队里要求练芭蕾舞时，她还蹭掉了脚指甲，鲜血染红了舞鞋，但这一切都不能阻止她对艺术的热爱和追求。

当时队里有16个人，乐器也就很简单的三四件，还有一辆骡子车。刚去的时候，每天天不亮，队长就准时准点地趴在窗户上挨个叫大家起床，练功、练声。这么练了两个月，他们就背上行李、乐器、服装下乡了。那时候的下乡演出主要是密切配合各个时期的中心工作，积极宣传党的各项方针、政策，歌颂各条战线上涌现出来的新人新事。一走就是三四个月，一个

李月仙

村子挨着一个村子往过走。走到哪里演出都是立两根木头杆子，简易地搭个舞台，晚上用棉花包咸盐蘸柴油做演出灯光，每演完一场下来，大家都被柴油熏得黑乎乎的，一个个都像被画上了黑眼圈。

有一次下乡演出，车已经到队长兰进城家门口了，队长的爱人却哭喊着不让队长走，因为当时下乡常常连走三四个月，大家都以为是他爱人舍不得让他走。后来才知道，原来是队长的爱人病了，想让队长送她去医院。但是在当时的情况下，队长还

李月仙表演独舞《洒楚勒》

是义不容辞地跟着大家出发下乡了。等他们下乡回来的时候，队长的爱人已经住院，没等几天就去世了。听到这样的消息，大家都悲痛万分。

那时候农牧民非常喜欢乌兰牧骑，队员们就吃住在老乡家，帮老乡们打扫院子、理发、担水、挖羊圈，啥活儿都干。再苦再累也喜欢下乡，喜欢帮农牧民干活，因为他们都是农牧民的儿女。

有一次在一个村里演出，李月仙正在舞台上表演芭蕾舞《红色娘子军》里的片段"常青指路"时，突然下起了雨，看到农牧民在雨中聚精会神看演出的情景，李月仙更加坚定地冒雨表演。当看到李月仙倒在满地是水的舞台上时，一位牧民老伯主动将自己的毡子铺到舞台上，当时李月仙就感动得流泪了。

农牧民每天外出干活大都回来得晚，乌兰牧骑演出到深夜是常有的事。有一次晚上10点多，演出将要结束时，队员们忽然看到远处很多流动的火把向演出现场移动，原来是四五十里外的农牧民听到伊金霍洛旗乌兰牧骑在这演出，特意赶了过来。队长兰进城当时就决定，把所有演出节目重新演一遍，大家按照队长的意思，不顾劳累，从头到尾又认认真真地演了一遍，一直到深夜。

1973年后，伊金霍洛旗乌兰牧骑由内蒙古文化局和地方财政拨款，在指导员魏子印的带领下自己打夯、搬砖，重新修建了排练室、办公室、宿舍、伙房等，改善了基本生活条件，也算是有了正式的练功和排练场地。随后，乌兰牧骑的工作条件一年比一年好。1979年，内蒙古自治区文化厅又给伊金霍洛旗乌兰牧骑调拨了一辆部队退役的四轮马车，从此，伊金霍洛旗乌兰牧骑解决了下乡演出时交通不便的问题，再也不用步行下乡了，再远的路也不怕了，队员们都非常高兴。

根据鄂尔多斯地区丰富的文化资源和民族风情素材，2000年伊金霍洛旗乌兰牧骑决定重新排演民族风情歌舞《鄂尔多斯婚礼》。李月仙记得当时邀请了鄂尔多斯婚礼策划师策·哈斯毕力格图和奇毕力格，鄂尔多斯舞蹈艺术家巴德玛，作曲家乌力吉等老师参与创作编排，经过周密策划，最后决定由奇毕力格老师担任编剧，巴德玛老师担任总导演，乌力吉老师担任编曲。经过一个多月紧张而有序的编排，一台全新的民族风情歌舞《鄂尔多斯婚礼》终于诞生了。领导和专家们观看汇报演出后，异口同声地称赞道："成功了！这就是我们所需要的鄂尔多斯婚礼！"

从此，《鄂尔多斯婚礼》便成为鄂尔多斯市的文化名片和旅游品牌，久演不衰，百看不厌。

在李月仙心中，广大基层农牧民们喜欢的作品才是好作品，在她亲自创作编排的120多部舞蹈作品中，最令她引以为傲的是1998年创作的女子独舞《洒楚勒》，该舞蹈表现的是草原牧民用九孔勺子向天、向地洒乳汁，以祈求上苍保佑草原风调雨顺。为了抓住那些一闪而过的灵感，李月仙倾注大量时间和心血，经常创作到深夜。她不顾自己的腿伤和腰伤，反复揣摩每一个舞蹈动作，精益求精，不允许表演有瑕疵。最终，功夫不负有心人，《洒楚勒》首演结束后，观众们纷纷竖起了大拇指。《洒楚勒》不仅得到了广大农牧民的肯定，还荣获全国"群星奖""优秀创作奖"等一系列奖项，李月仙本人也先后获得"全国文化系统先进工作者"等多项荣誉称号。这些荣誉来之不易，都是源于她40多年来的付出与坚持，源于她对乌兰牧骑沉甸甸的爱。

40多年来，李月仙始终没有离开伊金霍洛旗乌兰牧骑，从伊金霍洛旗乌兰牧骑队员到副队长、队长、指导员，再到国家一级编导，李月仙见证了伊金霍洛旗乌兰牧骑一路走来的发展历程，也同乌兰牧骑一起成长。

第十四节　一家两代乌兰牧骑人

自乌兰牧骑成立60多年来，阿鲁科尔沁旗乌兰牧骑不仅培养出了很多国家一级演员，还培育出了父辈传子辈坚守乌兰牧骑光荣岗位、为乌兰牧骑事业奋斗的一家两代乌兰牧骑人。

在他们中颇具代表性的一家人便是阿鲁科尔沁旗乌兰牧骑老一代队员吉格木德、吉格木德的妻子金小和女儿乌仁呼。

1984年9月，14岁的乌仁呼考入阿鲁科尔沁旗乌兰牧骑，因为其父亲就是乌兰牧骑队员，父女俩经常并肩深入基层，到苏木嘎查同台演出，为农牧民送歌献舞，开展乌兰牧骑"演出、宣传、辅导、服务"四项活动。父亲对女儿要求很高，希望女儿能成为一名优秀的乌兰牧骑队员，为民族文化艺术的发展作出贡献。乌仁呼很快就成了阿鲁科尔沁旗乌兰牧骑的台柱子之一，发挥着骨干作用。

在老队员们的真传实教、队里的悉心培养以及个人持之以恒的努力下，乌仁呼在舞蹈编创上有了明显的进步和收获。1992年和1996年，由她编创的舞蹈作品《山丹花》《草原110好》在赤峰市乌兰牧骑会演中分获创作、表演等奖项。

蒙古族汗廷音乐

2016年她编创的舞蹈《门德辅赛汗》荣获内蒙古自治区"五个一工程"奖。在多年乌兰牧骑工作中，她编创的很多舞蹈和表演的节目深受广大农牧民群众的欢迎和喜爱，也得到各级主管部门的肯定和好评。

"蒙古族汗廷音乐"于1984年在阿鲁科尔沁旗根丕庙被发现，2014年被列入第四批《中国非物质文化遗产名录》。2010年，当阿鲁科尔沁旗政府下达抢救恢复"蒙古族汗廷音乐"并将其搬上舞台演出的任务后，当时任乌兰牧骑副队长，负责舞蹈业务工作的乌仁呼就勇敢地担起了这项重任。

在没有相关文献明确描述"蒙古族汗廷音乐"舞蹈动作的情况下，复原古代舞蹈显然是一项非常困难的工作。被邀请来的专家们不断研讨、商议、翻阅搜寻相关文献资料，乌仁呼也跟着他们学习，共同研究探讨。功夫不负有心人，在乌仁呼的不懈努力下，《波依勒》《翟尾舞》《朱拉舞》三个曲目的古代舞蹈得以成功复原，并被搬上舞台演出。

　　在复原"蒙古族汗廷音乐"的过程中，乌仁呼自主承担复原的曲目虽然只有3个，但她作为全程参与复原工作的成员之一，为其他舞蹈曲目复原而付出的心血是无法估量的。阿鲁科尔沁旗乌兰牧骑成功复原"蒙古族汗廷音乐"这一国家级非物质文化遗产，得到评审专家们的一致好评和赞扬，乌仁呼承担的具体工作和发挥的作用也得到肯定，专家称乌仁呼为"民族艺术实践中锻炼出来的乌兰牧骑优秀队员"。

　　乌仁呼的父亲名叫吉格木德。他是阿鲁科尔沁旗乌兰牧骑的老一代演员和队长。吉格木德1948年11月出生于阿鲁科尔沁旗巴拉奇如德苏木布敦毛都嘎查，其父名叫贡布扎布，他是家中长子。因为布敦毛都嘎查的很多牧民都能歌善舞，吉格木德从小受到环境的熏陶，也展露了出众的音乐才华。1954年，在巴拉奇如德苏木举行的那达慕大会上，年仅7岁的吉格木德登台演奏马头琴独奏曲，受到观众们的交口称赞。

　　1965年4月，吉格木德考入阿鲁科尔沁旗乌兰牧骑。这个崭新的舞台，为从小绽放着艺术才华的他插上了飞翔的翅膀。乌兰牧骑演员们个个是吹拉弹唱都能拿得出手的"一专多能"的文艺轻骑兵。当年，阿鲁科尔沁旗乌兰牧骑共有14个演员，其中8人为老演员，其他都是和吉格木德一同考入的新演员。

　　吉格木德虚心向老演员们拜师学艺，认真刻苦训练，没过多久，他在马头琴独奏和作曲上崭露头角，并在实践中取得可喜的成绩。1980年开始，中央人民广播电台等5家电视台录制他创作的马头琴独奏曲等18首曲目，并在全国范围内播放。他创作和演奏的马头琴曲《金色边疆巡逻员》《敖特尔青年》，获得内蒙古自治区文化厅的表彰奖励；他创作的歌曲《我们的家乡》《约会》《心里的话怎么说》等，被唱片公司录成磁带全国发行；他收集整理的《八匹马彪马》等19首歌曲被选入《内蒙古民歌集》和《昭乌达民歌100首》两本书中。

　　吉格木德1979—1988年担任阿鲁科尔沁旗乌兰牧骑队长，曾任阿鲁科尔沁旗政协委员，并在其他很多社团组织中兼职，为乌兰牧骑事业发展作出了很大的贡献。1988年，年仅41岁的吉格木德直到被病魔夺去宝贵的生命之前还在工作岗位上谱写着精彩乐章，实现了他一生为乌兰牧骑事业奋斗的诺言。

顶碗舞

　　吉格木德的妻子名叫金小，1948年7月出生于阿鲁科尔沁旗扎嘎斯台苏木乌和尔楚鲁嘎查。1965年4月，她同吉格木德一起考入阿鲁科尔沁旗乌兰牧骑。金小的艺术特长是舞蹈，同时承担报幕员的工作，有时根据演出节目的需要，也演唱一些歌曲。她跳的《顶碗舞》在当时的昭乌达盟声名远扬，凡是看过她表演的阿鲁科尔沁旗观众，一提到《顶碗舞》就会想起乌兰牧骑演员金小。她表演的《接羔舞》《安代舞》《初猎》《夜岗》等舞蹈很受观众的欢迎和喜爱，是远近闻名的好节目。1969年12月，因组织安排她被调到其他工作岗位。

金小虽然很早离开了乌兰牧骑的舞台，但她依然牵挂着乌兰牧骑，热爱着乌兰牧骑大家庭，她以积极参与各种业余文艺活动的方式，表达着对乌兰牧骑事业的怀恋之情。同时，她毫无怨言地担负起家庭生活琐事，全力支持丈夫和女儿的乌兰牧骑演艺事业。正因为有这样一位母亲，女儿乌仁呼从小就深受艺术的熏陶，这为她日后取得优异成绩打下了坚实基础，她以父母传授给她的草原情怀和民族艺术启蒙，开启了自己的乌兰牧骑征程。

第七章　群星璀璨

大草原是一片沃土，哺育乌兰牧骑在艺术的天地间茁壮成长。乌兰牧骑既是农牧民最喜爱的文艺轻骑兵，也因人才济济成为民族艺术家的摇篮。队员们在乌兰牧骑吸收营养，感悟生活，然后走出草原，走向全国，走向世界。他们唱响了草原，舞动了人生。

第一节　草原上的夜莺

地处内蒙古西部的阿拉善，大漠雄浑，巴丹吉林、腾格里、乌兰布和三大沙漠贯穿全境，浩瀚的沙漠人烟稀少，只有三个旗，其中的额济纳以胡杨扬名于世，还有一位享誉世界的歌唱家让更多的人知道了额济纳。

翻开额济纳旗名人录，德德玛排名居首，她几乎成了额济纳的一张名片。1947年1月，额济纳的天气与往年没什么特别，除了刮风还是刮风，风里携裹着细沙，"赖皮"的沙尘暴每到春天就开始肆虐。这一天，一个普通的牧户家庭降生了一个孩子，是个乖巧的女孩，取名德德玛。令额济纳人没有料到的是，这个在风沙里成长起来的德德玛，竟成了额济纳的骄傲，成为草原上的夜莺。德德玛的歌唱天赋在幼年时就显露出来，她刚上小学四年级就被乌兰牧骑选中了。可是，来自家里人的反对差点儿断送了她的歌唱生涯。那时额济纳旗乌兰牧骑刚刚成立，德德玛的额吉见过乌兰牧骑队员风里雨里在沙漠中巡回演出的辛苦之状，她实在不忍心让一个不谙世事的孩子去闯荡世界。但德德玛不顾家人的一致反对，还是去乌兰牧骑报道了，那一年她刚刚年满13岁，是额济纳旗乌兰牧骑最小的演员。她凭着出色的音质和天赋般的歌喉，很快在乌兰牧骑舞台上站稳脚跟，并成为台柱子。

　　"50年前，我走进了额济纳旗乌兰牧骑，是乌兰牧骑给了我唱歌的机会，让我从此走向更广阔的世界。如果说乌兰牧骑是我的根，那大草原就是我生长的土

蒙古族歌唱家德德玛

壤。家乡一望无际的草原、蓝天、白云，赋予了我艺术的生命。在我几十年的歌唱生涯中，我心中始终怀着对草原、对家乡无比眷恋和感恩之情。"乌兰牧骑60年华诞，德德玛无限感慨自己那段乌兰牧骑人生，发自内心地感恩故乡的哺育和教诲。

　　1961年，德德玛参加了自治区文化局举办的全区乌兰牧骑培训班，使她的歌唱艺术从民间走向专业。自治区文化局对这位来自胡杨故乡的歌唱天才格外器重，推荐她到内蒙古艺术学校声乐研究班学习声乐，她如虎添翼，成为同期乌兰牧骑歌唱演员中的佼佼者。研究班结业后，她又被保送到中国音乐学院声乐系，师从蒋家祥教授。这期间，名家指教和系统学习声乐理论为她的歌唱艺术打下了扎实的基础。1968年，她从中国音乐学院毕业回到内蒙古，先后在巴彦淖尔盟文工团、内蒙古民族剧团、内蒙古民族歌舞团担任独唱演员、歌剧演员。在内蒙古工作期间，德德玛师从哈扎布学习蒙古族传统长调演唱方法，不断丰富演唱技巧，形成了女中音民族演唱风格。1979年1月，在北京天桥剧场举办的"庆祝中华人民共和国成立30周年"献礼演出活动中，德德玛以一曲《美丽的草原我的家》轰动首都，并风行全国，传唱不衰，德德玛由此成名。1982年，德德玛调入中央民族歌舞团，担任独唱演员。

　　德德玛凭借歌唱天赋和不懈努力，从大西北额济纳走进北京，但她始终念兹在兹的是自己艺术生涯的起点，她说，没有乌兰牧骑就没有她的今天。乌兰牧骑是母亲的艺术，大草原就是母亲的胸怀。德德玛13岁时考入阿拉善盟额济纳旗乌兰牧骑，很快就融入了这个集体，在老队员们的带动下，她的艺术天赋得到充分释放，提高了唱歌跳舞的水平，学会了拉手风琴，掌握了一专多能的艺术本领，成长为颇受广大牧民欢迎的歌唱演员。德德玛回忆说："我那时年龄小，就知道演出，张口就唱，还不知道乌兰牧骑的工作环境有多么艰苦，在台上演出时常常跟不上老队员的步伐，经常在舞台上摔倒，为了不影响舞台演出效果，只能马上爬起来跟上舞蹈节奏。尤其骑着骆驼长期下乡演出时，经常饥一顿饱一顿，有时在途中就睡着了。我记得骆驼的缰绳还是老队员江布拉同志给我牵着，这些往事一辈子都忘不了。"德德玛在额济纳旗乌兰牧骑工作的两年间，骑骆驼是必修课,十几匹骆驼排成一条曲线,沿着茫茫大漠前行,顶着西北的狂风,划出一道优美的弧线。正是那段风餐露宿的生活,磨炼了她的意志,让她在以后事业的拼搏中,像骆驼一样一步一个脚印走向成功。

德德玛年轻时虚心好学,特别勤奋。据一位老乌兰牧骑队员讲,德德玛刚入队时向老队员请教,别人都下班了,自己仍独自练声,学习各种乐器,常常加班到深夜。在艺校和中央音乐学院学习期间,她也是最刻苦的学生,给老师和同学留下了深刻印象。她的身上有一股咬定青山不放松的执着,经过十几年不辞辛苦的探索和磨炼,她将美声唱法和民族唱法结合起来,融为一体,在民族声乐领域内独树一帜,形成了自己独特的演唱风格。她的歌声既有草原的辽阔,又有蓝天白云般的舒展,尤其用美声和着长调,简直是演唱艺术的完美结合,彰显了她演唱艺术的高度。

业内人士说,国内外声乐比赛,只要德德玛参加,她获奖是顺理成章的事情。从事歌唱艺术60年来,德德玛先后获得"全国听众喜爱的歌唱演员"大奖赛美声唱法"濠江杯"奖。1997年,在日本大阪国际艺术节上,德德玛力挫群芳,夺得最高艺术奖,轰动国际。2004年,她被国家民委授予"突出贡献专家奖",2012年被提名为"中华文化人物"。

德德玛跟随蒙古族著名歌唱家哈扎布学习蒙古族长调民歌的演唱方法,在经过辛勤的探索和长期的钻研后,她将美声唱法和民族唱法融会贯通,在充分保持民族特点的基础上,不断完善、发展、拓宽声乐技巧和表现领域,用蒙古族的韵味和强烈的生活气息去感染听众,逐渐形成了自己独特的艺术风格。她原唱的歌曲有《美丽的草原我的家》《我从草原来》《草原夜色美》《草原上有一个美丽的传说》《我的根在草原》《我是蒙古人》《蓝色的蒙古高原》等。德德玛的声音浑厚醇美,音域宽阔,气息通畅,演唱富于激情,具有强烈的艺术感染力。她的歌路十分宽广,既善于演唱蒙古族民歌,又能演唱大型艺术歌曲、西洋歌剧咏叹调等,被人们称为"草原上的夜莺"。

德德玛还多次录制专辑,并为电影、电视剧录制插曲,比如由广州太平洋影音公司出版的《美丽的草原我的家》,上海声像出版社出版的《天上的风》,

广州音像出版社出版的《牧人》《红雨伞》，广东音像出版社出版的《我的根在草原》，中国唱片出版社出版的《名人百集》。她曾在内蒙古先后举办3场个人专场演唱音乐会，1987年在北京民族文化宫大剧院举办两场个人演唱会，2007年在广州中山纪念堂举办个人独唱音乐会，2007年在北京展览馆举办个人独唱音乐会。她的歌声红遍全国，我国著名音乐评论家李凌先生听了德德玛的音乐会后，在《音乐研究》上撰文评价其演唱风格和艺术感染力，对德德玛的艺术成就给予高度评价。他说："德德玛不仅是蒙古族人民的骄傲，也是中华民族的骄傲，是我国声乐界的宝贵财富。"

成功属于持之以恒的追求者，德德玛的演唱声情并茂，其中《我的母亲》是德德玛演唱的一首歌曲："在那云雾迷茫的大地上，我从你怀里来到人间，在我那幼小的心灵里，你给我播下了人生的希望……"歌曲以蒙古长调开头，首先唤起听众的遥想，然后她以优美的唱腔把人们带到母亲的身边，形成共鸣。听她演唱《我的母亲》，就像依偎在母亲的怀抱里，亲切而温暖。

德德玛的成名作《美丽的草原我的家》不仅旋律优美，歌词也极富诗意。但要说到这首歌的诞生，中间却有好多阴差阳错的故事，并且几易其貌，几易其主。

1975年，来自北京怀柔的青年词作家火华到锡林郭勒盟开会，会后来到草原深入体验生活。草原上的人们热情好客，使得火华诗兴大发，两年后火华为参加全军文艺会演写歌，想起了这段往事，心灵触动，一气呵成："美丽的草原我的家，风吹绿草遍地花……"歌词创作完成后由当时内蒙古军区文工团的副团长阿民布和作曲、土焕凤演唱参加了会演。据火华回忆，当时的版本是一首女高音独唱歌曲，由于是为会演准备的，歌写得比较短小，加上初稿因当年社会形势而写的"高压电线云中走""大庆大寨无限好"之类的词句，听的人少，没有流传下来。第二年，火华认识了作曲家阿拉腾奥勒，这才有了我们现在听到的《美丽的草原我的家》的曲调，他们还将歌词做了修改。

作曲家阿拉腾奥勒回忆说，1977年6月他创作《美丽的草原我的家》时正在上海音乐学院进修，这首歌写出来后直到1978年初，才交给该校大四学生马志铮在校园里演唱了一下。1979年中华人民共和国成立30周年，内蒙古自治区要准备一台晚会进京献礼演出，德德玛这时才拿到阿拉腾奥勒给她的这首新曲目，把它唱响全国。但是德德玛能够有机会出来独唱这首歌，其实还要感谢一次意外。

1978年，德德玛到广州中山纪念堂为参加广州交易会的中外嘉宾演出，当时的主唱由于突然生病不能上场演出，这才找了原来安排唱二重唱的德德玛临时补台救场，没想到竟大受欢迎。《美丽的草原我的家》这首歌不但旋律优美，流畅上口，而且音域非常适合德德玛。后来，这首歌经广东的电台、中央人民广播电台播出后，受到广东乃至全国听众的欢迎，被评为听众最喜欢的十首歌曲之一，也成了德德玛这只"草原夜莺"彪炳一生的代表作品。1979年1月，在北京天桥剧场举办的"庆祝建国三十周年"献礼演出活动中，德德玛连续演出8场，每晚的演出应听众的要求一再返场，受到观众的热烈赞扬，她被誉为"一颗灿烂夺目的歌唱新星"。

在中央民族歌舞团工作期间，德德玛曾多次随中国艺术团先后出访罗马尼亚、南斯拉夫、蒙古、坦桑尼亚、塞舌尔、哥伦比亚、美国、日本、布隆迪、菲律宾等国家，用出色的演唱为国家赢得荣誉，也让世界了解了内蒙古，为扩大内蒙古知名度作出了积极贡献。

德德玛意志坚强，从不向困难低头，这让她在事业的拼搏中一次又一次抵达成功的彼岸，她为人谦和，人品端方，从而成为备受尊敬的德艺双馨的人民艺术家。从1960年走进乌兰牧骑，近60年的演唱生涯，她的艺术追求始终没有停步，她的心中只有演出，只要站在舞台上，只要能唱出心中的歌，她便全身心投入。这种为民而歌、为艺术献身、为祖国放歌的精神使她成为艺术界的楷模。可是长此以往，她的身体吃不消了，1998年3月，为庆祝中日邦交正常化20周年，德德玛要去日本演出，连续41场的演出，让她的体力严重透支，患有高血压病的德德玛突发脑出血，昏倒在舞台上。德德玛昏迷了8天，在日本住院3个月以后才回到北京。后遗症造成德德玛右半个身体失去了知觉，回到北京后，照顾德德玛的事情落在了丈夫拉西尼玛身上。在照顾妻子的日子里，拉西尼玛每天都要给她换洗衣服、洗澡擦身、按摩、剪指甲、调整营养餐等等。为了锻炼德德玛的右侧肢体，拉西尼玛准备了30个空药瓶，打开盖，让德德玛一个一个从这头拿到另一头，还准备了花生米，让德德玛一颗一颗地捡，想尽办法，帮助她恢复健康，坚持锻炼。他们家住13楼，每次他们都是坐电梯到10楼，然后再走到13楼，一段时间之后，改成坐电梯到8楼，再从8楼往上走。正是在这样坚持不懈的康复训练下，德德玛一年以后又重新登上了舞台。这是一个历史性的时刻，德德玛非常感动。

德德玛有一个夙愿，就是回报家乡父老的养育之恩，为草原深处大漠戈壁的

倾情演唱中的德德玛

农牧民的孩子办一所艺术学校，让他们拥有学习艺术的机会。为了回报家乡人民的关心和厚爱，助力乌兰牧骑人才培养，德德玛于2002年创办了内蒙古德德玛音乐艺术专修学院，为农牧民子女搭建了学习艺术的平台，实现了自己的夙愿。秉承"爱"字当头、学会感恩的办学理念，20年来德德玛音乐艺术专修学院的毕业生，大都活跃在内蒙古各地乌兰牧骑的舞台上，并成为骨干演员。

从一名著名的歌唱家到教书育人的园丁，德德玛实现了角色转换。德德玛音乐艺术专修学院一贯本着"民办学校——为民而办"的办学思想，从创办至今，累计拨出几十万元资助品学兼优并具有艺术培养潜力的贫困家庭学生，使他们重新获得上学的机会，为他们提供了实现艺术梦想的平台。学院还拿出专项资金设立"德德玛奖学金"，以奖励德、艺、文"三优"学生。

作为一名德艺双馨的蒙古族歌唱家，德德玛从未满足于歌唱艺术对故乡的回报，她深知只有保护建设好草原才能实现艺术生命之树常青，因此，德德玛一直在用艺术、用歌声唤起人们生态意识的觉醒，推动青山绿水的回归。2015年，德德玛开始组织创作民族歌剧《爱在胡杨》，并亲自担任总策划和艺术总监。这是一部关于环保的民族歌剧，讲述的是治沙模范"时代楷模"苏和的故事。德德玛将苏和退休返乡回到额济纳旗，在大漠深处坚持十几年植树造林的感人事迹改编成歌剧，搬上舞台，成为献给家乡的绿色之歌，其中的每一个音符都凝结着她的情感。

说起创作初衷，德德玛说，一个偶然的机会她去了额济纳旗，并在苏和种树的地方看见了苏和。德德玛心里非常难受，"因为他太艰苦了，刚好能糊口，非常的困难。苏和是阿拉善盟政协原主席，在如此艰苦的环境下能做出这么伟大的事情，我真是从内心里心疼他，这份心疼至今已经演变成对他无比的敬佩，也成就了今天的这部《爱在胡杨》。苏和是一棵伟大的'胡杨树'，我们小时候经常在胡杨树下玩耍，是胡杨树伴着我们长大的，如今苏和为了造林，付出了这么多的努力，我们真的感动而且敬佩他。"

2015年1月，德德玛与歌剧主创回额济纳旗拜访了苏和，回来之后就开始创作剧本。四月的额济纳虽已转暖，但"倒冷"时不时骚扰一阵。初稿出来后，德

德玛又找了很多相关学者给予指点，前后修改了八九次剧本，最终在8月定稿，随之进入作曲阶段。因为是音乐剧，所以音乐显得尤为重要。这部歌剧的音乐部分由德德玛老师的好友、蒙古国著名作曲家纳·占钦诺日布创作，由蒙古国著名作曲家阿拉腾胡亚嘎编曲。

德德玛说："真正排练是从2015年10月开始的，10月、11月、12月，排练了3个月，困难特别多。1号和2号人物全都没去过额济纳，这点对我来说是一个挑战，因为他们都没有去过额济纳，那怎么能表现出额济纳人的奋斗精神呢？后来我多次恳请剧中人物原型苏和帮忙，并将他请到呼和浩特。在见苏和之前，我对那帮孩子们说，苏和来了后，你们所有人一定要爱他，喜欢他，如不爱他，又怎么能演好他呢。苏和来到呼和浩特后，我们所有的演员都见到了他，并与他交流学习，孩子们学到很多，后来排练舞蹈时，我也感受到了很大的进步。"

在音乐剧《爱在胡杨》的排练中，对于德德玛来说，还有一个问题便是身体感到非常吃力。三个月的排练时间，德德玛没落过一天，演员在台上排练，她便坐在台下观看，查找其中的不足和问题。"每天看每天听，只有那样才能发现问题，改进问题。孩子们和学校老师担心我的身体，总劝我回去休息。这部剧就像我们新生的孩子一样，大家都在关注'她'的成长。"德德玛笑着说，"家乡的那份情感总让人热泪盈眶，这是激发创作灵感的直接动力。"

在剧中，有一幕表现的是苏和与妻儿回到家乡后，一个人在老树下睡着了，已经去世的额吉托梦给他，他们所住的黑城要沙化了，额吉要变成一棵大树来保护他。梦醒后，苏和决定回家乡守着额吉，通过种树来阻止沙化。德德玛说，"这样的梦境我不知做了多少回，现在我还是经常想起我的家乡。我的家乡特别美，我非常爱我的家乡以及家乡的胡杨。13岁我便加入额济纳旗乌兰牧骑，一直到今年都69岁了，这么多年，家乡的这根线从来没断过。每次家乡人来看我，都会给我带奶豆腐、黄油，我和他们说其实呼市这里也有，但他们都会说，还是家乡的好。是呀，每每想到家乡，想到家乡人，那份浓浓的感情总是让我热泪盈眶。"

德德玛每次聊到自己的家乡额济纳，总会毫不吝啬地赞美它，家乡的美景让她着迷，让她流连，让她陶醉。"现在我们额济纳旗是全国的旅游胜地，每年都有几十万名游客来到这里，有时我就想，如果每个到那儿的人都种上一棵树，以自己或家庭的名字命名那棵树，该多好啊！如果我们能号召他们这样做，将来我们额济纳将不再缺树，不再缺水，那里会变得更加漂亮。其实那里本来就漂亮，胡杨太美了。环保是每个人都应该做的事情，我们应该给子孙后代留下美好的环境，这是我们的责任。"

2016年，民族歌剧《爱在胡杨》在内蒙古公演后反响强烈，大家一致认为这部以生态文明为主题的艺术作品，弘扬了打造绿色北疆的时代主旋律，鼓舞了斗志，振奋了人心。这部歌剧入选了同年第十三届中国·内蒙古草原文化节优秀节目展，不仅荣获剧目奖、编剧奖、表演奖等五大奖项，还荣获内蒙古自治区第十三届精神文明建设"五个一工程"优秀作品奖。

2017年11月21日，中共中央总书记习近平在给苏尼特右旗乌兰牧骑队员们的回信中，作出"永远做草原上的红色文艺轻骑兵"的重要指示，德德玛也看了那封回信，激动的心情无以言表。总书记的重要指示，对乌兰牧骑出身的文艺工作者来说是最大的鼓舞，特别是为党的新时期文艺事业和广大文艺工作者指明了前进的方向，鞭策着文艺工作者砥砺前行。德德玛以一名老乌兰牧骑队员的身份，语重心长地说："我与乌兰牧骑的缘分很深，13岁就参加了乌兰牧骑，和乌兰牧骑队员们一起同甘共苦，乌兰牧骑哺育了我、锻炼了我，乌兰牧骑全心全意为人民服务的精神鼓舞了我，没有乌兰牧骑就没有我的今天。而我的故乡内蒙古是我的根，内蒙古草原是我生长的土壤，我虽然年纪大了，还要继续发扬乌兰牧骑的光荣传统，为党的文艺事业作出更大贡献。"

如今的德德玛与老伴已经双双退休，儿子也小有成就，母子两个还出了专辑，儿子也娶妻生子，一家人其乐融融地生活在一起。但他们并没有停下来的意思，在艺术的道路上，他们表示将继续追赶太阳，发挥余热。

第二节　拉苏荣的长调人生

长调是蒙古民族最具代表性的声乐艺术形式。在历史的发展进程中，蒙古族人民创造了独特的游牧文化，而蒙古族长调则是游牧文化中一朵永不凋谢的花朵。哪里有草原，哪里就有长调，哪里有牧人，哪里就有长调。

如果说第一代蒙古长调歌王是哈扎布，那么第二代蒙古长调歌王便是拉苏荣。而拉苏荣正是从乌兰牧骑走出来的又一颗夺目的明星。半个多世纪以来，他致力于蒙古长调的传承和发展，作为中华优秀文化的传播使者，将民族艺术带到20多个国家和地区。他多年潜心于民族音乐理论研究，出版的相关书籍填补了我国少数民族声乐理论的空白。

1947年，拉苏荣出生在鄂尔多斯高原，自幼浸泡在民族歌舞的海洋里。他的母亲阿木日苏是当地有名的民间歌手，她那抒情、细腻、动听、感人的歌声影响了拉苏荣，在他心灵深处播下了艺术的种子。拉苏荣酷爱家乡的民歌，对音乐有着极其敏锐的感受力，时常在小朋友中间演唱歌曲，锻炼自己的嗓音，逐渐成为让小伙伴们钦佩的"巴嘎道沁"（小歌手）。在拉苏荣心中，母亲是鄂尔多斯高原上最好的民间歌手。随着年龄的增长，他愈发懂得母亲的教诲："只有成为一个好牧人，才有可能成为一个好歌手。"春夏秋冬，寒来暑往，一年又一年，一晃马背上的拉苏荣长成了一个招人喜欢的帅小伙，又高又直的鼻梁，宽脑门透着智慧，眼睛里泛着灵气，风吹日晒竟没能使他的皮肤变黑，逢人还未开口，眉眼先笑起来，三句话后便迸发爽朗的大笑。

内蒙古牧区地广人稀，交通不便，通信落后，农牧民精神生活比较匮乏。20世纪50年代，内蒙古自治区文化局决定组建一支装备轻便、人员精干、便于流动的小型综合文化工作服务队，深入牧区开展文艺宣传工作，以丰富农牧民的文化生活，这支队伍取名为"乌兰牧骑"。这个名字从蒙古语翻译而来，意思为"红色的嫩芽"，大家希望这支红色文化工作队能够活跃在草原农舍和蒙古包之间，全心全意为农牧民服务。每当听人说起这些，拉苏荣就对乌兰牧骑有着特别的向往，希望有一天能真正见到他们。

终于有一天，乌兰牧骑来到公社演出。那天所有的一切在拉苏荣的眼里都是那么新鲜、那么美好，令他至今难忘。那时草原上没有电灯，演出团队就用汽灯打着光，给牧民们唱歌、跳舞，灯光打在他们身上，是那么的亮、那么的美。乌兰牧骑队员们唱得是那么的动听，声音是那么的嘹亮，当时他就立下志愿，有一

拉苏荣

天他也要像乌兰牧骑队员一样站在舞台上。

让人没想到的是，机会很快就出现了。那时乌兰牧骑除了开展文艺演出，还定期给牧民放电影、理发、授课、送医送药，深受广大牧民的欢迎，因此，乌兰牧骑的队伍也在不断发展壮大。1960年，乌兰牧骑在全区招人，正好拉苏荣就读学校的校长认识伊克昭盟杭锦旗乌兰牧骑的队长，便推荐他去参加面试。面试时，老师对拉苏荣说："听说你会唱歌？那你唱一个。"当时他年纪虽然小，胆子可不小，于是立马回答："唱就唱，我才不怕呢。"拉苏荣唱了一首母亲教他的鄂尔多斯长调民歌《三匹枣红马》，面试就这样通过了。于是，13岁的拉苏荣走进了伊克昭盟杭锦旗乌兰牧骑，成了那里最年轻的队员。

后来，拉苏荣受教于内蒙古艺术学校的莫尔吉夫老师。莫尔吉夫没有让他直接去学声乐、练发声，而是让他跟着色拉西老师学拉马头琴。他告诉拉苏荣，马头琴是长调的伴奏乐器，与长调的关系非常亲密，就像孪生姊妹一样，只有学好马头琴，长调才能唱得好。这段学习经历既让拉苏荣以积极的心态度过了变声期，也为他日后的长调演唱生涯奠定了坚实的基础。

变声期过后，拉苏荣正式开始学习长调演唱，为了能在专业上取得更大进步，他特别希望能得到蒙古长调歌王哈扎布老师的指导。于是，他偷偷搜集了很多关于哈扎布老师的唱片，有些唱片被毁坏，他就悄悄粘好，趁没人便跟着唱片学习。有一次，拉苏荣把这些自己收集的唱片放给哈扎布老师听，哈扎布老师既意外又感动，当下便说："行了，从此以后，你就是我的徒弟了。"这样，他便成了哈扎布的第一个弟子。

哈扎布不仅教拉苏荣唱歌，更是他艺术道路上的指明灯，哈扎布有句话让他至今难忘："无论在哪里演唱，头脑中要有草原、毡包、骏马、牛羊和牧民，这样，歌曲的节奏、曲调、色彩才会有草原的味道，有对牧民的情感。"

1968年，拉苏荣从内蒙古艺术学校毕业，重新回到梦开始的地方——乌兰牧骑，这让他更加珍惜每一次演出机会。虽然当时的条件比较艰苦，但是他们总会想办法去克服。拉苏荣和队员们终日奔波，有时专程走几百里路，就是为了给几位牧民演出，演完睡学生课桌、睡地板或蒙古包已见怪不怪。牧民在哪里，他们的舞台就在哪里。为了让演出达到更好的效果，他们就从草原采来野花布置舞台；草原上的蚊蝇特别多，有时候唱着唱着，苍蝇就飞进嘴里，他们便吐掉继续唱；有时候正在吃饭，有牧民过来看节目，他们就立刻放下饭碗，为大家表演。

虽然这样的日子十分辛苦，但只要看到节目深受牧民喜爱，每次来演出时大家都奔走相告的情景时，看到牧民们把舞台挤得水泄不通、一次又一次要求加唱时，看到牧民们待他们如自己的亲人一般时，他就觉得一切付出都值得。1977年，拉苏荣到海拉尔演出，两位牧民冒着风雪策马远道而来观看，不巧拉苏荣患了大叶性肺炎，两位牧民听说后便买了熟肉、面包和啤酒，赶到宾馆看望他。拉苏荣拖着病体，撑起身子给他们唱了几首歌。在乌兰牧骑那些年，拉苏荣除了出国访问演出或在大城市演出，绝大部分时间都深入各盟各旗，与牧民一起生活，一起放牧，把套马杆一放，就给牧民唱歌。有一次演出结束，一个马倌错过了节目，拉苏荣便给他单独演唱。由于天热，拉苏荣唱得满头大汗。马倌站起来，一句话没说，只是递给拉苏荣一条自己擦汗用的毛巾，而这条毛巾，已辨不清原来的颜色。牧民的深情，是拉苏荣人生道路上最宝贵的财富和收获。

拉苏荣十来岁的时候，有一位邻居老爷爷，每天都会在太阳即将升起的时候来到一个土坡，面对太阳升起的方向张开双手，仿佛托举着太阳，随之歌声慢慢展开："呜咳——"这便是长调中最古老的基础声调。这些声调不需要刻意去学习，因为这是民族的记忆，是流淌在蒙古族人民血液里的艺术基因。拉苏荣作为长调的传承者，有义务将这古老的艺术记录下来，并用他学到的知识将其传承发扬。

因为长调是一种口传文化，人们在口传之中往往容易丢失一些元素，这样传下去的长调就越来越不正宗，于是拉苏荣便有了将长调艺术、长调文化用文字记录下来的想法。1993年，蒙古文版图书《人民歌唱家——哈扎布》出版，这本书倾注了拉苏荣很多的心血，它不仅是记录他的老师——哈扎布传奇一生的一本书，还是记录长调历史发展、文化内涵、演唱技法的一本书。拉苏荣希望能通过这本书将长调文化更详尽地保留下来，为长调的传承做一点儿贡献。如今每年，拉苏荣都会回到内蒙古艺术学院为学生们授课，希望通过自己的努力，让更多的

年轻人喜爱长调这门古老的艺术。

哈扎布晚年经常吟唱一首歌——《老雁》，歌中的老雁离开了它心爱的草原，留下的只有阵阵雁鸣，那是回荡在草原上的响彻天际的长调。这是哈扎布老师的使命，更是拉苏荣的使命，传承长调的重任他责无旁贷，他希望将来在辽阔的草原上，会有一群又一群的"雏雁"在长歌高翔。

1991年，拉苏荣获"全国文化系统先进工作者"称号，32岁时成为内蒙古自治区政协委员，积极参政议政。回首走过的路，拉苏荣感慨万千："乌兰牧骑为我提供了舞台，草原牧民造就了我这个歌唱家。那些年，我就是在马背、驼峰、拖拉机甚至勒勒车上颠簸过来的，是母亲教我学会唱歌，我要把歌声还给母亲，还给草原。"

屈指数来，拉苏荣在草原上唱了35年的歌，最好的年华都是在内蒙古度过的，蒙古族长调在他的演唱中得以发扬光大。他用自己艺术和人格的双重魅力，赢得了"第二代草原歌王"的称号，书写了高亢悠长的长调人生。

第三节 从牧羊姑娘到舞蹈家

巴达玛是由一位牧羊姑娘成长为舞蹈家的，乌兰牧骑是她成长的摇篮。在乌兰牧骑的史册上，她的名字赫然醒目。一个草原上的牧羊姑娘，似乎与舞蹈无缘，一个仅读三年书刚刚扫盲的牧家女，似乎与教授无缘，一个不善言谈、举止拘谨的人，似乎与奔放无缘。然而，这一切在巴达玛的身上都奇迹般地出现了。

1944年，内蒙古赤峰市巴林右旗独石苏木一个普通牧民之家，又迎来了一个新的生命，是个女孩。此前他们已经有了8个孩子，生活所迫这家已无力再抚养这个孩子，无奈之下父母把她送给了30里之外的乌苏依肯嘎查的牧民敖登夫妇，甚至都没来得及给孩子起一个名字。然而世事难料，没想到在苦涩的年代做出的无奈选择，却使这个孩子有了转机，养父养母盼儿盼女若渴，面对这个玲珑秀气的女儿，一连目不转睛地看了好几天，并给女儿起了一个吉祥的名字——巴达玛。从此，巴达玛从一个在生父家"多余"的孩子变成养父家的掌上明珠。这是一个纯朴善良的家庭，养父养母无儿无女，巴达玛的从天而降，自然给这个寂

巴达玛

寞的家庭平添无尽的欢乐。养父养母出去干活领着她，逢年过节走亲戚拜年领着她，几乎寸步不离左右。

　　巴达玛十分招人喜欢，俊俏得像鲜艳的萨日朗花，她爱唱爱跳，活泼得又像百灵鸟。村里的人们见到她总是说："巴达玛，唱支歌吧。"巴达玛也不扭捏，张口就来，且边唱边舞。有一次养父在草地上找到她，见她正和几个男孩子一起划拳行令，二话没说拉起女儿就往回走，养父脸色阴沉，告诫巴达玛"不能学坏"，毅然决定让巴达玛上学。学校离家很远，养母便骑着毛驴接送，风雨无阻，每天她都是第一个到校。巴达玛的艺术天赋在学校渐渐展露出来，那一年学校搞文艺会演，巴达玛得了第一名，她高兴得手舞足蹈，顾不得路途遥远，一口气跑回家告诉养父养母。养父养母把女儿的获奖证书翻来覆去看了好几遍，看到女儿这么有出息，乐得半宿没睡着。这一小小的奖励对巴达玛的影响却很大，并

在以后的生活中被无限地放大，直至把她送到艺术的道路上。

养父养母年事已高，担忧他们相继离去后女儿孤单，就把家迁到巴达玛生父生母居住的德日苏嘎查，两家来往密切，让巴达玛享受到了双重的疼爱。可惜她身体孱弱，在德日苏读完三年级就病退回家了。即便是小学三年级文化，在德日苏也算是大"知识分子"。村里安排她担任生产队会计，养父养母有些担心："这么小，能行吗？"没想到巴达玛回答得斩钉截铁："行！"她当上了生产队会计，并且很快进入了角色，将队里的收支账目管理得一丝不苟、井井有条。那年她刚满12岁。

生产队的账目没那么烦琐，巴达玛便把更多的精力放在替养父放羊上，小小年纪就成了家里的顶梁柱。德日苏嘎查为活跃春节文化活动，成立了业余文艺宣传队，巴达玛既当导演又当演员，成为队中能歌善舞的多面手、台柱子，牧民们都爱看自己的孩子表演的节目。1958年底，旗里组织群众业余文艺会演，巴达玛的歌舞获得一等奖，这个奖显然比一年级时的奖分量重一些，由此乌兰牧骑看中巴达玛，决定吸收她成为其中一员。于是，她告别了德日苏的父老乡亲，走进了梦寐以求的乌兰牧骑。

巴达玛的舞蹈天赋在乌兰牧骑得到充分展示，其处女作《奶酒献给毛主席》不仅在旗里演出受到领导和农牧民观众的好评，还作为优秀节目参加了自治区文艺会演。良好的开端坚定了她从事舞蹈事业的决心和信心，她潜心于舞蹈艺术的广阔天地，深悟底蕴，苦练基本功，成为乌兰牧骑队伍中的佼佼者。1965年，内蒙古自治区从全区各地抽调乌兰牧骑演员，组成代表队到全国各地巡回演出，巴达玛成为其中的一员。为期半年的巡回演出，使她开阔了视野，增长了见识，并有机会与各地的同行交流，取长补短，她的舞蹈水平由此进入巅峰时期。1966年元旦，作为乌兰牧骑代表，周恩来总理等党和国家领导人接见了她，周总理语重心长的教诲，使巴达玛激动万分，泪流满面，暗下决心将毕生献给乌兰牧骑，全心全意为人民服务，决不辜负周总理的殷切希望。

巴达玛忘我地投入舞蹈艺术的构思与创作上，没日没夜地指导队员排练，一连几天不回家，草图画了一幅又一幅，动作改了一遍又一遍，直至满意为止。巴达玛为舞蹈艺术而生，她对舞蹈艺术的理解和所达到的高度，是一般人难以超越的。她用一个个舞蹈形象呈现出生活的美，奉献给人们民族文化艺术的精髓。她说，乌兰牧骑诞生于草原，所表现的是母亲的艺术，因而她创编的舞蹈具有鲜明的草原特色和浓郁的民族风情，她奉献出的舞蹈堪称经典，《乳香飘》《草原盛会》《有趣的风力机》《紫花苜蓿》《金马驹》等是她夜以继日创作的舞蹈艺术杰作，而《笑肩舞》《太阳照亮蒙古包》《团圆除夕夜》《五朵金花》《五彩情绸》《林牧恋歌》《生命随想》《金色的摇篮》《雪之梦》《草原上升起不落的太阳》《金枝》《锦鸡儿》等优秀作品，则刮起了草原舞蹈的巴达玛时代。其中，歌舞《五彩情绸》可谓艺术殿堂的一颗明珠，其所蕴含的艺术魅力和展现的艺术高度得到业界的高度评价。她创作的近百部歌舞，如诗如画，就像醇香的奶酒，迷醉了草原，给人以美的艺术享受。

巴达玛在艺术的道路上不断探索和创新，在内容上既有对昔日草原的回顾，也有对今日草原的赞美，还有对未来草原的向往。在表现手法上，巴达玛不拘泥俗套，总是另辟蹊径求新、求美，选取不同的角度侧面，精心构思，细心打磨。有一年她在牧区体验生活时，发现一些牧民对披肩发的草原姑娘颇有微词，评价她们道："像什么样子，跟野马似的。"这使巴达玛受到启发。野马，顾名思义，没经过调训，无拘无束，而出现眼前的这些"野马"行为，实际上是对传统意识和习俗的一种反叛和挑战。以往的舞台上，表现万马奔腾的草原时常常是由男演员来跳；如果由女演员跳，表现一匹匹马驹的形象，一定能给观众一种耳目一新的感觉。为了创作好这个舞蹈，巴达玛专门拜读了内蒙古著名诗人布·巴林布赫对金马驹赞美的诗和诗人其木德·道尔吉的作品《巴林马驹》，诗人的才情激发了她的灵感。她突然想起台湾高山族民间舞剧中"甩发"的动作，便有了创作《金马驹》的想法。在具体舞蹈语汇运用上，除了借鉴传统的"马步"，为突出时代特点，满足不同观众的欣赏要求，她大胆地吸收和植入现代舞的表现手法和动作，使作品充满了艺术的张力。演出之后，《金马驹》在观众中产生强烈反响。文化部艺术司的一位领导观看后这样评价："巴达玛创作的《金马驹》是对传统马舞的一个突破。"巴达玛的另一作品单人舞《孟克珠拉》，在舞蹈动作设

巴达玛（右）和队员

计上除运用蒙古舞的"绕肩"，还吸收了芭蕾舞的元素，服饰设计上借鉴了汉族《荷花舞》的特点和风格。此外，为增强时代感，作品还在音乐设计上采用流行的通俗音乐，歌舞轻快而活泼。

巴达玛不仅是一位舞蹈艺术编导，还是一位优秀服装设计师。她创作的绝大多数舞蹈作品中的服装都由她亲自设计，并多次获得服装设计奖。

巴达玛把一生最好的年华都献给了乌兰牧骑事业，从艺30多年间奉献30多个优秀获奖作品，其中省级以上获奖20个，这在内蒙古乃至舞蹈界屈指可数。1986年在内蒙古自治区第二届舞蹈比赛中，巴林右旗乌兰牧骑演出的6个节目全部获奖，基于巴达玛多年来的艺术成就颇丰，组委会破例增设了一个最高奖项，授予她政府特别奖。巴达玛的成就也引起全国舞蹈界的高度关注和认可，认为她的歌舞作品立意深邃、构思巧妙、角度新颖、服饰精美，在给人们艺术享受的同时也能引发人们的思考。我国著名画家阿老、赵世英和摄影家凌风曾多次被巴达玛的歌舞所感动，用画笔和镜头赞颂她，画作和摄影剧照分别发表在《人民画报》《民族画报》《舞蹈论丛》《舞蹈》等知名刊物的封面、插页和封底。有很多评论家和媒体记者在《人民日报》《光明日报》《文艺报》《内蒙古日报》等激扬文字，深入宣传巴达玛，充分肯定巴达玛。然而巴达玛对自己所取得的成绩看得很淡，在她家里甚至找不到自己创作作品的收藏资料。作为一名乌兰牧骑队员，巴达玛多次被评为旗劳动模范、自治区乌兰牧骑先进工作者，并获晋级奖励。她积极参政议政，被选为旗、盟市、自治区人大代表和政协委员等，把基层农牧民的声音带进决策层，提出很多牧区文化建设的提案。这位12岁就进入生产队"领导班子"的牧羊姑娘，组织协调能力有目共睹，先后担任乌兰牧骑队长、指导员，旗文化局副局长，市民族歌舞团副团长，她言传身教，身体力行，在奉献经典艺术作品的同时，也带出了一支优秀的团队，为巴林右旗乌兰牧骑注入文化艺术的底蕴和民族艺术的灵魂。

赤峰是契丹族的故土、辽文化发祥地，为打造契丹文化品牌，市委、市政府及文化局指定民族歌舞团谋划一台彰显辽文化底蕴和风貌的大型歌舞晚会。作为这台节目的主要策划编导，巴达玛一头扑进辽文化的历史深巷，翻阅大量文化资料，全方位了解契丹民族的歌舞特点和音乐特色。夜深人静，她彻夜难眠，经过几天几夜的缜密思考，一个优秀的创意形成了。历时3个多月，一台具有浓郁民族特色和地域特色的契丹乐舞——《太阳契丹》呈现在赤峰大地上。《太阳契丹》一问世，就受到行家好评，在1993年8月召开的中国北方文化国际学术研讨会上演出后，国内外专家学者大为震撼，他们为赤峰能创作演出这样的契丹乐舞而叫绝。然而，当新世纪的钟声敲响的时候，备受尊敬的草原舞蹈艺术家却没能与新世纪同行，巴达玛太累了，当她编导完歌舞《生命之歌》后，也走完了自己的生命旅程。2017年7月17日，庆祝乌兰牧骑建立60周年暨第七届乌兰牧骑艺术节在巴林草原拉开帷幕，来自全区各地的乌兰牧骑在草原上进行精彩演出，巴达玛就是在这里成长的，虽然不见了她的身影，但她创作的歌舞将永远留在草原上。

第四节　作曲家呼格吉夫

很多人都认识呼格吉夫，却不认识汪景仁，包括我们在内。我们知道呼格吉夫的名字还是读书时学唱赤峰市歌开始的，先是《我爱昭乌达》，而后是《草原上有座美丽的城》，旋律优美，家乡韵味浓厚。这两首歌一首是昭乌达盟盟歌，盟改市后，就有了第二首的市歌。随着市歌深入千家万户，呼格吉夫便成为家喻户晓的人物。我们认识汪景仁是加入作协以后，在一次春节联谊会上，主持人介绍音乐家协会主席时，一位颇有学者风度的男士站起来，面带微笑，满头长发梳理得整齐有序。令我们讶异的是主持人竟然说他是汪景仁，可他分明是呼格吉夫。旁侧的人悄声提醒，汪景仁便是呼格吉夫，呼格吉夫也是汪景仁。

呼格吉夫是草原上知名度很高的音乐家，也是从乌兰牧骑走出来的。

1939年，呼格吉夫出生在喀喇沁旗王爷府。这是块人杰地灵之地，清朝年间蒙古王公贵族贡桑诺尔布是位民族开明人士，先是被朝廷封爵为郡王，清朝末年又被封为亲王，亲王府由此传延下来。王爷府堪称塞北的"紫禁城"，朱红玉柱，殿宇飞鸿，家丁上百，呼格吉夫的祖父在王府里担任宫廷乐师，并在王府戏班里唱花脸。呼格吉夫经常跟着祖父进王府，感受宫廷音乐的氛围，他的音乐天赋就是从那时启蒙的。

呼格吉夫上小学时内蒙古自治区已经成立，内蒙古歌舞团到喀喇沁王府演出时，他平生第一次听到那么优美的音乐，一颗少年的心实实在在被震撼了，萦绕在心头的音乐久久回响。爱好是最大的天赋，浑然不觉间，心中已有了时隐时现的目标，音乐的种子埋下了，只待阳光雨露，发芽破土。

上中学时，呼格吉夫的音乐才华已经崭露头角，并有幸得到著名音乐家亿和

呼格吉夫作品专场音乐会现场

夫的指教，音乐修养和综合素质得到全面提高。学校晚上9点钟熄灯，他却悄悄爬起来，到校园中有线广播喇叭下面听结束曲《步步高》，有时还趴在校园墙头上听一位老师在月光下演奏手风琴。家乡十里八乡哪里唱皮影戏，哪里唱评戏，他都要去听，他对剧情不感兴趣，总是钻到侧台去听拉胡琴。呼格吉夫对音乐的着迷已达到废寝忘食的地步，正是这种痴情让他萌生了作曲的想法，一次全校师生修灌渠，为鼓舞士气，全校师生学唱了他特意为义务劳动创作的歌。尽管那首歌没有走出校园，可那是他音乐生涯的第一步，成就感无以言表，关键是坚定了他对于音乐的信心。

　　1958年，呼格吉夫从王府中学毕业了。他在学校音乐课的优秀表现，引起了旗乌兰牧骑的注意，经考核他被正式接收为乌兰牧骑队员，这一干就是20年。在20年的时间里，呼格吉夫随乌兰牧骑走遍全旗各个乡镇和无数乡村，他的琴声和舞台形象给人们留下了深刻的印象。乌兰牧骑队伍精干，演出任务重，要求每一位乌兰牧骑队员必须一专多能，呼格吉夫既要完成作曲，还要参与表演，这样的工作环境反倒促使他实现了全面发展，使他的音乐创作更贴近生活，更受群众欢迎。同是乌兰牧骑队员的妻子与他志同道合，妻子的理解与支持对他成为有声望的作曲家起到了难以估量的作用，使他能够专心追逐自己的理想。1973年10月，金秋把树叶渲染得五颜六色，锡伯河两岸跳动着收获的音符，而这时呼格吉夫获得了一次深造的机会，可妻子将要临产，他又不忍心离开。妻子理解他的心境，觉得这样的机会很难得，毅然支持他去参加辽宁省歌曲创作学习班。妻子的通情达理让他感动不已，他带上一个生了锈的小闹钟，在妻子的催促下登上火车，走进了他梦寐以求的沈阳音乐学院。那一刻，他鼻子发酸，热泪盈眶。

入学后，呼格吉夫师从霍存慧、秦咏诚、黄维强等教授，没有和声资料，他硬是手抄了厚厚两本斯波索宾的《和声学教程》。在校期间，他因自己作词作曲的男声独唱《火车跑得快，全凭车头带》先后在《解放军歌曲》等刊物发表，并被灌制唱片和一首自己作词作曲的作品被收入《战地新歌》而小有影响。毕业后，呼格吉夫从喀喇沁旗乌兰牧骑调入市歌舞团。呼格吉夫的音乐创作进入黄金期。呼格吉夫是个工作狂，为了创作需要，他果断向朋友借钱买了一架钢琴，成为赤峰市个人购买钢琴第一人。从那时开始，呼格吉夫的创作激情犹如泉涌，一发而不可收。即便担任歌舞团副团长后，他仍兼职创作，利用各种机会深入生活，多次率队下乡演出，到基层学习民歌，收集素材，从丰富的民间汲取营养。他的作品层出不穷，用歌声把赤峰推向全国。

呼格吉夫是一个不善言辞的人，他的语言以及内心的思考，全都融汇在他的音乐世界里。熟知他的朋友，都知道他说话办事直爽，话虽不多，却掷地有声，冷不丁冒出一句玩笑话，都能让人出乎意料地捧腹大笑。长期伏案笔耕，使他的脸庞消瘦，他那双睿智的眼睛看向人时，总带着友善的微笑。一头浓密的长发，即便是数九寒天也不戴帽子，仿佛他的耳朵随时在聆听或捕捉灵感。他虽然很少说话，但内心是炙热的，情感始终浓烈而饱满，走起路来大步流星，好像在赶一场音乐会。听一听呼格吉夫的音乐作品，总会被他感染而唤起内心的共鸣。同是蒙古族的旋律基调，但他有自己的风格，从大部头的戏剧音乐、影视音乐，到中型的组歌、舞蹈音乐、器乐曲以及儿童音乐作品，无一不渗透着阳光一样的语言，流淌着月亮般含蓄淡雅的诗意。

呼格吉夫创作了许多草原歌曲，不仅在生于斯长于斯的故乡土地广为传唱，也飘出草原走向全国，《草原上有一座美丽的城》《深深眷恋的草原》《草原无名河》《敖特尔风情》《沙格德尔》《星星的早晨》《如意歌》等，民族气息浓郁，充满了对家乡草原深沉的挚爱，使人不由自主地沉浸其中。他谱曲的赤峰市歌《草原上有一座美丽的城》质朴而奔放，由著名歌唱家德德玛首唱，在赤峰家喻户晓："草原上有一座美丽的城，那是我可爱的家乡赤峰，红山凝云霞，河水碧溶溶，幢幢高楼手挽手，座座庭院绿葱葱，啊——啊——城美人更美，处处荡春风，不是我对家乡有偏爱，谁不这样赞赤峰……"歌声透着一股深情和亲切的情怀，赤峰也因这首歌声名远扬。

音乐是一种表情艺术，而旋律是音乐获得表情最关键的载体。在艺术范畴内，音乐不同于其他门类，包括诗歌、绘画，是因为它的非文学语言性和非典型性，但音乐常常能使文学作品升华，因而音乐和文学有区别又密不可分。呼格吉夫音乐作品的情感表达，是在文化艺术为底蕴的基础上，通过旋律反映生活的美，给人以精神层面的享受。他对音乐创作的态度是严谨的，其作品除了旋律优美自然，民族气息浓郁，音乐形象鲜明，感情把握准确也是一大特色。其中，舞曲《敖特尔风情》最具代表性。这部音乐作品以明快、新颖、富有律动的音调及节奏，把人带入欢快、热烈、开阔的情绪之中，大线条地表现出了草原上青年男女策马飞奔的英姿飒爽，充满了青春活力。

在歌舞团（直属乌兰牧骑），演员一听到呼格吉夫的乐曲就想跳舞，有人唱出第一句，就有人跟着唱第二句。《敖特尔风情》这首作品后来被他改为器乐作品，连同其他7首作品，在中央电视台三套《国乐飘香》栏目和国际频道播出，呼格吉夫的名字飞出国门，走向世界。1988年，《敖特尔风情》在土耳其国际民间舞蹈比赛中荣获银奖。这首音乐为舞蹈插上翅膀，使舞蹈与音乐相得益彰。呼格吉夫的其他舞蹈音乐如《勃日更楚达》《小巴特》及获得国家级大奖的器乐曲《牧人乐》《如意歌》《沙格德尔》等，都具有这种风格和神韵。其中《如意歌》在获得全国第三届民族器乐展一等奖后，由中央广播民族乐团演奏。《人民音乐》曾专门发表关于他的评论文章，引起国内民乐界人士的关注，呼格吉夫被吸纳为中国民族管弦乐学会会员并当选理事。

音乐语言是抽象的，组织起来难度大，在对旋律和节奏的感觉、进入与发挥中，天赋所起的作用其实很大，这就是作曲家少之又少的原因。呼格吉夫的音乐天赋是有目共睹的，可他却谦逊地说自己是"笨鸟先飞"。40多年来，呼格吉夫始终把笔端植根于民族沃土，用歌声书写青春芳华，即使步入暮年，他的创作激情依然旺盛。那台老套的钢琴是他忠实的伙伴，陪伴他在音乐的田野上徜徉，寒来暑往，春华秋实，他用60年的不懈追求，形成了自己鲜明的创作个性。呼格吉夫不是靠一两首歌名声大噪，而是靠无数个经典之作享誉乐坛，一曲传唱不衰的《草原上有一座美丽的城》在玉龙之乡回响，由德德玛、阿尔泰演唱的《深深眷恋的草原》《深深牧人情》《草原无名河》等歌曲引起听众的强烈反响。内蒙古文学艺术最高奖"萨日纳""五个一""草原金秋"等专业奖项，他多次榜上有名，并当选内蒙古第三届音协副主席。

一个作曲家的艺术功力，主要看他的大部头作品。在呼格吉夫的诸多作品中，包括他的电视剧音乐《风雪巴林道》《黄土窝的故事》《山野》《月照细柳湾》等，远没有昭乌达蒙古剧《沙格德尔》更具创造性和探索性。《沙格德尔》是他精力投入最大、创作文本最厚，最能体现他综合艺术功力的重头作品。这部音乐剧的创作，呼格吉夫花费了3年时间，从构思到结构，从旋律到素材运用，从整体音乐基调把握到具体的人物唱腔设计以及乐队配器，全是他一个人承担。更难能可贵的是，为了剧种的创建，他还撰写了上万字的论文《蒙古剧音乐规范化初探》，他认为，蒙古剧必须立足于蒙古族民间音乐，并使之规范化。他提出"主腔可变体"的观点，并在实践中加以运用，作为一个剧种，蒙古剧的音乐不仅要符合戏剧音乐的规律，更要相对稳定，要在已经相对稳定的音乐基础上进行唱腔设计，在保持该剧种音乐特色的前提下，注入新鲜"血液"。这篇论文被收入国家民委编辑出版的《中国少数民族戏剧研究论文集》中。1994年，《沙格德尔》蒙古剧音乐在中国戏曲音乐学会举办的第二届中国戏曲音乐"孔三传"奖的评奖中获优秀音乐奖。

2014年1月5日晚，内蒙古著名作曲家呼格吉夫作品音乐会在内蒙古大学艺术学院音乐厅举办。整场音乐会由民族器乐《草原的故事》、歌曲《草原无名河》和儿童歌曲《草原小骑手》等3个乐章组成，共演奏了26首呼格吉夫创作的歌曲。自20世纪80年代初始，呼格吉夫着手儿童歌曲创作，至今从未中断。他的儿童歌曲广泛流传，受到各族儿童的喜爱。中央民族大学音乐教授乌兰杰对其评价道："呼格吉夫的这种坚持不懈，不计名利，专门为少年儿童写歌的奉献精神，确实值得我们学习。"

呼格吉夫对儿童剧情有独钟，为了写好儿童歌曲，他年轻时就经常到幼儿园体验生活。1992年他被授予"全国儿童文化工作先进工作者"称号。2002年，内蒙古音像出版社出版发行了他的儿童歌曲作品专辑《草原孩子的歌》，在八次自治区"五个一工程"评奖中，他作曲的6首歌曲获奖，其中4首是儿童歌曲。1961年，内蒙古的音乐教材一次性编入他的6首歌曲。20世纪80年代初，他以一首旋律明快活泼、风格浓郁的《我是草原小骑手》获全国少儿歌曲大赛二等奖，并一直被传唱至今。1995年，国家文化部等举办首届中国少年儿童歌曲电视大赛征歌活动，时间跨度从1934—1994年，选出这60年中"经过历史考验"的儿童歌曲60首，呼格吉夫的作品赫然在列，并被选定为大赛指定曲目，中央电视台等多家媒体将其制作成MTV，被多个省市区编入音乐教材，汪景仁的名字由此被全国小朋友所熟悉。20世纪90年代问世并很快流传全国的童声独唱《我多想看看》使呼格吉夫在全国儿童音乐界的知名度陡增。1995年，他的无伴奏童声合唱《星星的暑假》在香港举办的华人中文儿童合唱歌曲创作比赛中，获得唯一的一等奖，在香港乃至国际音乐界产生一定影响，这部作品作为香港儿童合唱团的保留曲目，被带到加拿大等多个国家演出。2003年，已经退休的呼格吉夫宝刀不老，创作了一首《草原女孩》，被全国第五届少年儿童卡拉OK电视大赛选为指定曲目，并获得二等奖。中国儿童音乐学会副会长、著名作曲家《我们美丽的祖国》曲作者晓丹，在接受赤峰电视台采访时评价该作品"非常引人注目，作品构思巧妙，音调

走进童心世界的音乐家

优美，极富动感，编配中马头琴的运用、调性的对比，逐渐深化了情感浓度，颇具新意""不但有情，更有神""做到了儿童情趣、民族风格、时代气息三者的完美结合""使情感与动作、传统与现代之间进行了很好的对话"。在谈到呼格吉夫时他说："呼格吉夫是一位很有才华、有创作基因、执着的作曲家，他是儿童音乐创作独树一帜的人物。"

"20世纪80年代，我在赤峰市文工团任副团长，赤峰市文工团每年六一期间都会给孩子们演出一场儿童专场。由于当时比较缺少儿童歌曲，我发现刘雅化在《草原歌声》上发表的《我是草原小骑手》是一首很好的歌词，于是就为其谱曲。"此后，《我是草原小骑手》这首歌曲多次被央视等多家单位拍摄为儿童电视音乐片，被收入数种歌集和音乐教材，并被改编为二胡、古筝等儿童器乐考级曲目。呼格吉夫说："蒙古族男儿三艺有摔跤、骑马和射箭，三艺也最能反映蒙古族生活特点，儿童演唱《我是草原小骑手》这首歌曲时，观众听上去仿佛感觉万马奔腾在耳边。"谈及《星星的暑假》，呼格吉夫说："20世纪90年代，我从报纸上看到一篇散文诗《星星的暑假》，感觉写得特别美，于是专门谱了曲。"

作品如人品，呼格吉夫对待生活态度严谨，拥有独特的人格魅力，人们喜欢他的作品，更喜欢呼格吉夫。很多中国的作曲家，都重视学习和借鉴西洋作曲技法，呼格吉夫也不例外。呼格吉夫道出了他学习的乐趣："早在喀喇沁乌兰牧骑演出队期间，出于工作需要，我自修和声学及管弦乐配器法。1974年，我考入沈阳音乐学院作曲系，并手抄了《斯波索宾和声学教程》，在校期间就有歌曲被灌制唱片，选入《战地新歌》。"呼格吉夫认为真正的好作品，就是抒发人的感情世界，表现人的精神实质，达到一定深度和高度，这更像他的为人。抛开功名利禄，把音乐事业作为最崇高、最神圣的追求和使命，就足以令人钦佩和敬仰。他虽已成为备受尊崇的音乐家，可一直保持乌兰牧骑的优良传统，下乡演出从不推辞，有时还亲自登台，表演器乐独奏。他说，这是乌兰牧骑的心态，不计名利，宠辱不惊，既然音乐来源于人民，就要把音乐还给人民。他始终坚持自己所爱，坚定自己所求，坚信人可生老病死，但艺术之树常青。

勤奋多思，工作忘我，呼格吉夫的艺术成就与他全身心投入密切相关。在他的工作日程里，没有节假日，没有白天黑夜。有一年正月初二，他顶风冒雪推开同事家的门，同事以为他是来拜年的，他却兴高采烈地拿出创作完的一首儿歌新作《泥小猪》，征求同事的意见。呼格吉夫是国家一级作曲家，也是享受国务院政府津贴的学者，按说已经功成名就，可他依然不忘初心，工作热情和创作激情依然旺盛。自兼任赤峰市音乐协会主席以来，呼格吉夫热心带领全市音乐工作者为繁荣地区音乐事业不辞辛苦，克服困难，组织考级，举办新歌音乐会，推荐"五个一工程"作品，创建歌词报《草原词坛》，以饱满的热情和高度的社会责任感进行创作，用作品鼓舞人心，激发斗志。2004年赤峰建市20周年，他的一篇

题为《我对赤峰市音乐文化资源开发利用的思考》见诸报端，充分体现了这位老艺术家"中夜四五叹，常为大国忧"的崇高境界。

追求是一种境界。对智者来说，有追求才有快乐，有创作才有幸福。呼格吉夫常说："听人们在唱我的歌时，那是我最快乐的时刻。当我告别了这个世界，我的歌曲仍被人们传唱，那就是我终生的追求，也是我子孙后代的幸福。"朴实的话语蕴含着一位毕生追求音乐事业的跋涉者的心声。退休以后，他一直保持旺盛的创作热情，笔耕不辍，新作迭出。为了延续音乐事业，呼格吉夫自费组建了自己的音乐工作室、录音棚。一位年届七十的老人竟能熟练操作电脑，独立合成音乐制作，他的毅力令人佩服。"尽管年事已高，我仍孜孜不倦于作曲事业，希望不断地超越自己，并努力超越他人，创作出更美的乐曲。"两鬓苍苍的呼格吉夫钟爱他的作曲事业，并把作曲视为自己的生命。

第五节　雕花的马鞍

一曲《雕花的马鞍》唱红大江南北，这首歌的首唱者那顺可谓大器晚成。但这样评价他也不够准确，就乌兰牧骑来说他的确有些姗姗来迟，但在加入乌兰牧骑之前，他已是声名鹊起的青年歌手，是国内各专业文艺团体热捧的音乐奇才，可出乎意料的是他在事业巅峰时却选择了内蒙古，选择了乌兰牧骑。

1959年，那顺出生在内蒙古通辽市科左中旗海力锦苏木宝德勒嘎查，家中七个兄弟姊妹，那顺排最小。在这个十口人的大家庭里，衣食温饱是一个重大问题。在那顺成长的记忆中，阿爸常年在牧场上奔波的身影，阿妈深夜油灯下为兄弟姐妹缝补衣衫的情景，深深印在脑海里挥之不去。但勤劳的父母把吃苦耐劳的品德传给了下一代，那顺的朴实、坚强正是从父母那里传承过来的。在乡亲们的眼里，那顺是个有出息的孩子，从小就知道帮家里干活，替父母分忧。阿妈心疼孩子，劝那顺找小伙伴们出去玩，可那顺摇头："阿妈，我帮您干活。"

有一次，那顺和小伙伴们在草地上放牛，突然天空阴云密布，一场暴雨倾盆而下，其他小伙伴扔下牛群，哭喊着往家里跑，唯独那顺不慌不乱，心想如果牛跑丢了，或者跑进庄稼地里，阿爸就得挨生产队罚，家里没钱啊！于是那顺顶着风雨跑着，喊着，赶着，愣是把几百多头"炸群"的牛拢在一起。初秋的冷雨滴在脸上身

那顺

上，透骨的冰凉，回家后那顺因感冒高烧，直说胡话，昏睡了一天一夜。当他睁开眼睛，第一眼看到的是阿妈满是泪痕却洋溢着笑容的脸庞。"老虎（那顺的乳名），你放牛有功，阿妈给你煮了两个荷包蛋。"阿妈温柔的话语和两个荷包蛋的奖赏，使那顺幼小的心灵得到极大的满足。从那以后，那顺在父母眼里长大了，是个有责任感的"男子汉"，自然也是小伙伴们的"头儿"。

那顺家人口虽多，劳力却少，劳累一天的阿爸常常把牲畜赶回圈里，又拿起大耙搂柴火。阿爸搂柴的大耙耙杆很长，一端吊着装柴火的草帘子，簸箕一样，另一端套上拌柳扛在肩上。阿爸在前面走，吊着草帘子的大耙杆颤颤巍巍，节奏感极强。大耙搂满了柴火，阿爸停下来抖落在草帘子里压实，然后继续，重复十

几下，草帘子就满了，停下来堆放在一边。半天下来，就能堆起一个柴火垛。有一次阿爸搂了十几帘子柴火，有事去了别的牧场，那顺心想如果不把这些柴火弄回家，夜里被风刮走或被牲畜糟蹋掉，阿爸半天的辛苦就白费了。于是，那顺悄悄找来几根绳子，把柴火捆在一起，想背回家。可是柴火太多了，柴火捆很大，蹲下来背在身上就站不起来。那顺只得弓着身子一步一步往回爬，当他驮着小山一样的柴火垛爬进村里时，乡亲们大声惊呼："快看这是谁家的柴火车装得这么多，连拉车的毛驴都看不见。"

儿时的成长凝结着太多的艰辛，现在回想起来倒是一笔精神财富。

那顺的阿爸是草原上的民歌手，不仅能拉一手四胡，还会说唱乌力格尔，阿妈也是十里八乡有名的"草原百灵"。当年就是歌声牵线，琴声为媒，阿爸阿妈走到了一起。在阿爸阿妈的世界里，生活虽然艰辛，可也有歌声带来的快乐，这种血脉的遗传使孩子们天生具备了一定的音乐禀赋。受家庭氛围的熏陶，那顺从小就耳濡目染，跟着阿爸阿妈学，拢着小伙伴们一起唱。为了多听音乐，那顺每天都守候在小喇叭跟前，他听得最多的是有线广播里天天播放的《东方红》，同时也听德德玛老师的《走马》、拉苏荣老师的《北疆赞歌》、牧兰老师的《牧民歌唱共产党》，小喇叭里飘出的歌声让他热血沸腾。他和同村的呼群、哈斯、宝林等几位大哥哥大姐姐自发组成一个小乐队，活跃在田间地头，为全村人茶余饭后增添了无尽的欢乐。旗乌兰牧骑下农村牧区巡演，那顺一个嘎查一个嘎查跟着看，一跟就是七八天，越走越远，不知不觉离家已经几十公里。爱好是成功的最大动力，那顺后来能成为颇有名气的歌唱家，可以说与儿时的爱好与启蒙有着密切的关系。

刚上初中，那顺就被推选为全校文艺委员。1975年秋，那顺正光着脚为学校的8头牛割草，大哥骑马找到他："哲里木盟歌舞团来咱们嘎查招演员了，阿妈让你去报考。"大哥说完，见那顺穿着干活的衣服，脏兮兮的，马上把自己的衣服脱下给弟弟换上，虽然有些不合体，可毕竟干净一些。那顺不敢怠慢，急忙朝嘎查村部走去。几位招考老师在对面坐着，那顺身材瘦小，大哥的衣服有些肥大，样子滑稽，老师们一愣神，会心地笑了。招考老师让他听音、打节奏、唱

马鞍

歌，那顺按要求走完程序后，就开始了等候通知的日子。虽然很难熬，甚至一度觉得没戏了，可没想到真的被录取了。1975年10月15日，这是那顺一辈子都不会忘记的日子，这天阿妈把家里唯一的小毛驴卖了，将所得22元5毛钱东拼西凑借来的30斤粮票交给了他。那顺第一次离开家，来到了哲里木盟歌舞团，开启了他声乐专业道路上的跋涉。

　　如愿以偿的狂喜只持续了几日，之后困窘接踵而至。作为一名业余歌手，那顺面对的是声乐技巧和专业理论的补强，它们像一座大山横在眼前，跨越过去需要付出艰苦的努力。那顺虽然嗓音条件好，但不会识谱，不懂气息运用，音律节奏把握得也粗糙，这些是他的短板。但那顺是个要强的人，认准的事情一干到底，因此他比别人付出了更多的努力，训练也很刻苦。那时，歌舞团条件有限，30多名学员用一架钢琴，那顺每天起得早，睡得晚，凭着一股子"狠劲儿"，经过夜以继日的苦练，他的演唱基本功、舞台表现力得到了老师们的认可，歌声也受到了观众的喜爱。1958年，那顺代表歌舞团参加了文艺调演，他演唱的《嘎达梅林》引爆全场。

一颗歌坛的新星崭露头角，只是这颗新星刚刚升起。

蒙古族有句谚语：马儿奔跑靠四蹄的坚硬，雄鹰翱翔靠搏击的翅膀。尽管在文艺调演中初露锋芒，但那顺十分清醒，知道自己距离优秀歌唱演员还有很长的路要走。他还是一如既往的刻苦，寻找一切机会，千方百计提高自己。1977年，团里一位老师病了，住进呼和浩特市253医院，团里派那顺去陪床。在陪床期间通过老师引荐，他认识了内蒙古歌舞团的钟海荣老师，于是提出拜师学艺，跟钟海荣老师学美声唱法。钟海荣老师也看中了那顺的好嗓子，很喜欢这个年轻的蒙古族后生那种不服输的性格。之后，那顺利用陪床休息时间主动找老师请教，师徒二人配合默契，那顺的声乐特质也引起了内蒙古艺校老校长的关注。1978年，天津市歌舞剧院来呼和浩特演出，老校长给那顺争取到一张门票，特意安排他去现场观看，并把那顺介绍给我国著名男中音歌唱家杨德福老师。听了杨老师的演唱，那顺更加深刻理解了歌声的魅力，也看到了自己的差距，认为自己上升的空间还很大。演出结束后，杨老师弹琴，那顺唱了一首歌。一曲下来，杨德福老师盖上琴盒，对那顺说："你跟我走吧，9月10日在北京中山礼堂音乐厅有我一场独唱音乐会，你去吧。"杨老师的邀请对于那顺无疑是一种肯定，能亲自聆听这么有声望的歌唱家演唱，机会难得，他没有拒绝的理由。可是……他有些犯难，去北京的火车票需要10元钱，而他的月工资仅有18.5元，一张火车票对他来说就是一笔巨款。但是，杨老师音乐会的诱惑力实在太大，尽管囊中羞涩，他也毅然登上了开往北京的K90次列车。

得到名家指导，加上自己的不懈努力，1982年那顺如愿考入中国音乐学院，师从李志曙教授。走进中国音乐的最高学府，那顺如鱼得水，其音乐人生实现了质的飞跃。1984年全国首届青年歌手大奖赛中，刘捷获得金奖、关牧村、范竞马获得银奖，殷秀梅、郑莉涌、彭丽媛获得铜奖，那顺以总分第11名获得优秀奖。之后几年，那顺陆续获得全区首届青年歌手大赛一等奖，首届全国聂耳、冼星海声乐比赛特别奖，全国少数民族声乐比赛民族唱法优秀奖等十几个全国、全区演唱比赛奖项。《我的大草原》《雕花的马鞍》《绿色的草地》等专辑相继推出，并在中央电视台播放。1997年和1998年，他分别在北京音乐厅、中山音乐堂举办了个人独唱音乐会，并多次代表国家和自治区到美国、蒙古、巴基斯坦等国家和地区演出，受到国内外观众的好评。他演唱的《雕花的马鞍》《我的大草原》《骆驼草的思念》《绿色的草地》《嘎达梅林》《祖母的歌》《金色的摇篮》等为大家所熟知，争相传唱。

1987年，中国人民解放军空政歌舞团借调那顺一年，并准备特招入伍。那顺犹豫了，在北京发展自己的歌唱事业，穿上梦寐以求的军装，是多么令人羡慕的选择。但他心中牵挂的还是草原，他想回报养育他的那片土地和父老乡亲。也许是冥冥之中的安排，那顺在北京地铁站偶遇了内蒙古自治区直属乌兰牧骑艺术团团长牧兰老师，他们同来自科尔沁草原。与心目中的偶像在北京邂逅，那顺向牧兰道出了他的彷徨。牧兰拍着那顺的肩膀，动情地说："那顺，你是草原的儿子，你的根在草原，你的事业也应该在草原上。"牧兰的话使那顺豁然开朗，他毅然决然地做出选择，回到了内蒙古大草原，加入内蒙古自治区直属乌兰牧骑。从1992年起的20年间，那顺的足迹遍布全区各地，从茫茫的大兴安岭到巴丹吉林沙海，从牧场到蒙古包，他的歌声余音袅袅，起伏荡漾。

1998年在莫力达瓦达斡尔族自治旗演出时，突遇嫩江百年不遇特大洪水灾害，那顺冒着生命危险，坚持在一线演出。他和乌兰牧骑的队友们倾尽艺术才华，全心全意为灾民歌唱，为群众高歌，提振群众抗灾救灾的勇气。

1998年那顺随团到河北演出，返回途中行至山西西部高山区域，由于天气寒冷，他们乘坐的两辆大巴车油管先后冻裂，几十人被困在冰天雪地里。经过几个小时的抢修，不仅没有修好油管，油箱也冻坏了。山风刺骨，黑魆魆的夜静得让人发毛，没有行人车辆通过，手机没有信号，他们仿佛被抛弃在荒无人烟的孤岛上。60多名演职人员一整天都没有吃饭，忍饥受冻难以支撑，陷入孤立无援的境地。那顺当机立断，拖着冻僵的身体，忍饥挨饿步行几十里，终于发现了一个只有十几户人家的小山村，把演员安顿好后，次日天一亮，那顺又步行30多里路找

到一个小镇，打通了救援电话。

2002年，内蒙古乌兰牧骑开展全国行演出活动，这是继20世纪60年代乌兰牧骑全国巡回演出后第二次全国巡演。在河南宝丰广场演出时，观众达6万多人。观众久闻那顺的名气，他的演唱受到极其热烈的欢迎。一曲《雕花的马鞍》唱得人们如醉如痴，一首《嘎达梅林》把听众带到了广袤的草原。每唱完一首歌观众掌声如潮，使得他一再返场，一口气竟然唱了7首。同年在西沙群岛，那顺顶着烈日，在近50摄氏度高温的礁石上，为守卫海岛的解放军战士演唱，一唱就是四五首，队员们还表演了舞蹈、合唱等，战士们纷纷送上椰子汁，军民情谊深重。那顺动情地说："你们是祖国的好儿子，人民的好战士，受尊敬的应该是你们。"

那顺特别钟情于《雕花的马鞍》这首歌，几乎是走到哪里就唱到哪里。"在我很小很小的时候很小的时候，有一只神奇的摇篮神奇的摇篮，那是一副雕花的马鞍啊哈嘿，伴我度过金色的童年金色的童年，当阿爸将我扶上马背，阿妈发出亲切的呼唤，马背给我草原的胸怀，马背给我牧人的勇敢，雕花的马鞍啊嘿，成长的摇篮……"那顺生在草原，长在草原，有着草原人的质朴和宽厚。这首《雕花的马鞍》简直就是为他量身定做的，这首歌他最初喜欢的是歌词，其次才是旋律，那副雕花的马鞍一直陪伴着他，阿妈的呼唤与叮嘱言犹在耳。回报，是他暗许的诺言。

2001年，家乡科尔沁草原受灾，那顺组织情系草原儿童赈灾义演，募捐筹措善款200多万元，全部捐给了牧区学校。为了给团里节约每月150元的清洁费，他竟义务承担了排练大厅的清洁工作，一干就是好几年。

2014年，组织上任命那顺担任内蒙古民族艺术剧院直属乌兰牧骑团长。上任伊始，他所想的是如何发扬全心全意为人民服务的乌兰牧骑优良传统，并将其一代接一代传承下去，以及在新的历史形势下，乌兰牧骑如何与时俱进，怎样才能走得更快，更能适应富裕起来的农牧民的精神需求。

"职责不变，服务方向不变，与农牧民的血肉联系不能断。"那顺认为，直属乌兰牧骑虽然在都市里，但要立足农村牧区，以服务农牧民群众为第一要务。他要求乌兰牧骑队员们仍然以蓝天为幕布，以大地为舞台，扎根基层，情系群众，为农牧民送去他们真正需要的节目，并把乌兰牧骑工作与生态文明建设、扶贫攻坚、推广现代农牧业科学技术有机结合起来，始终牢记使命，把党和政府的关怀以及民族政策送到千家万户。担任团长以来，那顺亲自带队，登台演唱，深入辽阔的草原，深入矿山、工厂，深入几千公里的边防线，为农牧民群众演出400多场。具有浓郁民族特色的舞蹈《岱日查》《春到牧场》等一系列作品，贴近大众生活，深受农牧民的喜爱；歌曲《鸿雁》《边防将士守边关》《牧民歌唱共产党》《祖母的歌》《金色的摇篮》，唱出了草原的胸怀，唱出了民众的心声。当然，每次巡回演出那顺的歌曲都是重头戏，他每次演出都要唱四五首，农牧民百听不厌。

尽管1987年才入队，但那顺始终自诩是乌兰牧骑的老队员。他说，在没加入乌兰牧骑前，他是看着乌兰牧骑的舞蹈、听着乌兰牧骑的歌声长大的，乌兰牧骑是他最早的启蒙老师，他与乌兰牧骑有着难以割舍的情缘。自担任乌兰牧骑艺术团长以来，那顺在乌兰牧骑队伍建设方面倾注了大量心血，他十分重视人才引进与培养，先后从大专院校和农村牧区引进多名年轻队员，节目内容上也注重适应农牧民的欣赏习惯。"奈热乐队"是新出现的一个文艺表演团体，演出风格与乌兰牧骑的表现要求十分契合，那顺多次做工作将其吸收加入乌兰牧骑，鼓励他们下乡采风，并多方奔走争取到60万元资金，添置乐器，专门聘请老师为他们上课、作曲、制作专辑。2016年，奈热乐队"吟唱者"专场音乐会在呼和浩特成功举办，之后在农村牧区巡演时掀起一股"奈热之风"。

在保证乌兰牧骑方向正确、本色不变的前提下，那顺提出着力打造乌兰牧骑精品节目，全面提升品牌效应，带领直属乌兰牧骑推出情景歌舞《草原上的乌兰牧骑》，在北京保利剧院演出并获得成功，观众掌声如潮，专家一致叫好，称赞节目接地气、有特色，中央电视台、北京电视台、《文艺报》等媒体都对其给予了重点报道。随后，《草原上的乌兰牧骑》光荣入选全国第五届少数民族文艺汇演展演剧目，并获得金奖。

第六节　攀登艺术高峰是他一生的追求

道尔吉仁钦，蒙古族，1947年5月1日出生于达尔罕茂明安联合旗额尔敦敖包苏木一个牧民家庭。在母亲和父老乡亲们的歌声中长大的道尔吉仁钦，从小就热爱曲艺艺术。1963年，16岁的他投入乌兰牧骑的怀抱，加入了这个广受牧民赞誉的团队，一干就是近半个世纪。这么多年来，他始终"泡"在草原牧区，边为牧民演出，边从牧民的生活中吸取艺术的养分和灵感。多年来，他秉承着"把牧民的心愿当作自己的心愿，以自己的表演传递党和政府的温暖"的理念，兢兢业业地奉献着自己的青春。

从1964年那个难忘的秋天他在人民大会堂演出开始，在40多年的艺术生涯中，他个人举办的国内外各类演唱会多达4000余场。由他创作和演出的陶力、好来宝、乌力格尔《腾飞的骏马》《马头琴的传说》《周总理爱听马头琴》《森格仁钦》《希布日汗乌拉赞》《套马杆赞》《那达慕》《内蒙古好》《团结胜利歌》等无不大获成功。他所获得的国家级和自治区级奖项多达几十项。2009年7月，道尔吉仁钦荣获由中国曲艺家协会颁发的"新中国曲艺60年突出贡献曲艺家"称号；2010年荣获由内蒙古自治区党委和人民政府颁发的内蒙古自治区文学艺术突出贡献奖……所有这些荣誉的获得，都是对道尔吉仁钦先生为民族曲艺事业奋斗一生、奉献一生的褒奖与肯定。

此外，道尔吉仁钦先生在好来宝说唱方面也是最早的探索者之一。如多人演唱好来宝这种形式，蒙古语中叫"楚古拉好来宝"，就是由他积极参与创作的。由他主创、主演的多人好来宝《嘎达梅林赞歌》，1981年在全国曲艺优秀节目会演中获得创作、表演两个一等奖，演出大获好评。

　　探索创新蒙古族好来宝演唱形式，是道尔吉仁钦艺术生涯中的最高追求。传统的蒙古族好来宝演唱形式，一般是一个人或两三个人边拉四胡边说唱，重复几组固定的曲调，导致演唱或弹拉相对单调。针对传统演唱形式中的弊端，道尔吉仁钦从20世纪70年代开始，着手大胆探索研究、改革创新，认真总结好来宝、琴弦、民间笑话、"江格尔"等演唱形式，发掘每种形式的优点，寻找相互结合的切入点，经过反复实践，把传统的好来宝说唱艺术升华为专业的曲艺表演形式"楚拉嘎好来宝"曲艺表演形式。"楚拉嘎好来宝"具有演出人数众多、演奏器材不限、演唱风格丰富多彩、说唱与演奏高度结合的民间曲艺特点。演员们在演出时以半圆形排列，以东西方乐器相结合的演奏方式，伴着优美的舞蹈动作，给观众呈现出饱满的赏心悦目的蒙古族曲艺艺术风格。他于20世纪70年代创作并主

道尔吉仁钦

演的好来宝《打虎上山》和80年代的好来宝《腾飞的骏马》等，都是"楚拉嘎好来宝"的代表作品。1976年5月，好来宝《打虎上山》在全国曲艺调演中获一等奖；好来宝《腾飞的骏马》已成为经典的优秀的好来宝节目，流传至今。

挖掘传承古老艺术形式并进行再创作，是道尔吉仁钦的另一探索和创新。蒙古族卫拉特部落英雄史诗《江格尔》，是中国少数民族三大史诗之一，之前基本用卫拉特部落方言说唱。为了使这一古老艺术在内蒙古大地传承发展，道尔吉仁钦克服种种困难，在老艺人、专家、学者的指导下，从20世纪80年代开始研究，将《江格尔》改用蒙古语演唱并获得成功。1985年，他演唱并录制的《江格尔》在内蒙古人民广播电台和中央人民广播电台播放，受到广大蒙古族群众的欢迎和喜爱。

道尔吉仁钦40多年艺术生涯中的获奖作品主要有好来宝《嘎达梅林》《那达慕》《内蒙古好地方》，曲艺表演《马头琴的传说》《腾飞的骏马》《团结胜利歌》，说唱作品《森格仁钦》等，曾13次荣获全国一等奖和优秀奖，10次荣获内蒙古自治区一、二等奖。20世纪90年代初，他整理编写了由自己创作和演唱的《楚拉嘎好来宝集》，并由内蒙古文化音像出版社出版发行《江格尔颂》和《好来宝》光盘。

对道尔吉仁钦为民族艺术发展作出的突出贡献，党和政府给予了肯定和高度赞扬。1992年，他被授予"全区乌兰牧骑先进工作者"称号；1999年，被评为国家一级演员；2007年，荣获自治区党委宣传部等四个部门颁发的"乌兰牧骑奉献大奖"；2009年，荣获由中国曲艺家协会颁发的"新中国六十年突出贡献艺术家"称号；2017年，荣获"乌兰牧骑事业特别贡献奖"。

第八章　新时代的风采

放眼未来，活跃在草原上的各支乌兰牧骑将以习近平新时代中国特色社会主义思想为指导，坚持为人民服务、为社会主义服务的方针，坚定文化自信，以社会主义核心价值观为引领，认真学习贯彻习近平总书记关于文艺工作重要论述和对乌兰牧骑事业发展重要指示精神，不断提升广大乌兰牧骑队员的眼力、脑力、笔力和脚力，创作更多接地气、传得开、留得下的优秀作品，凝聚起建设美丽家园的强大精神力量。

第一节　乌兰牧骑条例——法治护航

2019年9月26日，内蒙古自治区第十三届人大常委会第十五次会议表决通过《内蒙古自治区乌兰牧骑条例》（以下简称《条例》）。这是内蒙古自治区第一部解决文艺团队建设、保护、发展问题的地方性法规。从此，草原上的"红色文艺轻骑兵"有了法治的护航，在新时代焕发出新的光彩。

"只有解决了后顾之忧，乌兰牧骑队伍才能在新时代得到可持续发展，这也表明了内蒙古出台《条例》的必要性和紧迫性。"参与《条例》起草审议的内蒙古自治区人大常委会教科文卫工委主任孟根其其格表示。

2017年11月21日，习近平总书记给苏尼特右旗乌兰牧骑队员回信，充分肯定乌兰牧骑是"全国文艺战线的一面旗帜"，勉励乌兰牧骑永远做草原上的"红色文艺轻骑兵"，赋予乌兰牧骑新的历史使命，也为乌兰牧骑发展指明了方向。

以此为契机，2018年初，内蒙古自治区人大常委会启动立法工作，将《条例》确定为2019年审议项目，草案由自治区文化和旅游厅负责起草。为提高立法质量，人大立法部门提前介入，与起草部门同步开展调研工作。

"乌兰牧骑立法工作难度很大，既没有现成的国家层面的法律做指导，也没有其他省区可借鉴的同类立法实践。"孟根其其格表示。

从2018年至2019年上半年，调研组深入盟市旗县，了解乌兰牧骑发展的现

商都县乌兰牧骑组织全体队员学习《内蒙古自治区乌兰牧骑条例》

状、队员的诉求等，召开十数次立法协调会和论证会，公开征求意见。

通过立法技术的运用，人大常委会组成人员审议意见，调研、论证及征求的各方面意见被充分吸收采纳，重要条款反复斟酌、慎重研究，数易其稿，《条例》于2019年9月正式通过。《条例》共27条，不分章节，短小精悍，明确了乌兰牧骑的内涵、性质、设立、原则及法定职能，建立健全了退出机制、经费保障、职称评审、培训及品牌保护等制度。

"《条例》明确了乌兰牧骑的内涵与性质，这是保护、建设和发展乌兰牧骑的前提和基础。《条例》规定乌兰牧骑由旗县级以上人民政府依法设立并定性为公益一类事业单位，有利于实现统一规范管理，也有效解决了队员的后顾之忧。"自治区人大常委会法工委社会法规处处长陶志强介绍。

内蒙古自治区人大常委会副主任那顺孟和表示，《条例》是首部规范乌兰牧骑事业发展的地方性法规，是内蒙古自治区贯彻落实习近平总书记重要指示精神的具体举措，是将党的政策主张和人民群众的意志转化为地方性法规的有力实践，具有鲜明的地方特色和民族特色，对于坚定文化自信，推进优秀民族文化传承和创新具有重大意义。

从最初仅有10名队员，发展到今天3000余人，经过60多年发展的乌兰牧骑规模不断扩大。同时，乌兰牧骑所处的时代也发生了巨大变化。从最早的煤油灯、帐篷、收音机，到今天的网上直播、短视频制作，不断适应时代需要，乌兰牧骑始终保持旺盛的生命力、影响力。

通过地方立法，加大优秀传统文化的传承和创新，可以使民族文化在保护中得到更好的发展，在发展中得到更好的保护。

2018年7月的苏尼特草原骄阳似火，印着"乌兰牧骑"四个字的大巴车颠簸在沙石路上，赶往距旗政府所在地136公里的赛罕乌力吉苏木额很乌苏嘎查。

我国第一支乌兰牧骑诞生地——内蒙古锡林郭勒盟苏尼特右旗，乌兰牧骑又下乡演出了。这是2019年的第六十八场演出。这趟出来，他们要走十几个嘎查。

"上午有主题党日活动，接下来要开牧民大会，说村务公开情况，还要商量草场、草料的分配。人挺多，牧民就说了，快把我们的乌兰牧骑请来吧。这不一

联系，孟克队长就带着他的'兵'来了。"嘎查长同嘎拉嘎高兴地说。

"习近平总书记2017年11月21日给我们回信后，大家天天都有使不完的劲。去年我们演出了187场，有103场是下乡。往年天气允许才下乡，现在牧民们有需求我们都尽量满足。"苏尼特右旗乌兰牧骑队长孟克吉日嘎告诉我们。

"没想到，总书记给我们回信了。"2018年12月就年满60岁的刚宝力道，是苏尼特草原上闻名遐迩的说唱演员，"看到总书记回信的当天晚上，我就创作了牧民们最喜欢的说唱'好来宝'，想让苏尼特草原上更多人分享我们的喜悦。"

歌曲、好来宝、器乐演奏、舞蹈……在额仁淖尔苏木阿尔善图嘎查的草原上，一个个节目相继登场。由于地方小，牧民们挤坐一起，有的还特地换上过节的民族服装，来晚的人，就在人群外圈站着。不少人边看边用手机拍摄。每个节目结束，都会爆发出热烈的掌声和喝彩声。歌舞正酣，几位牧民按捺不住兴奋，也入场一展歌喉。

"每次下乡演出，都像在家里一样亲切。"舞蹈演员黄小云从艺校毕业后曾到深圳工作过一年，起初回到家乡加入乌兰牧骑时还不太适应，"在草地上跳舞，脚崴过的次数数不清，但我现在越来越离不开乌兰牧骑了。被牧民们需要、欢迎的感觉很美。"黄小云本来不是舞蹈编导，2017年，她根据第一代乌兰牧骑三位女队员绣队旗的故事，主动编创了三人舞《乌兰牧骑之花》，在2018年9月举行的中国蒙古舞大赛中获得编导优秀奖和表演铜奖。

"总书记回信后，大家热情高涨。排一场晚会，过去要3个月，现在队员们主动加班加点，20天就能排练出一台晚会。"58岁的老队员乌力吉图告诉我们，他这个快退休的人现在也像年轻人一样充满干劲，2017年3月创作的好来宝《守法好公民》，迄今已演出100多场。

"接地气、传得开、留得下，回信为我们明确了创作定位，是我们努力的方向。"孟克吉日嘎说，在2017年7月内蒙古首次举办的乌兰牧骑新人新作展演中，他们蹲点两个月，根据牧民剪驼毛、搓毛线场景创作的舞蹈《苏尼特布思贵》，获表演一等奖。2018年，全队先后有6部作品获自治区级奖项。

婉转沉郁的琴声、抑扬顿挫的说唱、声情并茂的表演，在额很乌苏嘎查，我们又见到了临近退休的刚宝力道。他已在苏尼特右旗乌兰牧骑工作43年，原本可以留在队里带带学生、搞搞创作。但现在每次下乡演出，刚宝力道都主动请缨，他认为"不能辜负了总书记的嘱托"。刚宝力道这天表演的是自己新创作的好来宝《法治铁拳除罪恶》。

"他唱得对着呢！我们也要学会用法律保护合法权益。"牧民额尔登巴特尔告诉我们，听说乌兰牧骑来了，他们一家三口一大早就兴冲冲地就从6公里外赶到嘎查，"不仅看演出，还能学到很多知识呢。"

寓理于情，寓教于乐。同嘎拉嘎告诉大家，村务公开内容现在上了网，以后不用到嘎查，在手机上就能看到，"今天乌兰牧骑的孩子们来了，不会弄的让他们教教你们。"

为广大农牧民送去欢乐和文明，传递党的声音和关怀，是乌兰牧骑始终秉承的优良传统。

2018年底，内蒙古开展"弘扬乌兰牧骑优良传统，到人民中间去"基层综合服务活动，借助乌兰牧骑演出时群众相对集中的机会，联合多个部门，将政策宣讲、文化辅导、医疗帮扶、农牧业知识普及、法律援助等服务项目整合，为偏远农牧区提供综合性服务，使这项活动更加规范化、制度化。

苏尼特右旗畜牧工作站站长额尔德木图介绍，最近有一次综合服务下基层活动，他才讲了几分钟，牧民们就迫不及待地咨询各类问题。"接羔保育、疫病防治、养殖技术、牛羊诊病、价格走势，可多啦！我讲完，还有好几个牧民追出屋外拉住我问。"额尔德木图说，"我们参加综合服务活动的几个部门都觉得，搭上乌兰牧骑这趟'车'真好，牧民一听乌兰牧骑来了，跑来快着呢，比我们单独组织活动效果好多啦！"

额很乌苏嘎查地处偏远，这里的牧民办红白喜事，要到百公里外的旗所在地，是一笔不小的负担。乌兰牧骑帮助嘎查提建议，协调到一笔专款，不仅新建了一间200平方米的活动室，捐赠了音响设备，购置了电子屏，还组织张罗文艺演出。牧民们如今在嘎查就可以举办宴会，再也不用奔波了，不仅少花钱，还能省时间。

2018年7月10日，夏日炎炎，77岁的巴图朝鲁从呼和浩特坐长途班车来到苏尼特右旗，花了4个多小时。退休多年的他是苏尼特右旗乌兰牧骑第一代队员，曾担任第五任队长。

第二天，巴图朝鲁出现在旗少年活动中心，同他在一起的，还有四年前退休、第九任乌兰牧骑队长斯琴高娃。他们利用双休日，前来辅导少儿合唱团训练。

演出、宣传、辅导、服务，是乌兰牧骑的四大职能。走过60多年历程的乌兰牧骑，一茬一茬队员，初衷不改。"总书记回信后，我们每个人心里都燃着一团火。我要当一辈子'红色文艺轻骑兵'，为乌兰牧骑事业多做贡献，再苦再累心里也甜。"巴图朝鲁笑着说。

2019年11月20日晚8时，内蒙古自治区优秀乌兰牧骑展演之"金色的故乡"在内蒙古民族艺术剧院音乐厅隆重上演。这也是全国现实题材舞台艺术作品暨全区优秀乌兰牧骑展演最后一场专场演出。阿拉善右旗乌兰牧骑的队员们为观众带来了歌曲、舞蹈、器乐、小品等节目，赢得了观众阵阵掌声。

为贯彻落实习近平总书记关于乌兰牧骑事业发展的重要指示精神，纪念习近平总书记为乌兰牧骑队员回信两周年，内蒙古自治区文化和旅游厅自2019年11月14日起，组织了第八届自治区乌兰牧骑艺术节获得金奖的8支优秀乌兰牧骑深入呼和浩特市高校、企业、社区等地开展演出。11月17日，西乌珠穆沁乌兰牧骑来到内蒙古建筑职业技术学院表演，第一次看到乌兰牧骑队员专场演出的师生们非常兴奋，学生李伟说："乌兰牧骑队员的歌舞非常动人，观看演出的过程中，我深深地感受到了乌兰牧骑队员那种深入基层、艰苦奋斗、甘于奉献的精神。"

乌兰牧骑是内蒙古独有的文化品牌，面对新形势新任务，乌兰牧骑将职能拓展为演出、宣传、辅导、服务、创作、创新6项，将舞台搭到偏远地区的农牧民群众身边，搭在田间地头和蒙古包旁，零距离地为群众提供喜闻乐见的精准化文化服务。内蒙古以"乌兰牧骑+"的方式深化拓展新时代文明实践志愿服务活动，有效打通服务基层"最后一公里"，成为内蒙古自治区推进国家治理体系和治理能力现代化的生动实践。

2018年5月，内蒙古成立了全区第一支"法治乌兰牧骑"，这是将法治内容融入乌兰牧骑的创作演出而进行的一场法治为民、文艺惠民的探索。乌兰牧骑在现场为农牧民进行法治宣传时，有时在演出现场播放普法微电影，有时由相关法律工作者为农牧民答疑解惑。"法治乌兰牧骑"带动了"法治文化大院""普法志愿者协会"等各类民间文化普法力量。目前，内蒙古的一个个"法治乌兰牧骑"成为法治宣传"轻骑兵"和移动司法所，是内蒙古普法最重要的创新举措之一。

2018年，内蒙古自治区党委宣传部牵头联合政法委、科技厅、民委、司法厅、农牧业厅、商务厅、文化厅、卫计委、新闻出版广电局、扶贫办等11个厅局，组织开展基层综合服务活动。活动以"乌兰牧骑+"的方式，组建了内蒙古自治区、盟市、旗县三级200多支"草原综合服务轻骑兵"，整合了服务基层的各领域资源，有效创新了服务基层的理念、手段和方法。

"基层综合服务活动率先在全国整合服务基层的多项资源，把党的温暖送到基层嘎查村、城镇社区、边防哨所等，广受老百姓赞誉，极大丰富了基层群众的精神文化生活，有力提升了基层农牧民的幸福感和获得感。"内蒙古自治区文化和旅游厅艺术处处长斯琴达来说。

总书记的回信给乌兰牧骑队员和广大文化战线工作者以极大鼓舞，全区各级各类文化艺术团体自觉践行总书记重要指示精神，广泛开展进牧区、进社区、进学校、进单位、进厂矿、进边防部队"六进"惠民演出活动。

乌兰牧骑成立初期承担着"演出、宣传、辅导、服务"4项任务，如今人们生活条件改善，物质极大丰富，信息也更加发达，乌兰牧骑的服务也在改进中变得更加有特色和针对性。翁牛特旗乌兰牧骑除了演出，主要给基层提供业余文艺培训服务，帮助农牧民建立自己的乡村业余乌兰牧骑，帮他们排演节目，组织演出，乌兰牧骑队员与村民同台演出，既拉近了关系，又提升了农牧民的文化素质水平。

"植根基层、心系群众，永远风雨无阻陪伴您。"60多年来，乌兰牧骑不仅是以人民为中心理念的宣传者，更是践行者。如今的乌兰牧骑紧跟时代又执着坚

守，他们不忘初心，在时光的打磨下焕发出新的生机。草原上，乌兰牧骑的歌永远也唱不完。

文艺要反映好人民心声，就要坚持为人民服务、为社会主义服务这个根本方向。同时，人民是文艺创作的源头活水，能不能创作出优秀作品，最根本在于是否能为人民抒写、为人民抒情、为人民抒怀。一代代乌兰牧骑队员迎风雪、冒寒暑，长期在戈壁上辗转、在草原上跋涉，正是对人民的炽热感情和真诚敬意，让这支红色文艺队伍百炼成钢。

乌兰牧骑精神表明，深入生活、扎根泥土才能拥有不竭的创作力量。

艺术可以放飞想象的翅膀，但一定要脚踩坚实的大地，回归生活、深入基层永远是优秀文艺作品的基本前提和共同规律。基层生活有最鲜活的实践成果，有最震撼的发展变化，有最淳朴的民风民情，有最生动的社会场景，有最接地气的语言和最动人的故事，有最朴素的真理和最丰沛的情感。正是因为60多年来在大地上书写、在人民中放歌，草原上的"红色文艺轻骑兵"才始终有着长盛不衰的艺术力量。

新时代有新气象，新气象需要新的文艺创作生动呈现、真情书写，"人民日益增长的美好生活需要"要求文艺队伍扎根时代、回应期待。愿更多的文艺工作者以乌兰牧骑精神自励，以充沛的激情、生动的笔触、优美的旋律、感人的形象创作生产出人民喜闻乐见的优秀作品，书写中国特色社会主义的文艺新篇。

第二节　脚步不停　传统不丢　创新不止

内蒙古自治区直属乌兰牧骑艺术团正式成立于1965年，几十年来，坚定不移地坚持党的文艺方针，全心全意为人民服务，为弘扬中华民族优秀艺术、发展中国先进文化，作出了巨大的贡献。曾多次被评为全区"十佳乌兰牧骑"和"全国乌兰牧骑先进团队"。

直属乌兰牧骑长期坚持扎根基层，成为农牧区公共文化服务的排头兵和主力军，为边疆民族地区文化事业和经济社会发展作出了独特的贡献，受到党和国家几代领导人的重视关怀，得到各族群众的欢迎支持。

建团近60年来，直属乌兰牧骑创作出1000多个具有民族特色和地方特色的音乐、舞蹈和曲艺节目，在国内外各种比赛和会演活动中，获得各种奖励226项。其中代表性的有舞蹈《彩虹》《牧人浪漫曲》、歌曲《牧民歌唱共产党》、好来宝《腾飞的骏马》等，成为内蒙古民族艺术的精品和典范。

直属乌兰牧骑的表演风格也是多种多样的，苍凉壮阔的"阿拉善风格"，欢快跳跃的短调"鄂尔多斯风格"，长调短调并行的"呼伦贝尔风格"等等，让观众们不用跋山涉水便可以欣赏到整个内蒙古大草原原汁原味的精彩演出。

内蒙古艺术剧院直属乌兰牧骑创作的舞蹈《绝尘》《蛊舞》两部作品获得第十三届中国舞蹈"荷花奖"民族民间舞终评入围，并参加了在山东省济南市举办的"荷花杯"舞蹈大赛。《风之马》《绝尘》《蛊舞》《思源》4部作品入选第十届华北五省舞蹈比赛内蒙古赛区选拔赛。扎那、孙伟荣获第四届"草原金秋"声乐比赛三等奖。

2018年4月13日，内蒙古自治区呼和浩特市直属乌兰牧骑正式揭牌，一支短小精悍、节目小型多样、演员一专多能的乌兰牧骑小分队30多年后再次出现在内蒙古大草原上。

当日上午，呼和浩特市直属乌兰牧骑揭牌仪式像一场内蒙古文艺工作者的大聚会，近百名身着鲜艳服饰、不分年龄大小的文艺工作者共聚一堂，共同欢庆乌兰牧骑30年后的再次回归。

原呼和浩特市乌兰牧骑演员代表乌云其米格介绍道："1979年成立的呼和浩特市直属乌兰牧骑是我们的前身，我们曾携手度过十几年的难忘岁月，迎风雪、冒寒暑，下矿山、走牧区，祖国各地都留下了我们的歌声和舞动的身影。"

"迎着烈日走，踏着风雪来，深情的河流也为我澎湃……以天为幕布，以地

为舞台，连绵的群山也为我喝彩……"一首《乌兰牧骑之恋》唱进了乌兰牧骑人的心间，也唱出了代代相传的乌兰牧骑的执着与坚守。

"农牧民需要什么，我们就表演什么；哪里有需要，我们就去哪里，真的是迎风雪、冒寒暑，走过戈壁，跨过草原，为广大农牧民送去欢乐。"76岁的内蒙古民族艺术剧院直属乌兰牧骑艺术团国家一级演员吉日木图回忆起自己走过的乌兰牧骑岁月时，感慨万千。

吉日木图是第一代乌兰牧骑队员，生命之花在这里成长，也在这里盛放。

20世纪50年代，牧区基层群众的精神文化生活十分贫乏。吉日木图对当时的生活情景记忆犹新："小学毕业以后，我在生产队劳动。休息间隙，大家就是抽烟、唠嗑儿，别的什么活动也没有。"

为了让大家伙儿乐一乐，丰富一下精神文化生活，生产队就让年轻的孩子们唱唱歌，再加一些动作进行表演。"公社因为认可我们的做法，就成立了一个类似于文艺团体的小型组织，没想到在牧民中间挺受欢迎。"吉日木图说，他最初就是这样踏上了艺术道路。1960年，乌审旗成立乌兰牧骑，热爱表演的吉日木图被推荐成为第一代乌兰牧骑队员。

刚刚成立的乌兰牧骑什么都没有，条件非常艰苦。演员去牧区演出，还需要自己背柴火、做饭用具等；没有服装道具，带一件蒙古袍、一双马靴，一走就是几个月，徒步上百公里；没有吃的喝的，就和当地大队联营，为牧民种地、锄地，挣粮食。就这样走过4年时间，吉日木图因表现不错，被选中去参加内蒙古自治区全区文艺会演，后又被选派到内蒙古自治区乌兰牧骑代表队，到北京参加汇报演出。

而正是去北京汇报演出的机会，奠定了吉日木图艺术人生的精神基础。那是历史上乌兰牧骑第一次到北京给中央领导做汇报演出，吉日木图回忆说："中央领导充分肯定了乌兰牧骑，这说明我们的路走对了。乌兰牧骑就是要用文化艺术为农牧民服务。我作为一个普通牧民家庭的孩子，这对我而言是一种非同一般的鼓舞和激励，除了继续努力工作，我别无他想。"

乌兰牧骑的岁月，给吉日木图留下太多美好回忆。毛主席接见全体演员，周总理观看乌兰牧骑演出，是令吉日木图终生难忘的幸福时刻。

在牧区演出的生活也留给吉日木图无数值得回味的时刻。有时到一个地方演出完之后，大家才发现有些身体不适或年纪大的牧民想看却没有看到，队员们就到他们家里去，在蒙古包里、羊圈里甚至炕头上演出。有时候，牧民们要在忙完白天的工作之后，才能从距离五六十里甚至上百里的地方，乘坐勒勒车、牛车或者骑马赶来，队员们就等到晚上10点钟开始演出，可是演了两个小时，牧民们还不走，那就继续演。好不容易演完了，又有远方的牧民赶来说"没看上"，甚至牧民晚上放牧，早上才来，那就一遍接着一遍演……"乌兰牧骑经常遇到这种情况，刚演一遍，又来一波。但哪怕只有一个观众，我们也照常演出。"

20世纪80年代，吉日木图彻底转向管理岗位，承担起行政职务。退休后，他继续引领民间团队从事演出、创作工作。在艺术行业浸润多年，对于创作，他有着自己的见解："艺术家要贴近、深入农牧民的生活，这样才能创作出老百姓喜闻乐见的作品。艺术创作和人民群众就像鱼和水的关系，彼此离不开。"

由吉日木图参加演出的一个好来宝作品《我们大队好书记》就是这样一部来源于生活的典型作品——乌兰牧骑到边境地区体验生活，有一位那书记总是和牧民打成一片，哪里有活儿那书记就去哪里，帮牧民打井、放羊……创作团队就以此为基础创作了一个好来宝。这部作品牧民非常喜欢，还在全国拿了一等奖。

回首自己走过的艺术道路，吉日木图说："我是一个普通牧民家庭的孩子，走到今天不容易。乌兰牧骑培养了我，我也没有辜负党和人民的期望。"这是令吉日木图最骄傲的事。

2018年8月19日晚，内蒙古民族艺术剧院直属乌兰牧骑来到北京航天城进行慰问演出，1200余人观看了演出。从马头琴、四胡，到三弦；从顶碗舞、好来宝、岱日查、长调，到蒙古族舞蹈；从鄂伦春族舞蹈《斗熊》、鄂温克族舞蹈《驯鹿》、达斡尔族民歌《纳耶耶》，到以土尔扈特部落的问候方式作为创作元素的舞蹈……节目涵盖了内蒙古广袤地域的独特人文风情，展现了内蒙古游牧文化的独特魅力。

当台上情景剧演员们的台词中说到"今天有一位老朋友也来看大家了"，

乌兰牧骑队员表演歌舞

一些观众便悄声猜出了是"拉苏荣",接着舞台大屏幕上显示"节目:《敖包相会》,演唱者:第一代乌兰牧骑队员拉苏荣、金花"时,观众席爆发了雷鸣般的掌声。

作为全区乌兰牧骑的"龙头",直属乌兰牧骑经常深入基层,派出专业团队赴满洲里市、阿拉善盟、锡林郭勒盟、鄂尔多斯市、乌兰察布市、呼伦贝尔市、兴安盟等地开展辅导培训。

按照内蒙古自治区党委宣传部、内蒙古自治区文化和旅游厅安排部署,直属乌兰牧骑组建3支小分队并联合专项服务志愿者,从2021年11月8日开始,深入乌兰察布市、兴安盟、锡林郭勒盟三地农村牧区、偏远地区、公共文化服务薄弱地区进行为期一个月的"送欢乐、送文明"集中服务活动。同时在活动期间开展文艺演出、文化辅导以及理论宣讲、乡风文明宣传、反非法反违禁宣传等,因地制宜为群众提供定制化、精准化服务。

2021年11月21日上午,全区"送欢乐、送文明"基层服务集中示范活动在呼和浩特市举行，乌兰牧骑队员们在寒冬时节为观众们带来了暖心的演出和服务，同时内蒙古其他盟市也设立示范服务分会场，将欢乐和文明送到最基层。

在呼和浩特市面铺窑村的活动现场，自治区直属乌兰牧骑、呼和浩特市乌兰牧骑队员们以天为幕布，以地为舞台，冒着严寒为广大村民带来了歌曲《赞歌》、舞蹈《浪漫草原》、快板《点赞六中全会》、呱嘴《继往开来》等紧贴时代脉搏、反映人民心声的优秀节目，现场掌声不断。

面铺窑村村民贾全恒说道："村委会通知说乌兰牧骑要来这儿演出，乡亲们等了好几天了。节目给大家带来了欢乐，人们都挺高兴。"

内蒙古自治区直属乌兰牧骑团长呼格吉勒图表示，4年前的今天，习近平总书记给乌兰牧骑队员回信，在信中习近平总书记勉励乌兰牧骑队员扎根生活沃土，服务牧民群众，推动文艺创新，永远做草原上的"红色文艺轻骑兵"。今天在面铺窑村进行的基层服务活动就是对习近平总书记勉励我们的话语的生动诠释。接下来，自治区直属乌兰牧骑的队员们也会继续走进锡林郭勒盟、兴安盟等地，把党的关怀和温暖送到基层农牧民身边。

2022年4月26日，内蒙古自治区直属乌兰牧骑排练厅欢声笑语、掌声不断，春训汇报演出正在进行，演出的内容是由声乐部、舞蹈部、器乐部演员创排的小品节目。三个部门的演员充分发挥乌兰牧骑队员"一专多能"的艺术特长，在完成各自部门的专业训练之余，积极参加团部春训新设的形体训练、表演训练，充分激发自身潜力，在短短的一个月时间，完全自编自创、自导自演，逐渐打磨出《爱情夹面包》《游乐园的一天》《夕阳下》三个基本成熟的小品节目。

专家和领导们认为作品的创排非常成功。在如此短的时间里，队员们能够呈现如此优秀的作品，实属不易。一是呈现方式非常新颖，在剧目类型上有突破、有时代特色；二是作品主题有非常好的政治导向，都是社会热点问题，引人深思的同时弘扬了社会主义主旋律；三是人物角色和故事情节达到了与观众共情的效果，各位演员的表演非常到位，直属乌兰牧骑队的一专多能水平也提升到了一个新的高度。

2022年5月4日，内蒙古自治区直属乌兰牧骑党支部带领团员、青年赴乌兰夫纪念馆，开展"赓续红色基因 践行五四精神"主题党日活动，重温老一辈无产阶级革命家的革命故事，坚定永远跟党走的信念。

一个个铿锵的文字，一幅幅珍贵的图片，使大家再次深刻感悟了中国共产党的百年艰辛探索，感受到革命先辈的大无畏精神，进一步增强了队员们对伟大祖国、中华民族、中国共产党的认同。在党旗下，全体党员重温了入党誓词。

生逢盛世，肩负责任，内蒙古自治区直属乌兰牧骑队员将牢记嘱托，坚定不移听党话、跟党走，继续在新时代的筑梦道路上奋力前行，让青春在为祖国、为人民的奉献中焕发出更加绚丽的光彩。

第三节 赓续红色血脉

阿拉善盟乌兰牧骑队伍牢记总书记嘱托，大力弘扬乌兰牧骑优良传统，坚持"一队多用"，从群众中来、到群众中去，充分发挥演出、宣传、辅导、服务、创作、创新职能，长期活跃在农村牧区，及时宣传党的政策，真情服务各族群众，让乌兰牧骑这面鲜红旗帜始终在阿拉善大地高高飘扬。

首先，不断加大文艺精品创作生产力度，为唱响主旋律，打好主动仗，推出高质量文艺作品奠定了良好的工作基础，让重大主题文艺精品深入人心、家喻户晓，实现"叫得响""传得开"。2021年，阿拉善盟组织全盟各支乌兰牧骑，紧紧围绕建党100周年、党史学习教育、铸牢中华民族共同体意识、乡村振兴等重大主题，科学制订年度文艺创作计划，建立和完善全盟2021年重大主题文学艺术作品项目库，共收录重点文艺作品16类90项，先后创作推出歌曲《再唱赞歌》、舞蹈《红旗颂》、小品《心锁》、话剧《东风呼啸起》、情景剧《胡杨红》等一大批优秀文艺作品。其中舞蹈《巴依苏勒》荣获全区第四届"舞动北疆"广场舞蹈大赛二等奖；话剧《东风呼啸起》在全区优秀剧目展演中荣获编剧、导演、剧目、表演等共计13项大奖；敖斯尔卓玛等6人在第四届"草原金秋"全区声乐比赛中分别揽获长调组、美声组、流行组等不同组别的大奖共计14项，所获奖项位居全区前列；器乐《蒙古汉》获得2021争奇斗艳优秀文艺节目网络展播。

其次，阿拉善盟乌兰牧骑在开展农牧区群众文化工作、丰富人民群众的精神文化生活工作中作出了重要贡献。阿拉善左旗乌兰牧骑、阿拉善右旗乌兰牧骑两家文艺院团获得第六届全区服务农牧民、服务基层文化建设先进基层文艺院团荣誉称号。在第八次全区乌兰牧骑考评中，阿拉善盟阿拉善左旗、阿拉善右旗、额济纳旗三支乌兰牧骑表现优异，均被评为全区一类优秀乌兰牧骑，是全区唯一参评乌兰牧骑全部被评为一类优秀乌兰牧骑的盟市。

多年来，阿拉善盟乌兰牧骑队伍始终秉承"以人民为中心"的创作导向，不断创新乌兰牧骑服务形式，依据边疆民族地域特点，以贴近农牧民生产生活的文艺作品和人民群众喜闻乐见的表演形式，宣传党的政策和方针、普及科学文化知识，不仅为人民群众提供了丰富的精神食粮，也引领了健康向上的社会风尚。在"送欢乐·送文明""深入生活、扎根人民""乌兰牧骑月·一切为了人民"等主题活动中，阿拉善盟乌兰牧骑队伍"面对面"走到老百姓当中，"实打实"给老百姓解决问题，"心贴心"为老百姓提供服务，并依托"网上乌兰牧骑"平台，大力开展线上宣传演出、文艺辅导等文化惠民服务。年均编创微文艺作品短视频56个，利用今日头条、西瓜视频、快手、抖音等新媒体平台等进行宣传展示110余场次，点击量达11万余次，年均累计发布各类短视频538余个，点击量超百万人次。这些优秀的文艺作品，之所以能够传得开、留得下，关键在于广大乌兰牧骑人把握住了时代脉搏，用文艺作品反映了时代要求和人民心声。

2019年，为深入贯彻落实习近平总书记关于乌兰牧骑事业发展重要指示精神，弘扬乌兰牧骑优良传统，促进新时代乌兰牧骑事业的继承发展和改革创新，为伟大祖国七十华诞营造良好氛围，内蒙古自治区于6月上旬至7月上旬举办"不忘初心、扎根草原——全区乌兰牧骑交流演出月"活动。为保障活动顺利开展，阿拉善左旗乌兰牧骑接到交流演出任务后，第一时间召开交流演出活动安排部署及动员会议，从演员一专多能体现、节目形式多样、地方文化特色展现、与库伦旗乌兰牧骑联合演出各项事宜、演出车辆各项安全保障工作等方面做了安排部署，确保演出活动安全顺利进行。

2019年6月9日，20名演职人员从阿拉善左旗启程，历经30多个小时，安全到达安代故乡美丽的库伦旗，时隔5年，两队乌兰牧骑队员再相见，久别重逢的喜悦让队员们忘却疲惫与舟车劳顿，犹如归家般暖心。

6月12日上午，"不忘初心 扎根草原——全区乌兰牧骑艺术交流月"活动阿拉善左旗乌兰牧骑与库伦旗乌兰牧骑首站联合演出在通辽市库伦旗武警中队开启。在演出现场，库伦旗乌兰牧骑的舞蹈《安代》《情满草原》等节目将库伦旗历史深远独特的安代文化得以展示，阿拉善左旗乌兰牧骑为现场官兵献上歌曲《苍天般的阿拉善》《走不出的阿拉善》《江格尔赞》等独具阿拉善韵味的文艺精品，将阿拉善的深情祝福带到了绿色军营。

之后，乌兰牧骑文化演出队走进库伦旗阿琪玛社区，在库伦旗乌兰牧骑的小品《一杯酒》中，演员们通过接地气的语言和诙谐幽默的动作为社区居民展现了脱贫攻坚路上的温情故事，为演出增添了浓墨重彩。

阿拉善左旗乌兰牧骑与库伦旗乌兰牧骑联合演出服务队在库伦旗农牧区、社区、学校、部队军营、厂矿、企业等地深入开展了乌兰牧骑"六进"惠民活动，切实履行了乌兰牧骑的职能。活动以不忘初心、扎根草原为主线，发扬乌兰牧骑优良传统、突出乌兰牧骑特色，体现演员一专多能特点，进一步展现守望相助、艰苦奋斗的精神风貌，用文艺力量诠释了乌兰牧骑交流共建的深刻含义，让群众享受到了文化民生所带来的获得感、安全感、幸福感。

2020年7月，阿拉善左旗乌兰牧骑党支部组织党员干部赴巴彦诺日公苏木陶力嘎查联合开展了"鼓足精气神、全力拼抢干"主题党日活动。活动中，乌兰牧骑党支部以"决胜全面小康、决战脱贫攻坚"为主题，为牧民们送上了一场别开生面的文艺演出。乌兰牧骑队员们把与基层群众息息相关的惠民政策融入节目中，用群众喜闻乐见、易于接受的形式，将小舞台变成宣传方针政策的大阵地。

决战脱贫攻坚的收官之年，阿拉善左旗采取线上线下相结合的方式，充分

阿拉善右旗乌兰牧骑队员为农牧民群众带去精彩的文化演出

发挥乌兰牧骑职能作用，大力发扬乌兰牧骑优良传统，用心用情服务基层人民群众，助力决战决胜脱贫攻坚。以决战脱贫攻坚，决胜全面小康为主题，以文化促脱贫为抓手，创作音乐快板《脱贫攻坚话真情》、小品《曙光》、舞蹈《萨拉沁》等文艺作品，将党的方针政策化作精神食粮，用老百姓喜闻乐见的形式进行传播、宣传展示，并利用微信、抖音、网上乌兰牧骑等新媒体平台拓展乌兰牧骑宣传力度。通过深入各苏木镇、嘎查、社区，为各族群众开展惠民演出共29场，行程2600余公里，惠及群众近5000余人，把脱贫攻坚的好政策、好声音、好故事传播到千家万户，进一步激发贫困群众的内生动力，让贫困农牧民群众感受到了党的关怀和温暖。以"党建＋""乌兰牧骑＋"多种服务形式，创新党建互联互

动模式，联合多部门进嘎查村、入农牧户，开展剪羊毛、清理棚圈、卫生环境整治等综合志愿服务，帮助贫困群众解决实际困难，打通服务群众的"最后一公里"，为决战决胜脱贫攻坚加油助力。

阿拉善盟科学编制《阿拉善盟2023—2025三年文艺精品创作规划》《2022年阿拉善盟乌兰牧骑文艺创作计划》，积极创作推出一批讴歌新时代、反映新成就、代表阿拉善文化形象的优秀舞台艺术作品和美术作品，努力形成"策划一批、创作一批、演出一批"的优秀作品创作生产机制。阿拉善盟各乌兰牧骑队伍将深入实施舞台艺术精品工程，抓好重点剧（节）目创作提升工作，对话剧《东风呼啸起》进行深度打磨，对音乐剧《阿拉善传奇》进行改编提升。深入挖掘阿拉善优秀传统文化、红色元素，聚焦现实题材，增强原创能力，集中打造一批反映全盟经济发展、文化繁荣、民族团结、各族人民幸福生活的优秀文艺作品，为下届全区精神文明建设"五个一工程"评选活动、中国·内蒙古草原文化节等规范类奖项评选做好优秀作品储备工作。

第四节　与驻守官兵鱼水情深

习近平总书记的回信在驻守草原边疆的连队哨所产生强烈反响，让正在一线部队慰问演出的乌兰牧骑队员们备受鼓舞。回信充满了关怀和信任，那份深情温暖了冬日的大草原。

"边疆的泉水清又纯……唱亲人边防军，军民鱼水情意深，情意深……"这段优美动听的旋律，数十年来一直被阿尔山市乌兰牧骑队员广为传唱。歌中的人、歌中的景、歌中的事，是边防军民深情厚谊的真实写照，再现了这支"红色文艺轻骑兵"和一茬茬北疆卫士手牵手、心连心，共同守望边关安宁的感人故事。

2017年11月22日，在大家期待的眼神中，驻守三角山的北部战区陆军某边防连指导员窦虹杉，充满激情地宣读了习近平总书记写给苏尼特右旗乌兰牧骑队员的回信。那一刻，前来连队慰问的阿尔山市乌兰牧骑队员与边防战士沉浸在喜悦之中……

官兵们说，习主席在信中说的那句"迎风雪、冒寒暑，长期在戈壁、草原上辗转跋涉"，真是说到了戍边人的心坎上。

2015年，习近平总书记也曾给该连全体官兵回信，勉励官兵们要着力加强连队全面建设，推动强军目标在连队、在边防落地生根，为筑牢祖国北疆安全稳定屏障再立新功。

"在强军目标引领下，连队官兵铆足干劲，制定和完成一个个'小目标'，连队建设连年迈上新台阶，喜讯频传。"讨论中，边防官兵与乌兰牧骑队员一起重温习主席的殷殷嘱托，也分享着连队的发展变化、个人的丰厚收获。

"乌兰牧骑队员是与我们共同守望边疆繁荣的亲密战友，也是连队建设的好

乌兰牧骑，长调悠扬六十载

帮手。"窦虹杉真诚地向队员们表达谢意。由于连队驻地偏远，边防执勤任务繁重，连队文化骨干少，"文化建设"成为摆在连队面前一块难啃的"硬骨头"。

"边防官兵为祖国站岗巡逻，我们有义务帮助他们开展丰富多彩的文化活动，把优美的舞蹈、动听的歌曲送到边防哨所！"这些年，在服务边疆各族群众的同时，乌兰牧骑加大了"文化进军营、到边防"活动力度。乌兰牧骑的频频光顾，也让连队的文化生活变得日益丰富多彩。

乌兰牧骑队员娜仁其木格爱好书画创作和摄影，一次演出中，她发现连队官兵也喜欢书画创作，但由于条件限制，他们的这一兴趣爱好难以去拓展。后来，细心的娜仁其木格每次来连队慰问演出，都会特意多带一些宣纸、画笔和颜料。演出之余，她一有空闲就与官兵切磋书画创作技艺，鼓励战士们发挥想象，大胆创作。久而久之，连队不仅有了专门收录官兵自创书画作品的《边关风情集》，还与乌兰牧骑队员在哨所护坡上，用花草共同装饰了一幅反映民族大团结的"中国地图"，远远看去分外醒目，俨然成为边防线上的地标"建筑"。

"你那金波化作乳汁甘香，哺育我们健康吉祥……"在该旅贝尔湖边防连营区门口，甜美醇厚的歌声令人驻足。循声走进连队文化活动室，乌兰牧骑女中音歌唱演员阿莲正在给战士们教唱歌曲《贝尔湖，母亲的湖》，这是队员们创作的一首取材于连队官兵训练生活的新作品。为了让官兵们尽快学会唱，唱出这首歌的韵味和蕴含其中的鼓舞人心的力量，阿莲已经连续几个周末到连队教唱了。

说起这首歌的创作背景，性格开朗的阿莲一下打开了话匣子——每年冰雪消融，界河开江，也是贝尔湖中哲罗鱼繁殖力最强的时节，为了打击不法分子非法捕捞，确保界河安宁，连队官兵不分昼夜在河面上巡逻执勤、忠于职守，与不法分子斗智斗勇……这其中发生的许多感人故事，深深打动了乌兰牧骑队员们，于是他们便创作了这首蒙古长调，以表达内心对边防战士的深情和敬意。

58岁的乌日图那顺是乌兰牧骑的一名老演员。20多年前，从部队退伍的他毅然走进了乌兰牧骑队伍中。回忆起当年往事，头发花白的乌日图那顺笑容满面："那时候，马、马车和红旗是队员们下乡时的主要装备，马车拉着乐器、服饰和女队员，马匹驮着男队员，红旗则是乌兰牧骑的标志……"

　　"扎根基层，深入官兵和群众，是乌兰牧骑的初心。"乌日图那顺说，"乌兰牧骑的职责是为广大边疆军民送歌送舞，歌唱草原牧民幸福生活，宣传党的方针政策。每到一个牧点、哨所，队员们都与牧民和战士同吃同住、同劳动，有时候，我们还邀请会拉马头琴、会唱各地民歌的牧民和战士们一同演出，那淳朴的歌声、动人的舞姿，浓浓的军民鱼水情，至今还会出现在我的梦里。"

　　60多年来，阿尔山市乌兰牧骑队员深入牧区，扎根北疆沃土，演出上万场次，完成艺术创作近3000部。他们就像一湾清泉，润泽着这片广袤的草原和驻守在这里的边防官兵。

　　说起与边防官兵的故事，最让乌兰牧骑队员难忘的是，三角山哨所前那棵绕缠着蓝色哈达的"相思树"——31年前，老连长李相恩带领连队官兵在巡逻途中

乌兰牧骑文艺慰问演出

突遇山洪，为营救战友，他永远倒在了草原深处。李相恩的妻子为寄托对丈夫的哀思，在三角山哨所旁种下一株樟子松，被称为"相思树"。

如今，这棵"相思树"枝繁叶茂，多少年来迎风斗雪，昂首耸立在山坡上……乌兰牧骑队员以此为素材，精心创作音乐剧《哨所有棵相思树》，该剧以艺术手法再现英雄壮举，激励着一代又一代热血青年从军戍边。后来，原内蒙古军区政治部文工团在乌兰牧骑创演的基础上，把该剧重新编演，使之影响更加广泛久远。该剧还参加了全国巡演，引起无数观众的强烈共鸣。

"雪里巡逻，雾里守望，你是雪剑风刀刻出的雕像……"听着乌兰牧骑和该旅文艺小分队共同演唱的歌曲《边关好儿郎》，即将离开戍守16年边关战位的老兵徐广涛热泪盈眶。

"边防战士离不开边防文艺。"作曲家图们是乌兰牧骑的老队长，他在学习了习近平总书记的回信后激动不已，当晚躺在床上兴奋得睡不着，便即兴创作了一首"好来宝"："十九大报告绘蓝图，习主席的嘱托要记牢，新时代开启人人夸，扛起红旗再出发。"

乌兰牧骑从诞生那一天起，始终坚持服务牧区，服务边疆军民，在实践中形成了良好的传统和作风，成为全国文艺战线的一面旗帜。

边防生活条件艰苦，文化生活单调，乌兰牧骑的每次演出都能让一线官兵激动好一阵子。如今虽然守防条件有所改善，网络通到了哨所，但具有民族特色的演出依然是边防官兵的最爱。在战士们内心，面对面的演出、与戍边官兵的互动，是任何文艺传播方式所不能比拟的。

为了给连队留下一支带不走的"乌兰牧骑"，乌兰牧骑队员主动给边防官兵出主意、想办法，协助部队成立了"女兵业余文艺演出队"。队员们还时常带上演出队队员参加巡演，手把手教方法、心贴心传技艺，为"能歌善舞才艺多"的基层一线官兵"编曲搭台"。

下士王晓鸥曾因边关的艰苦而懊恼，"当两年兵就走"一度成了她的心愿。自从加入演出队，与乌兰牧骑队员们接触多了，王晓鸥像是变了一个人。她主动说服父母留在边关，并很快成长为演出队骨干，只要有演出任务，就争着去最艰苦的地方。

"总以为自己最苦，是因为没有注意到身边有那么多默默奉献、扎根边防的战友。"一次表演时，一名战士为王晓鸥送来一束塑料"花环"，当她伸手接花时，被这位战士的手深深震撼了——长时间的摸爬滚打、高强度的战术训练，让这双手显得格外粗糙、满是皲裂……打那以后，王晓鸥更加坚定扎根边防一线、服务基层的决心。演出之余，她还潜心搜集创作属于边防战士的"兵故事"。

内蒙古边防线长达4200多公里，驻区部队官兵长期戍卫祖国边疆，支持地方建设，展示了威武之师、文明之师的光辉形象。乌兰牧骑是草原上的"红色文艺轻骑兵"，一直坚持与驻地部队的文化联谊，丰富官兵文化生活的优良传统。

从2017开始，为了细化学习贯彻习近平总书记给内蒙古自治区苏尼特右旗乌兰牧骑队员们回信的重要指示精神，内蒙古已经全面与驻地部队建立长期共建机制，深入开展"守望相助好家园"军民共建活动，夯实民族团结和边疆稳固基础，让祖国万里北疆更加团结兴旺。

2018年6月末，达尔罕茂明安联合旗乌兰牧骑组织的38名乌兰牧骑队员组成2支小分队，带着祖国和人民的深切嘱托，赶赴巴彦淖尔市、包头市、乌兰察布市四子王旗边境线的边防部队，进行了为期近3天的"情系边防"巡回文艺慰问演出。本次活动由自治区文化厅发起，要求"组织全区边境旗县乌兰牧骑深入边防一线慰问演出"活动。此次慰问演出的节目紧紧围绕党的十九大精神、"传承红色基因，担当强军重任"主题教育以及民族文化等重要内容精心策划编排。

演员们冒着30多摄氏度的高温天气在兵营大院、哨所岗楼为驻守祖国边防的官兵们献上了呼麦、马头琴、歌曲、舞蹈等形式的13场精彩文艺演出。

达尔罕茂明安联合旗乌兰牧骑队长恩和说："我们像这样大范围地慰问边防部队演出已经近10年没有开展了。这次巡回慰问演出，与当地官兵同吃同住，对队员们是一种体验与历练，不只是身体，还是对乌兰牧骑优良传统更好的继承，这样的演出形式大家都觉得特别好，以后这样的巡回演出我们还要继续开展。"

"乌兰牧骑队伍精干，作品接地气，演员虽少，但是节目精彩，每个人都多才多艺、一专多能，为我们传送精神弹药的队伍正是我们所需要的。"

为践行"草原红色轻骑兵"服务宗旨，2020年12月31日，霍林郭勒市乌兰牧骑来到武警中队，为新老官兵们送去一场视觉盛宴。活动以一首欢快的《盛世欢歌》拉开帷幕，男生独唱《回望》《打靶归来》、马头琴合奏《归来的马》、呼麦《美丽富饶的故乡》、歌舞《永远的乌兰牧骑》、查干乐团的原生态器乐合奏《阿日德勒黑》等具有民族特色的经典作品接连上演。同时，为了让官兵们了解民族乐器，乌兰牧骑的演员们零距离地为他们展示了马头琴等民族乐器。现场，市退役军人事务局和民政局相关负责人为官兵们演唱了精心准备的歌曲，并带去了新春祝福。武警中队的官兵们也用自己的方式为大家表演了精彩的文艺节目，展示了新时代军人的精神风貌。

演出结束后，高金枝一行来到食堂，与乌兰牧骑的演员和官兵们一起包饺子，谈部队生活，氛围其乐融融。

2020年盛夏时节的绿色乌审，空气清新，绿草如茵。7月31日和8月1日，乌审旗乌兰牧骑全体队员分别走进乌审旗消防救援大队、武警乌审中队，开展"乌兰牧骑月·一切为了人民"演出服务活动，共书军民情深的动人画卷，为驻守在一线的战士们送去节日的祝福和慰问。

乌兰牧骑的演员们以专业的水准、认真的态度、热情的表演，为战士们送上视觉盛宴，歌舞乐《党的恩情》、四胡独奏《五哥放羊》、女群舞《舞琴》、男声独唱《咱当兵的人》、男女二重唱《走进乌审》、男女群舞《草原文艺轻骑兵》等十多个内容丰富、形式多样的精彩节目轮番上演，真挚地表达了草原儿女的博大胸襟与拥军情怀。

乌兰牧骑队长斯仁说："这两场演出可以说是我们所有乌兰牧骑队员的一种心声，不仅把节日的问候献给了边防战士们，也希望他们的军营文化能够丰富多彩，在以后的工作当中我们也会多编排一些反映军营生活题材的文艺节目，多编排一些接地气、传得开、留得下的文艺节目呈现给大家，不断推动优秀民族文艺和红色文艺创新性转化、创造性发展。"

乌兰牧骑是草原上的"红色文艺轻骑兵"，此次慰问演出，深刻地体现了军爱民、民拥军的鱼水深情以及军民团结一条心，共建和谐社会的时代精神。

2021年7月30日，巴彦淖尔市直属乌兰牧骑走进中国人民解放军某部开展市歌舞剧院与部队军民共建37周年慰问演出。演出以舞蹈《红旗颂》开场。宏伟庄严的旋律，富有激情的舞蹈，让人仿佛回到战火纷飞的年代，看到了中国人民解放军在红旗的指引下顽强斗争，最终夺取胜利的景象。接着，独唱、四重唱、小组唱、舞蹈、魔术等精彩节目轮番上演，赢得现场官兵及家属的阵阵掌声。

2022年7月13日，为深入推进民族团结进步创建"八进"工作，元宝山区民族事务委员会组织乌兰牧骑小分队到区武警中队进行慰问演出，同广大武警官兵共叙"同呼吸、共命运、心连心"的军民鱼水情。慰问演出在舞蹈《盛世欢歌》中拉开序幕，京剧《军民鱼水情》、军旅歌曲《小白杨》等节目拉近了乌兰牧骑小分队队员们与官兵的距离，台下的武警官兵热情洋溢，掌声阵阵。演出中，武警官兵们也表演了一段擒拿格斗，展示了新时代军人昂扬向上的精神风貌。演出最后在全体官兵和演员共唱《没有共产党就没有新中国》中圆满落幕。

此次乌兰牧骑小分队演出带着全区人民的深情厚谊，为武警官兵献上精彩的文艺节目，建立了相互沟通的桥梁，提升了官兵对民族团结进步创建活动的认识，营造了军民共促民族团结进步的浓厚氛围。

第五节　创特色　出精品

赤峰市乌兰牧骑扎根生活沃土，通过树立和突出各民族共享的中华文化符号和中华民族形象，用各族群众喜闻乐见的形式，讲好各民族交往交流交融的故事，创作出了一大批接地气、有神采的精品力作，为各族人民提供了更丰富更优秀的精神食粮。

2019年7月15日，习近平总书记考察内蒙古第一站来到了赤峰。在兴安街道临潢社区，乌兰牧骑排练大厅内欢声笑语、琴声悠扬，社区群众在赤峰市直属乌兰牧骑队员的指导下载歌载舞。看了大家的排练，习近平总书记指出，乌兰牧骑是内蒙古这个地方总结出来的经验，很接地气，老百姓喜闻乐见，传承了优秀传统文化。

"习近平总书记来到排演大厅时，我们正排练庆祝新中国成立70周年的节目。习近平总书记说，乌兰牧骑很接地气，群众喜闻乐见，永远不会过时。"回想起当时的场景，兴安街道乌兰牧骑队长张娜激动不已。

队员们纷纷表示，今后要努力把充满正能量的故事改编成人们喜爱的歌舞、小品等艺术形式，传递好党的声音和关怀，给百姓送去更多欢乐。

艺术精湛，精品频出

赤峰历史悠久，这里有以红山文化为代表的史前文化，展示这些文化的赤峰博物馆是习近平总书记考察调研的第二站。

"习近平总书记看得很细，提的问题很专业。"赤峰市文化和旅游局副局长刘冰回想当时的场景说，"我们要谨记习近平总书记的嘱托，进一步研究好、传承好、保护好、宣传好民族历史文化，以更有力的举措，让中华文明薪火相传，焕发出更大活力。"

赤峰博物馆多年来积极开展非物质文化遗产保护和传承工作，全市拥有国家级非遗项目5项，包括古典民族史诗《格萨（斯）尔》、蒙古汗廷音乐、蒙古族勒勒车制作技艺等。《格萨（斯）尔》以口耳相传的方式传承，说唱时可清唱，或用马头琴等伴奏。

"习近平总书记观看我们表演的《格萨（斯）尔》后很高兴，还跟大伙亲切交谈，强调要重视少数民族文化保护和传承，支持和扶持《格萨（斯）尔》等非物质文化遗产。这既是肯定，又是鼓舞。"86岁的《格萨（斯）尔》国家级非遗传承人金巴扎木苏说，他将牢记习近平总书记的要求，努力培养好传承人，把文化遗产一代一代接下来、传下去。

赤峰市市乌兰牧骑坚持正确的文艺导向，牢固树立精品意识，创作出品了一批文艺精品力作。"赤峰话剧现象"受到国内业界称道。在话剧领域，赤峰市乌兰牧骑成果丰硕，成功打造了《太阳一定升起》《热土》《草原丰碑》《乌兰牧骑恋歌》《五福岭》等话剧佳作，连续两届入选中国·内蒙古草原文化节开幕式演出和参加第十一届中国艺术节。

2021年6月15日晚，由市委宣传部、市文化和旅游局组织，市艺术剧院（市乌兰牧骑）话剧团创作出品的大型原创话剧《我是你的眼》在赤峰国际会展中心精彩上演。《我是你的眼》作为一部思想性、艺术性和观赏性相统一的精品剧作，把"光明行"公益救助贫困白内障患者这一主题落实到舞台艺术创作之中，以饱含深情的艺术表现，展示出各级党委、政府心系人民的责任担当，表现了以共产党员、眼科医生林红为代表的广大医务工作者无私奉献，用高尚的医德和高超的医术让白内障患者重见光明的故事。演出时队员们全身心投入，倾情演绎，现场高潮迭起，掌声不断。

这样精彩的场面同样出现在话剧《五福岭》的演出现场。《五福岭》作为精准扶贫题材剧目，是市民族歌舞剧院（市话剧团）学习贯彻习近平总书记对乌兰牧骑重要指示精神，关注现实生活、贴近实际、扎根人民的一项具体举措，也是市民族歌舞剧院（市话剧团）发挥专业文艺团体优势，以实际行动推动文艺创新、打造文艺精品、践行乌兰牧骑优良传统的生动实践。

老百姓的喜怒哀乐、平凡人的平凡生活、奋斗在脱贫攻坚一线的驻村干部，生动曲折的故事、淳朴善良的人物，共同展现了一幅脱贫攻坚、全面建设小康社会的壮美画卷。《五福岭》在玉龙广场演出时，吸引了大批观众自发前来观看。

活动助力文化惠民代代传

《五福岭》的精彩演出引起国内业界广泛关注和一致好评，自治区党委宣传部也将其列为第七批舞台扶持工程。

2021年7月1日晚，阿鲁科尔沁旗乌兰牧骑"红色文艺轻骑兵"全国文艺巡演的收官表演在玉龙广场举行，精彩的演出"燃爆"草原的盛夏夜晚。与此同时，网上直播收看观众达10万余人次。在自治区文化和旅游厅组织的全国巡回演出中，阿鲁科尔沁旗乌兰牧骑是参演队伍之一。为期一个月的巡演先后到达烟台大剧院、余杭大剧院、重庆大剧院、珠海大剧院等10个剧院。队员们身着节日盛装，用优美的舞姿展现出乌兰牧骑"八项"职能，彰显了乌兰牧骑心系群众、不忘初心、牢记使命，永远做草原上的"红色文艺轻骑兵"的信念，赢得了同行和观众们的一致好评。在一个月的时间里，为确保演出的正常进行，35名队员克服长途奔波的疲劳，每天加班加点，工作到深夜，零失误地完成了每场演出，获得了各地观众的高度认可，圆满完成巡演任务，宣传了美丽的内蒙古。

赤峰市乌兰牧骑创作演出的文化和旅游融合剧目——音舞诗画《一步万年》，在赤峰国际会展中心大剧院精彩亮相，以音、舞、诗、画多种艺术形式，采用全新的表现手段，演绎了赤峰这片钟灵毓秀、神奇壮美土地上古老与现代交融的美丽故事。音舞诗画《一步万年》的创作演出，为赤峰文化和旅游融合发展赋予了更加丰富的内容，提供了新的传播载体和渠道，在丰富群众文化生活的同时，更加提升了赤峰城市文化品位、文化内涵，扩大了城市文化旅游影响。

内蒙古敖汉旗乌兰牧骑在中国木偶剧院推出评剧《赵锦棠》，为首都观众展示乌兰牧骑的风采。评剧《赵锦棠》是敖汉旗乌兰牧骑继大型现代评戏《大漠绿魂》《刘胡兰》之后推出的又一部精品力作，讲述了赵锦棠一家忠君报国的家国情怀，有力弘扬了中华民族"百善孝为先"的传统美德。

国家一级导演谷奎林表示，《赵锦棠》作词文学水平层次高，故事情节跌宕起伏，音乐创作优美动听，舞美设计大气磅礴，舞台形象活灵活现，是一场成功的以古喻今、传承创新并举的精品演出。同时，该剧目也是一次党史学习教育的现实实践，是一次弘扬良好家风的有益探索，是一次讲党性、讲政治、讲大局的爱国主义宣传，将成为敖汉旗乌兰牧骑以老带新、守正创新、提高表演艺术水平的培训课堂。2022年9月，《赵锦棠》作为内蒙古自治区文化和旅游厅唯一送选剧目，参加了第七届辽吉黑蒙优秀剧目展演。

2022年7月27日，内蒙古赤峰市职工乌兰牧骑慰问团带着赤峰市总工会领导班子对巴林右旗各族职工群众的亲切关怀和深情厚意，带着以"喜迎二十大 建功新时代"为主题的精彩文艺节目赴巴林右旗慰问演出，在巴林右旗大板二中和政府广场为全旗广大职工群众献上一台"文化盛宴"。来自巴林右旗各行各业的900余名职工群众观看演出。

巴林右旗政府副旗长杨燕燕说，在大力宣传"喜迎二十大，建功新时代"的关键时期，在巴林右旗乡村振兴深入推进的关键之年，赤峰市总工会组织这次"喜迎二十大 建功新时代"赤峰市职工乌兰牧骑慰问演出，将各级工会组织对广大职工群众的关爱和温暖传递到了生产一线，将进一步激发全旗各族职工群众爱祖国、爱家乡、爱岗位的热情，激励广大职工群众为幸福巴林右旗建设再添佳绩、再立新功。全旗各族职工群众要继续发扬艰苦奋斗的优良传统，用智慧、勤劳、汗水，脚踏实地朝着新时代幸福巴林右旗高质量发展的目标奋进；要在平凡的工作岗位上做出不平凡的业绩，为全旗经济社会发展持续发力。

演出在一首高亢浑雄、鼓舞人心的开场曲《咱们工人有力量》中拉开帷幕，伴随着激昂的节奏，嘹亮的歌声折射出产业工人的满腔热忱与独特韵味。一曲《自豪的建设者》，引发强烈共鸣；一曲乐舞说唱《工会礼赞》，表达出一线职工与新就业形态劳动者善良的人品和履职尽责的态度，面对困难所表现出的坚强、勇敢与无畏，突显了工会品牌服务工程。小品《帮扶》，诠释了各级工会组织形式多样的关爱困难职工品牌服务活动，让职工群众实实在在感受到了党的关怀和工会"娘家人"的温暖。舞蹈《劳动路上》、马头琴合奏《西班牙斗牛士》、歌伴舞《快乐的小哥小妹》、舞蹈《蒙古缘》等精彩节目依次上演。一首激情昂扬的励志歌曲《超越梦想》更是将整场演出推向了高潮；演出在京歌《中国梦》中落下帷幕。

演职人员的精彩表演，赢得现场观众的阵阵掌声，深受广大职工群众一致好评和喜爱，进一步提升了各族职工群众的归属感、安全感、获得感、幸福感，提高了工会组织的凝聚力和感召力，推动了工会工作创新发展，团结引领广大职工群众为新时代幸福巴林右旗高质量发展作出新的更大的贡献。

2022年8月6日上午，赤峰市乡村旅游文化节在克什克腾旗关东车村隆重开幕。本次文化节是由中共赤峰市委农村牧区领导小组办公室、赤峰市文化和旅游局、赤峰市乡村振兴局、克什克腾旗人民政府主办。

为助力乡村旅游，乌兰牧骑以文艺赋能发力，为乡村振兴注入精神动力。克什克腾旗乌兰牧骑、巴林左旗乌兰牧骑、宁城县乌兰牧骑三支队伍积极参加文艺演出，充分秉持了乌兰牧骑扎根基层、服务群众的优良传统。围绕乡村振兴战略、"两个打造"、文旅融合发展等主题，精心选拔了5个精品节目以及一场旅游演艺剧目，展现了新时代乌兰牧骑精神面貌。此次活动，乌兰牧骑队伍用精湛的表演营造了欢乐的氛围，用饱满的热情为现场观众送去了精彩纷呈的文艺演出。

第六节　走出国门，为国争光

在美丽神奇的鄂尔多斯，多种文化的融合和交流，创造了辉煌灿烂的、独特的鄂尔多斯文化诗篇。今天，各族草原儿女依然续写着新时代的传奇。走进康巴什，你会看到一栋栋别具文化特色的地标，有鄂尔多斯大剧院、鄂尔多斯艺术中心、鄂尔多斯图书馆……走进鄂尔多斯艺术中心，人们会寻访到市直乌兰牧骑。这里收藏着鄂尔多斯乌兰牧骑60多年的发展历程，也飘扬着红色文化的旗帜。

据鄂尔多斯市民族歌舞剧院（市乌兰牧骑）院长丁云岗介绍，鄂尔多斯市民族歌舞剧团是内蒙古自治区组建较早的民族艺术创演团体。剧院下设歌舞团、民族剧团、交响乐团、民乐团、演出部、艺术创作室、舞美工作部等8个团部室，拥有一批素质高、专业化水平一流的创作编导艺术家和演职队伍。多年来，剧院始终坚持"双百方针"，在秉承乌兰牧骑"演出、宣传、辅导、服务"宗旨的基础上，以"创作、创新、传承、文化交流"为使命，积极打造草原文艺精品，挖掘整理、传承优秀民族文化遗产；为基层各族群众服务，活跃基层农牧民文化生活，对全市乌兰牧骑进行创作和技术辅导；积极开展对外文化交流活动，传播红色文化基因，建设文化精神高地，推动演艺产业健康发展。

鄂尔多斯市9支专业乌兰牧骑先后有6部作品入选参加内蒙古自治区新创小戏小品展演，17件作品入选参加第一届内蒙古自治区乌兰牧骑新人新作决赛，入围和获奖数量居全区首位。儿童剧《和谐四瑞》、蒙古剧《阿拉腾鸿达嘎》在蒙古国"格根木扎"国际戏剧节上荣获17项大奖。

2020年，达拉特旗乌兰牧骑原创舞蹈作品《老书记的心愿》，荣获"舞蹈世界首届全国网络舞蹈大赛"专业组亚军。历年来，全市各乌兰牧骑荣获国家级大奖67项，获奖质量和数量居内蒙古第一。

在无数场的巡回演出中，鄂尔多斯乌兰牧骑把文化火种不断播向农村牧区。各支乌兰牧骑每年都能创作出大批优秀作品，让草原舞动"最炫民族风"。经过乌兰牧骑的演出、宣传、辅导、服务，使鄂尔多斯婚礼、漫瀚调、鄂尔多斯蒙古族短调民歌、古如歌等广为人知，不断传承。

2018年11月，在全市范围通过"乌兰牧骑+"的方式，联合科技、卫生、农牧、扶贫、司法等各部门，组建"草原综合服务轻骑兵"，深入苏木乡镇、嘎查村开展文艺演出、文化辅导、政策宣讲、医疗服务、科技服务等活动，让农牧民群众真正享受到了"文化民生"带来的美好生活。鄂尔多斯乌兰牧骑在自治区率先组建了乌兰牧骑联盟，吸纳了各级文艺院团、大中专院校及其演出机构、企业演艺团体、民间艺术组织等，更好地传递党的声音和关怀，更好地丰富群众文化生活。

近年来，全市乌兰牧骑以"千场惠民演出、百场调演展演"等文化惠民演出，深入农村牧区演出1000余场次，服务农牧民达100多万人次。围绕纪念改革开放40周年、建党100周年、乡村振兴等重大主题，全市乌兰牧骑新创剧目10

乌审旗马头琴交响乐团演出照片

台，歌曲、舞蹈、器乐、小品等作品150多件，源源不断地将党的政策和关怀送到千家万户、田间地头，丰富了基层群众精神文化生活，深受人民群众的喜爱。

唱不完的欢乐歌，聊不完的家常话，鄂尔多斯市乌兰牧骑队员用初心丈量着各村社与嘎查的道路，用真情与当地居民共唱欢歌、共话桑麻的同时切身感受到了偏远地区群众对艺术的渴求。社会主义新农村，文化艺术成为人民群众的"精神刚需"，"艺术为民"四个字的真正内涵逐渐在队员们心里落地生根，深入基层正是新时代乌兰牧骑队员最美的诗与远方。"演出时有老乡点了首漫瀚调曲目，我不会唱，觉得惭愧，回去一定好好学，不能群众想听我却不会唱，学习的路还很长。"鄂尔多斯市乌兰牧骑队员星星说。"每次到基层看到乡亲们那么开心我也很感动，我们多出一份力基层的群众就多一份幸福感，这也是我们的存在感。"鄂尔多斯市乌兰牧骑队员燕妮说。

2022年，第五届中国（黄河流域）戏剧红梅大赛在山东省聊城市举办，来自沿黄河流域15个省、市、自治区及新疆生产建设兵团的150余名选手，在为期4天8场的比赛中展开激烈角逐，表演涵盖了内蒙古推送的二人台、漫瀚调、晋剧、京剧、二人转等30多个剧种。大赛由中国（黄河流域）戏剧联盟、山东省文学艺术界联合会、聊城市人民政府主办，山东省戏剧家协会、中共聊城市委宣传部等单位承办，黄河流域各省市戏剧家协会共同协办。其中，鄂尔多斯市准格尔旗乌兰牧骑队长、国家一级演员王伟业在本次比赛中获得金奖。内蒙古自治区获得金奖的戏剧演员还有武燕妮、乌日嘎、黄振国，获得银奖的有王春梅、王亚苏、李慧丽、刘海霞、刘彩凤。

文明因交流而多彩，文明因互鉴而丰富。鄂尔多斯市坚持以习近平新时代中国特色社会主义思想为指引，深入贯彻落实习近平总书记关于乌兰牧骑事业发展的重要指示精神，坚持到人民中间去，同时积极服务于国家和自治区的对外文化交流活动，努力采取多种形式，通过多种渠道，弘扬中华优秀传统文化，推动乌兰牧骑"走出去"，讲好"中国故事""内蒙古故事""鄂尔多斯故事"，开展"'一带一路'上的乌兰牧骑"巡演活动，不断扩大鄂尔多斯民族文化的影响力，使乌兰牧骑成为宣传鄂尔多斯的知名品牌。

鄂尔多斯市组织全市各级专业文艺院团参与国家"欢乐春节""中国文化节""内蒙古文化周""美丽的草原我的家"等重大活动，积极融入国家和自治区的"一带一路"文化建设，用实际行动推动鄂尔多斯文化成功"走出去"，曾先后赴蒙古国、波兰、匈牙利、印度尼西亚、德国、法国、泰国、斐济等国家及香港、云南、台湾、福建等地进行交流演出，广受好评。

2015年，乌审旗乌兰牧骑于5月15日至23日参加了在蒙古国乌兰巴托举办的"格根木扎——12国际蒙古语戏剧节"，由乌审旗乌兰牧骑编排的蒙古剧《黑缎子坎肩》作为内蒙古自治区优秀代表性剧目荣获金奖、突出贡献奖、优秀奖等9项大奖。

2016年10月，鄂尔多斯市演出服务中心成功加入丝绸之路国际剧院联盟，鄂尔多斯市人民政府与中国国家演出公司（中演公司）就开展对外文化交流等工作

《黑缎子坎肩》剧照

达成合作协议，为鄂尔多斯市搭建了对外文化交流的重要平台。丝绸之路国际剧院联盟目前已在全球拥有包括33个国家和地区以及2个国际组织在内的88家成员单位，作为该联盟的首批成员单位之一，鄂尔多斯市不仅积极践行推动联盟发展的使命，也以坚定的文化自信积极贯彻了传统文化走出去、讲好中国故事、打造国际影响力的文化政策。

2016年，受国家文化部、自治区文化厅委派，鄂尔多斯民族歌舞剧院于1月23日至2月8日出访波兰、匈牙利，参加了"第六届欢乐春节行"国际文化交流演出活动；应蒙古国邀请，8月3日至9日，鄂尔多斯民族歌舞剧院与鄂托克旗乌兰牧骑组团共44人赴蒙古国参加了中蒙2016年"中国文化节"开、闭幕式及周边地区的巡演。

2017年，受中国文化部和中演公司邀请，准格尔旗乌兰牧骑于6月26日至30日代表中国出访印度尼西亚，参加在印尼中爪哇省日惹举行的第七届"波罗浮屠"国际艺术节；10月30日至11月3日，为庆祝内蒙古自治区成立70周年和香港回归祖国20周年，鄂尔多斯市民族歌舞剧院赴香港参加了《2017国粹香江进校园—内蒙古长调与呼麦》活动。

2018年，鄂尔多斯市乌兰牧骑分别赴德国、法国、蒙古国、泰国、斐济5国进行对外交流演出。2月1日至11日，应柏林中国文化中心邀请，受中国文化部委派，乌审旗乌兰牧骑赴德国参加了海外春节文化系列品牌活动——"欢乐春节"，进行"一带一路上的乌兰牧骑"巡演和展示，先后在柏林、汉堡、杜塞尔多夫等地区送去13场演出，观众达50万人次，名副其实地在"汽车王国"掀起了一场"中国马背文化"的热潮。2月13日至23日，鄂托克前旗乌兰牧骑赴泰国参加了由中国文化部、中国驻泰国使馆、泰国旅游体育部、泰国国家旅游局和曼谷市政府联合举办的"欢乐春节"大型文艺演出活动。3月10日至14日，乌审旗马头琴交响乐团与鄂尔多斯民族歌舞剧院赴法国尼斯演出，此次演出是"丝绸之路国际剧院联盟"所组织的"欢乐春节"系列活动之一，法国尼斯市市长安德勒·夏维、尼斯音乐学院院长蒂埃里·穆勒观看演出后评价道："我们第一次欣赏到来自中国的民族交响乐团，尼斯今天仿佛像地震一样轰动。"演出结束后双方还互换了礼物，尼斯市市长将一级作曲指挥查干老师的指挥棒和乐团首席孟克的马头琴收藏于尼斯博物馆作为纪念。

一个时代有一个时代的主题，一代人有一代人的使命。作为新时代"草原上的红色文艺轻骑兵"，要切实承担起举旗帜、聚民心、育新人、兴文化、展形象的使命任务，努力争做"德艺双馨"的典范，以高度的文化自信和时代担当，创作出更多彰显时代主题，体现实践要求，符合人民期待的文艺精品，用心用情用功抒写新时代新征程中华民族更加伟大的胜利和荣光，努力绘就新时代鄂尔多斯市乌兰牧骑高质量发展的华彩篇章。

2018年5月7日至13日，由内蒙古文学艺术界联合会选送，杭锦旗乌兰牧骑编排的《和谐四瑞》《阿拉腾鸿达嘎》在蒙古国乌兰巴托市举行的第14届"格根木扎"国际戏剧节亮相，并获得最佳编剧、最佳导演、最佳舞美、最佳男女主角、配角等14个奖项。

同年9月22日至29日，应斐济中国文化中心的邀请，伊金霍洛旗乌兰牧骑一行20人随自治区团前往斐济，参加"天涯共此时——斐济·中国内蒙古文化周"活动，承担了所有演出任务。

"太好了，从没想过能在异国感受到来自大草原深处浓厚的文化底蕴与祖国传统节日的关怀，让我们大饱眼福！希望以后能够看到你们的身影！"当地华侨与居民激动地说道。结合本次出访斐济，自治区和市级主流媒体分别就近年来鄂尔多斯对外文化的交流活动成果进行了专题报道，特别是题为《鄂尔多斯文化走向世界，他们是怎么做到的？》新闻稿在新华社手机客户端点击量超过105万。

2019年，应泰国旅游体育部、泰国国家旅游局和曼谷市政府邀请，经中国国家文化和旅游部批准，2月1日至9日杭锦旗乌兰牧骑一行21人赴泰国参加了2019年泰国"欢乐春节"活动，泰国公主观看后评价道蒙古族顶碗舞体现了中国女性的高贵、大方、美丽、得体。6月28日，由鄂尔多斯市文化和旅游局、中演演出院线发展有限责任公司主办，鄂尔多斯市乌兰牧骑联盟、丝绸之路国际剧院联盟承办，鄂尔多斯直属乌兰牧骑（鄂尔多斯民族歌舞剧院）编排的民族歌舞《草原赞歌》在北京人民大会堂成功演出，此次演出反映了草原人民建设亮丽内蒙古、

共圆伟大中国梦的新时代征程。9月9日至19日，应社团法人中华翰维文化推广协会邀请，随自治区文化和旅游厅非遗办，准格尔旗乌兰牧骑赴台参加了"守望精神家园——第六届两岸非物质文化遗产月暨美丽中华行"公益交流活动。11月22日至27日，准格尔旗乌兰牧骑赴福建省泉州市参加了第四届海上丝绸之路国际艺术节"一带一路"艺术演出周，漫瀚调独特的音乐色彩引起了国内外观众的强烈反响。

第七节　把党的声音传递到千家万户

人民需要艺术，艺术需要人民。乌兰牧骑担负着传播先进文化、活跃农村牧区文化生活的重要任务。在莫力达瓦达斡尔族自治旗，乌兰牧骑歌唱演员金克勒那日高亢的歌声常常回荡在黑土地的乡村沃野。

金克勒那日1984年8月出生于莫力达瓦达斡尔族自治旗。2003年7月，从呼伦贝尔民族艺术学校声乐专业毕业后，他回到莫力达瓦这片生他养他的土地，成为旗乌兰牧骑的一名独唱演员。

莫旗乌兰牧骑成立于1959年5月，是自治区第二批成立的乌兰牧骑。多年来，莫旗乌兰牧骑的队员们始终坚持"服务于农牧民的文艺传播者"的宗旨，不辞艰辛，传承弘扬中华优秀传统文化、服务农牧民群众。

回首20年的乌兰牧骑工作经历，金克勒那日感慨万千，他深知，仅凭一腔热血很难做好乌兰牧骑演唱事业。"社会在不断发展，知识和本领也应不断更新。"他说。为了适应新的发展，他不仅日常苦练基本功，还拜访名家请教学习。虽然从事演唱事业多年，积累了较为丰富的舞台实践经验，但他始终不敢懈怠，总会把握住每一次学习和实践的机会，认真对待每一次登台演出。

　　金克勒那日在艺术的道路上精益求精，先后到解放军艺术学院和中国音乐学院进修、访学。他常年坚持练声，努力提高自身的基本功和演唱技艺，形成了爆发力强、音色明亮的演唱特色。莫力达瓦是歌舞之乡，有着丰厚的民族文化积淀，他虚心向阿尔腾桑、涂玉娜等当地著名民间艺人请教、学习，从民歌中汲取营养。金克勒那日坚持创新，通过研究学习达斡尔族山歌、号子演唱风格、技巧，做到b 演唱方法随歌而变，用新民歌的形式、新的音乐手法和现代的编曲形式编配达斡尔族传统民歌，增加了达斡尔族民歌的动感和现代气息。

　　2010年，金克勒那日开始在央视的《民歌中国》《争奇斗艳》栏目和天津台的《魅力五十六》、湖北台的《七夕情歌会》等地方电视台的栏目、活动中展示、宣介达斡尔族优秀民歌，代表曲目《农夫打兔》《奇尼花如》《永远的达斡

金克勒那日

尔》《春色又绿莫力达瓦》等在央视及天津、湖北、山西等卫视播出后，大受观众欢迎。

金克勒那日多次获得国家级、自治区级奖项，为乌兰牧骑增光添彩。2014年在自治区春节联欢晚会上，他演唱的达斡尔族民歌《奇尼花如》好评如潮；2017年内蒙古自治区成立70周年大型文艺晚会上，他演唱的《守望相助》在中央电视台黄金时段播出。2017年，他荣获内蒙古自治区第五届青年歌手大赛民族唱法三等奖以及内蒙古自治区第五届青年歌手大赛网络投票最受欢迎歌手奖；2019年，他荣获中国达斡尔原生态民歌大赛一等奖。

每年5月到9月，是乌兰牧骑下乡为民送歌献舞的黄金季。作为乌兰牧骑声乐队队长，金克勒那日主要担纲独唱、二重唱。他每年下乡演出都在80场以上，一年中三分之一的时间，都在基层为农牧民群众送欢乐。20年来，作为一线演员，他几乎走遍了全旗15个乡镇、220个村和26个社区。

金克勒那日记得，2021年5月，他和队员们一起深入哈达阳镇、红彦镇、额尔和乡等东部5个偏远乡镇为农牧民演出，一周的时间里巡演了21个村屯。虽然颠簸、疲惫，但看到村民们热情地围在他们身边，爬墙头、坐地上观看演出，他觉得所有的付出都是值得的。"我们要牢记使命，服务于基层、服务于老百姓，把最好的作品献给农牧民，把乌兰牧骑优良传统世代弘扬下去。"

当选党的二十大代表，让金克勒那日感觉到了肩上沉甸甸的责任。"报告高举旗帜、与时俱进，是一篇闪耀着马克思主义真理光辉的纲领性文献，给人以信仰的感召、方向的指引、前行的力量。"金克勒那日在现场聆听了习近平总书记所作的报告，深受鼓舞和激励。

"乌兰牧骑60余年长盛不衰的历史表明，人民需要艺术，艺术也需要人民。伟大的时代给予了我们更多的机遇，同时，也赋予了我们更多的责任。"金克勒那日说。他表示，要将学习贯彻党的二十大精神与履行使命结合起来，为推进文化自信自强、铸就社会主义文化新辉煌贡献一份力量。

内蒙古自治区突泉县突泉镇中心广场上，一首《心中的赞歌献给党》赢得现场观众的热烈掌声。紧接着，拉场戏《小村大爱》《幸福在明天》等节目接连上

内蒙古自治区党委宣传部副部长田瑞华

演，不时引来阵阵喝彩。

"演得好，还没看够！"每个节目结束，牧民赵金萍都鼓掌叫好，"党的政策好，现在生活好，打心底里高兴！"

这是突泉县乌兰牧骑基层演出活动的一个片段。2022年初，内蒙古各地乌兰牧骑精心筹备，以"喜迎党的二十大"为主题，创作了一批制作精良、贴近基层的文艺剧（节）目。

"我们以'乌兰牧骑＋'的方式组建自治区、盟市、旗县三级'送欢乐、送文明'基层服务小分队，每支小分队服务不少于10个嘎查村（社区）服务点，每个点上服务时间不少于一天。"内蒙古自治区党委宣传部相关负责人介绍，不仅有文艺演出，还开展理论宣讲、电影放映、法律咨询等活动，为农牧民提供实用的综合志愿服务。

2022年以来，内蒙古各地乌兰牧骑依托各类新媒体平台，坚持开展各种文艺演出活动，为基层农牧民提供文化服务。队员们或团队合作，或各显其能，打造出一支支24小时不间断服务的"数字乌兰牧骑"队伍，丰富着当地群众的精神文化生活。

"按照计划，2022年全年自治区乌兰牧骑下基层演出总场数将超过8000场，每支乌兰牧骑下乡演出至少100场。"内蒙古自治区文化和旅游厅艺术处（乌兰牧骑事业处）处长斯钦达来说。

冬日里，一辆印有"乌兰牧骑"字样的大巴车行驶在阴山下的草原上。车外寒风阵阵，车内热情如火，内蒙古自治区巴彦淖尔市乌拉特中旗乌兰牧骑队员们正在排练快板书《二十大精神指航向》："竹板一打震天响，二十大精神来宣讲……"眼下，这一合辙押韵、朗朗上口的快板书，已在乌拉特中旗不少牧民口中传诵。

连日来，内蒙古自治区各级乌兰牧骑赴林区牧场、到草原深处、进边疆哨所、入乡村嘎查，以各族群众喜闻乐见的艺术形式，创作并演出了一批宣传党的二十大精神的优秀文艺作品，将党的声音传递给广大农牧民，将党的温暖送到各族群众的心坎上。

乌拉特中旗乌兰牧骑队长巴雅苏说："我们在认真学习党的二十大精神的基础上，结合农村牧区群众的生产生活习惯，创作了快板书《二十大精神指航向》。不少村民听了几遍之后，自己都能唱下来。"

党的二十大报告提出："坚持以人民为中心的创作导向，推出更多增强人民精神力量的优秀作品"。"创作是乌兰牧骑的重要职责。我们要求各级乌兰牧骑充分发挥扎根基层的创作优势，在服务基层、服务农牧民过程中，汲取创作营养，将创作聚焦农村牧区、聚焦普通农牧民，通过小切口、微视角，讴歌党、讴歌祖国、讴歌人民、讴歌英雄。"内蒙古自治区党委宣传部副部长田瑞华介绍。2022年11月，《全区乌兰牧骑集中开展学习宣传贯彻党的二十大精神活动方案》印发。内蒙古要求各乌兰牧骑围绕宣传党的二十大精神，编创一批音乐、舞蹈、情景短剧、小戏小品、曲艺等文艺作品，每支乌兰牧骑创作作品不少于2部，排演作品不少于4部。全自治区各级乌兰牧骑还开展了"送欢乐、送文明"基层服务、"永远做草原上的红色文艺轻骑兵"主题汇报演出、"同心向党·携手未来"主题巡演等一系列活动。

"二十大报告你学得咋样？""我学得可认真了！""你给我说说什么是中国式现代化……"科尔沁右翼中旗乌兰牧骑排练厅，队员们正排练着刚刚创作完成的岱日查《说说中国式现代化》。作者哈斯巴雅尔介绍，岱日查是一种类似于对山歌和对口相声的蒙古族语言艺术形式，深受内蒙古广大牧民群众的喜爱。在认真学习党的二十大报告后，哈斯巴雅尔和队员们对"中国式现代化"印象很深。"我们采取农牧民群众喜闻乐见的艺术形式，在节目中通过'比比二十大精神谁学得更好'的方式，把中国式现代化的本质要求融入其中。"科右中旗乌兰牧骑队长张学智说。

此外，各地乌兰牧骑还将舞台延伸到线上，采取网络直播、视频连线、录制节目等多种形式，为更多群众送去党的声音与关怀。

作为全国第一支创建的乌兰牧骑，苏尼特右旗乌兰牧骑从2022年11月起，陆续走进各苏木、镇，将党的二十大精神融入文艺作品中，讴歌新时代的美好生活，以边演边讲、演讲互动的方式，让党的二十大精神宣传宣讲动起来、活起来、新起来。

为深入宣传党的二十大精神，清水河县乌兰牧骑全体演职人员在疫情防控的特殊时期停演不停"功"，积极筹备、精心编排，创作了一批群众喜闻乐见的文艺节目，广泛宣传党的二十大精神。为保证节目效果，乌兰牧骑全体演职人员辛苦筹备排练，排练现场大家热情高涨，节目轮番上场，所有演职人员各负其职。在时间紧、任务重、要求高的情况下，演职人员克服困难，抢抓时间，精益求精，体现了乌兰牧骑队员不怕苦不怕累的敬业精神。筹备排练的节目在策划上充分体现清水河特色，注重大众化与家国情怀相结合。有歌曲、小品、小戏等多种表现形式。

牙克石市乌兰牧骑采取"线上+线下"的方式组织全体党员干部职工通过电视、电脑、手机客户端和视频会议等载体，深入学习党的二十大精神。以党的

二十大精神为指导，以"两为"和"双百"为方针，发挥乌兰牧骑自身创作优势，努力把党的声音和关怀传递到最基层和广大百姓身边。重点围绕全市中心工作，突出"森林生态、冰雪旅游"城市文化品牌，创作一批具有地方民族特色、艺术性、观赏性的文艺作品。用"带露珠、沾泥土、冒热气、接地气"的文艺作品让党的声音在北疆热土"声"入人心。

人民在哪里，哪里就是中心；生活在哪里，哪里就是舞台。眼下，包头乌兰牧骑正深入学习宣传贯彻党的二十大精神，积极筹备、精心编排，创作了一批群众喜闻乐见的文艺节目，让党的二十大精神深入基层、深入人心。

"都说党的二十大是一个非常重要的大会，今天我们夫妻俩就专程来跟主任请教请教……"最近，由土右旗乌兰牧骑创作、拍摄的微剧《文艺夫妻学报告》在微信朋友圈传播开来。该微剧讲述了一对爱好文艺的夫妻和社区主任学习党的二十大精神后，投入宣传党的二十大精神的创作与表演中的故事。参演微剧的土

永远做草原上的红色文艺轻骑兵

右旗乌兰牧骑演员张福利介绍，这部微剧虽然只有短短的十几分钟，但是却整整拍摄了3天。为了把这部微剧演好，他系统深入地学习了党的二十大报告，也更加深刻地感受到作为一名乌兰牧骑队员的责任与使命。

为了进一步发挥乌兰牧骑扎根基层、服务群众的作用，土右旗乌兰牧骑一边组织队员学习党的二十大精神，一边铆足劲搞创作，利用短视频，通过微信公众号、视频号、抖音等多种渠道广泛宣传党的二十大精神。除了拍摄微剧，土右旗乌兰牧骑还创作了有地域特色的二人台呱嘴《二十大开启新未来》。这些原创作品一经发布，就受到群众的热烈欢迎。

土右旗乌兰牧骑副队长董倩倩介绍："我们希望通过通俗易懂的语言和老百姓喜闻乐见的形式，来传播党的二十大精神，及时把党的方针政策和声音送到老百姓的心里。目前，这些作品都通过我们的公众号在线上进行了展播，老百姓可以通过手机在线随时观赏，转发量和点击率都非常高。"

始建于1960年的达茂旗乌兰牧骑，是包头市唯一一支少数民族边境旗县的乌兰牧骑，党的二十大闭幕后，达茂旗乌兰牧骑的队员们迅速组织创作、利用线上线下的形式传递党的声音。原创歌曲《最美的祝福献给党》，用深情传唱着党的关怀。

"我们通过文艺的形式把党的政策、党的精神宣传到老百姓中间。下一步，我们将以深入学习贯彻党的二十大精神为契机，坚持守正创新，坚持'二为'方针，创作推出更多优秀的文艺作品，实现更高水平、更高质量的为人民服务。"达茂旗乌兰牧骑队长恩和说。

入冬以来，乌拉特后旗乌兰牧骑民兵宣传分队特别忙，他们驱车奔赴草原深处的牧民家和边防哨所，用群众喜闻乐见的形式把党的声音传递到每一个地方。此时，乌兰牧骑民兵宣传分队来到位于草原深处的潮格温都尔镇宝日布嘎查的牧民家，在一顶白色的蒙古包旁，悠扬的马头琴声拉开了演出序幕，独唱、四胡、吉他弹唱等节目接连上演，赢得了牧民们的阵阵掌声。

"以天为幕布，以地为舞台，群众需要什么，我们就演什么，乌兰牧骑的队员不仅是演员，也是民兵宣传分队队员，为的就是深入牧区，讲好中国故事，传

播党的声音。"乌拉特后旗乌兰牧骑副队长杨康说。

演出结束，队员们同牧民群众围坐在一起，共同学习党的二十大报告，聊热点、谈心得、话感想。大家纷纷表示，报告振奋人心、催人奋进，生逢盛世有幸见证了一个风华正茂的大党，一个日新月异的国家，真切感受到中国未来不可限量，民族前景一片光明。"乌兰牧骑的民兵们走了几十公里的山路，不仅给我们带来了精彩的演出，还宣传了党的二十大精神，报告内容我们有不明白的，他们给详细讲解，让我们清楚地了解了国家的政策，作为边境牧民，我会一如既往地守边固边，守护好家园。"宝日布嘎查牧民陈静说。

随后，队员们又来到查干敖包嘎查牧民乌兰其其格家，队员们同老人一同观看了党的二十大开幕直播回放，向老人讲解了大会主题、内容及会议精神，解答老人的疑问。

"这几年变化可真大啊，现在牧区也有了通讯信号，接打电话看电视都非常方便。乌兰牧骑和驻扎在这里的官兵也经常来看我们，我们的生活越来越好。"乌兰其其格高兴地说道。

乌拉特后旗总面积2.5万平方千米，边境线长195.25千米。在地广人稀的广袤草原上，乌兰牧骑民兵宣传分队既是台上靓丽的表演者，又是台下辛勤付出的服务者；既是宣传党的二十大精神的践行者，又是倡导社会主义文艺的先行者。乌兰牧骑民兵宣传分队以"不漏掉一个蒙古包，不落下一个农牧民，不遗忘一个边防哨位"为目标，克服重重困难，车到不了的地方就骑马，马到不了的地方就徒步，翻过一座座山丘，走过一条条羊肠小道，将一台台精彩的演出，一项项党和国家的最新方针政策，送到牧民和驻地官兵身边，传递好党的声音和关怀，讲述好强边固防的故事。

截至目前，内蒙古各地活跃着75支乌兰牧骑队伍，队员发展到3500多名。其中，90后队员占比达38.7%，大学以上学历的队员占比达64.2%。每年总计演出7100多场，各族观众达到数百万人次。

他们扎根人民，运用现代宣传手段，传播新观念，提倡新风尚，采用"结对子，送文化"的办法，辅导群众文艺队伍，开展群众文化活动，职能也由最初的

"宣传、演出、辅导、服务"拓展为"创作、演出、宣传、辅导、服务、传承、创新和对外文化交流",成为根植农村牧区的独特文艺团体和内蒙古代表性的民族文化符号。

同时,一些优秀的乌兰牧骑先后走出大草原,赴北京、上海、广东等地演出,并代表国家和内蒙古走出国门,在国际文化交流舞台上展现中国文艺形象,足迹遍布亚洲、非洲、欧洲等国家,为宣传弘扬中国文化、中国精神作出了积极的贡献。